弯弯的红水河

章云天 著

作家出版社

小 引

这个故事虽然说不上古老，但距今也有一百多年的历史了。

中华民国建立之初，广西河池地区成立了一个“红河湾”州，下辖十个县当中有巴马、东兰、南丹三个县。

在民国第六任总统曹锟任职期间，这里曾发生了一件龙争虎斗、旷日持久、轰动全国的事件。政府和当地驻军、驻军和当地百姓、百姓和政府、所有人和日本间谍之间互不相让，你死我活，一时闹得动荡不安，民不聊生。

这场纷争的影响波及当时整个广西，尤其是对“红河湾”州三个县造成的损失，再怎么估计也不会过高……

一

二十世纪七八十年代，世界自然医学学会会长——日本的森下敬一博士考察了多个国家的名胜之地后，便高调地向全世界断然宣布：巴马是上帝遗落在人间的一块净土！

自那以后，我们国家，乃至世界各国的达官贵人、名商巨贾、明星名媛便趋之若鹜，不远万里纷至沓来。这些男女或是旅游，或是小住，或是长期疗养以求养生和长寿……一时间纷纷乱乱、形形色色不一而足。

实际上，就在二十世纪的民国期间，广西红水河流域的巴马、东兰和南丹的壮、瑶民族居住地便流传着一个传奇故事，被一代又一代的人们口口相传，一直到如今。这个故事传唱久了，便有文人骚客写诗作词附庸风雅：

世人都晓长寿好，
其实长寿无奥妙。
好山好水洁自身，
更有仁者福寿高。

世人都说净土好，
谁知曾成祸根苗。
腥风血雨洗劫后，
山青水碧分外娇。
……

河池市境内的红水河果然名不虚传，只见滔滔红水气势磅礴，奔腾呼啸着在大峡谷中一泻千里。给人的感觉像是朝自己扑面而来，站在岸边总有一种随时会被卷走的危险，胆战心惊不由往后退数步……两岸的千山万壑奇形怪状，尽显鬼斧神工之奇妙。河水在这里拐了一个“几”字形的大弯，只见碧水浩荡，游艇、渔船、竹排来来往往，有时甚至昼夜川流不息。

咱们的故事起于2005年的秋天，正是阳光灿烂，遍野金黄丰收在望的季节。只见，红水河中有一艘豪华客轮乘风破浪逆流而上……男男女女各色客人站在甲板上，一个个兴高采烈地指点江山、谈笑风生。

蓝云飞站立船头，眼中泪光闪闪、神情激动地注视着前方……他是位耄耋老人，但精神矍铄、童颜鹤发，一身南洋客商打扮更显得高雅而飘逸。

河两岸闪现着农舍、梯田和在田间劳作的男男女女的身影。时而又传来狗吠、牛哞、女人吆喝孩子回家的叫喊声。

这一片祥和温馨景象，把蓝云飞老人的心都软化了。只见他贪婪的目光注视着这一切，两大滴清泪在面颊上慢慢滚落、滚落……

这时，不知从哪里传来女孩儿的歌声：

水流千转归大海，
叶落归根还乡来。
往事依稀浑如梦，
荡气回肠泪满腮。

河边的壮王山景区游人如织。神主峰巍峨挺拔、高耸入云。

山脚下，新建的码头设施齐备、色彩斑斓。不时有船舶停靠，游客络绎不绝。

在角落里的太阳伞下，蓝云端坐在马扎上，含泪的双眸紧盯着下船的游客。她是位一百多岁的老人，身材瘦小但精神很好，布满皱纹的脸上有条明显的刀疤，看上去略显扭曲，让人心里有点儿不舒服。一位美丽的姑娘陪站在老人身边，她叫丰山姗，是东兰县敬老院的院长。

蓝云端目不转睛地注视着游船和下来的客人，两滴泪水和云飞一样在腮边滚落、滚落……女孩儿们的歌声在继续：

眼望穿，泪满腮，
百年风雨滚滚来。
山水依旧人不再，
岁月沧桑江山改。

丰山姗弯腰低头问道："老姨，你没记错吧，我老舅肯定是今天回来？"

"没错，没错。"蓝云端忙说，"今天不就是八月十五吗？"

"是啊，没错。"丰山姗抬头看看明媚的日光笑着说，"要不是来接老舅，我早去采购月饼和鸭梨什么的了！”

“那就没错。”蓝云端坚定地点着头说，“八月十五月儿圆，花好月圆人团圆……他在电话里就是这么说的。”

丰山姗笑了笑，说：“可咱们等了快一天了……”她停顿片刻，拿出手机说：“老姨，要不，你和老舅通个电话吧。”

“我有，”蓝云端说着从口袋里掏出手机也说，“可是不行。每次都是他给我打过来，我却没办法给他打过去。”

“那……咱们就等吧。”丰山姗说着，打开水杯让老人家喝水。蓝云端喝罢，嘟囔着自语道：“我们分手的时候，他才十九岁。这么多年过去了，也不知道他变成啥样子了。我真不知道还能不能认出他来。”

丰山姗问道：“那时候他才十九岁？你们是哪年分开的呀？”

“哪年分开的？”蓝云端摇着头说，“我想了多少回也弄不清楚，有……七十多年了吧？”

“七八十年了？”丰山姗吃惊地瞪大了美丽的眼睛说，“那一个人变化会多大？老姨，我估计你认不出他，他也认不出你来了。”

说话间，蓝云端的手机突然响了起来。她低头看了看，激动地站起身说：“是小飞来的！是小飞打来的！”她说着，忙接电话……这时，蓝云飞举着手机下船来问道：“姐姐，我正在下船。你在哪里？”

有船上的工作人员把老人的行李箱送下船来。蓝云端在丰山姗的搀扶下，边接电话边走过去、走过去……蓝云飞收起电话，泪眼模糊地看着她。上下船的游人停住了脚步，不约而同地注视着这两位老人。蓝云端仍在举着电话，一步步走到蓝云飞面前。蓝云飞不无疑惑地问道：“你是——端姐姐？”

“是，是。”蓝云端老泪横流地问，“你是小飞弟弟？”

“是，是。”蓝云飞答应着，不容分说把姐姐搂进怀中。

“姐姐！”“弟弟！”……两位老人说不出话来，互相呼唤着抱头痛哭。周围的人群见此情景，不由热烈地鼓起掌来。丰山姗忙说：“老姨，老舅，咱们回家，回家！”

“嗯，嗯。”蓝云端答应着，忽然想起地对蓝云飞介绍，“这是山姗。你大姐孙子的孙女。”

丰山姗忙叫道：“老老舅，您好！”

“嗯。”蓝云飞答应一声，却没反应过味来地问道，“我大姐孙子的孙女？”

“对呀，”蓝云端说，“就是你云朵姐孙子的孙女呀。她应该叫你老老舅。”

蓝云飞终于明白过来，高兴地说：“就是义哥和我大姐的曾孙女呗。”他说的“义哥”，就是广西早期革命者丰义群。丰山姗忙点头说：“对，老老舅。”

“这也忒绕口了。”蓝云端忙说，“就叫老舅吧。”

“好，好。”蓝云飞说着，神色凄然地说道，“可惜，我大姐她……”

“咱不说这个。”蓝云端打断他说，“走，回家。”

正是秋收时节，山野间到处是一片丰收的忙碌景象。远处近处，这里那里的梯田间，到处闪动着男女欢快干活的身影。歌声从不同方向传来：

秋收时节忙又忙，
哥收稻谷妹打场。
一打打到天光亮，

二打地老天也荒。

地老天荒不要紧，
哥哥妹妹情谊长。
刀架脖子心不变，
鸟成对来蝶成双。

平坦的盘山公路上像铺了层金子般阳光灿灿，大车小车川流不息。

丰山姗驾驶着“宝马”缓缓行驶……两位老人手拉手坐在后排座位上。他们的双眸中已没有了泪光，只有满脸的喜悦和激动。蓝云飞目不暇接地看着窗外风光，嘴里喃喃道：“变了，变了！变得我一点儿都认不出来了！”

“可不是，”蓝云端说，“别说是你，我常年在这儿住着，眼瞅着这山山水水一天一个样，一天一个样！我都不敢一个人出门，真怕一不留神就找不到家了！”

丰山姗说：“还不是党的扶贫政策好哇，留住绿水青山就是金山银山！呵呵……”

“留住绿水青山就是金山银山？这话说得好哇！”蓝云飞重复一句，沉吟片刻思索地问道，“姐，过去的事我想了千遍万遍，可我那时候岁数小……你说说，咱家的灾难到底是从哪年开始的呀？”

蓝云端沉吟了片刻才说：“这个事我也一千遍一万遍地想过……要从根里说，应该是从曹锟当总统的头一年开始的。”

蓝云飞思索片刻，说道：“曹锟这个总统从 1923 年到 1924 年，总共才当了一年。”

“差不多吧。”蓝云端说，“那年我虚岁十八……你比我小一轮，刚刚六岁。”

“是，咱俩都属狗。”蓝云飞说，“我模模糊糊记得……那年，你出嫁了，姐夫叫李什么辉？”

“你记性真好。”蓝云端说，“没错，他就叫李少辉。”

“对，对。”蓝云飞说，“李少辉姐夫。”

蓝云端长长地叹了口气，说：“你姐夫他爹叫李海川。那年，他到咱们红河湾州当州长，咱家的灾难就开始了……”稍停，又补充一句：“我记得，他刚来那年，咱老爷爷正好是百岁大寿。”

这是一场壮瑶民族独有的“补粮添寿”传统仪式，场面宏大而热烈。这种仪式是壮瑶民族独有的传统习俗，一般是在自己家里进行，意思是通过“补粮”去掉老人们的后顾之忧，保持好的心态来增加他们的寿命。

今天这场仪式却设在丛林茂密的山顶平台上。从这里放眼望去，可见不远处的草书体般的“命”字河蜿蜒流淌；近看是山脚下的红石寨，蓝长根家的宽屋大院就坐落在村头上，门楣上悬挂的“惟仁者寿”牌匾隐约可见。

浓荫如织的大榕树下，一排十多名百岁老人身披长寿带正襟危坐。稍稍靠前的主持桌上铺着红布，蓝丰亭坐在正中间。他不光斜披着长寿带，胸前还戴着大红花，一看就知是今天的寿星。州长李海川和夫人及蓝长根分坐两旁。在他们正前方，放着一个巨大的、写有红色“寿”字的粮仓。

四面八方的树林中，数百名壮瑶群众身穿民族盛装静静等待着。其中有威武的铜鼓队、彩装的舞蹈队、各色的民族乐队……在分散开来的歌手队中，可看到英俊的丰义群、漂亮的蓝云朵；

人后树影中，朱三计和朱九毛蹲在树根下嘀嘀咕咕说着什么……这两个人长得倒也一般，和常人没什么区别，但从鬼鬼祟祟的神态上，一看就不是什么好东西。

这时，州长李海川站起身大声说道："我宣布，为百岁老人'补粮添寿'仪式现在开始！"他四十出头，身材偏胖，唇厚眼小，看上去倒挺和善也很平易近人。

霎时间，铜鼓队敲起来，丝竹乐响起来，舞蹈扭起来……全场沸腾！身披彩绸的师公敲着铜锣拉着长声高喊道："孝男孝女们为老人补粮了——"

只见，在蓝长根带领下，蓝云朵、蓝云端、朱月娥等十数人手捧粮包在粮仓旁排起了长队。梁配玉忙上前，接过他们的粮包一次次倒进粮仓中……她是州长夫人，四十来岁，模样端庄大方，慈眉善目，看上去亲切和蔼。

接着，有人送上来水果点心什么的，梁配玉和蓝云朵接过，分送到那些百岁老人跟前，又一个个喂进他们口中……全场群众的掌声和赞赏欢呼声不绝于耳。这时候，丰义群被小青年们推上了高坡。他二十多岁，阳光帅气，脸上的书卷气展示着他是当时农村里的文化青年。

蓝云朵无意间看他一眼，稍愣，又看一眼，双眸一亮，脸上便腾起一片红晕。她的神情能让人看出来，她和丰义群之间以前肯定有过什么"事"，或者说是她心里有点儿什么事。梁配玉不由看她一眼问道："云朵，你——怎么了？"

蓝云朵低着头没吭声，只是喂老人食物的小手微微有点儿颤动，粉脸也更红更漂亮了。只见，丰义群清了清嗓子，开口唱道：

羊羔跪乳谢母恩，

做人不应忘根本。
要想父母多长寿，
孝道二字牢记心。

蓝云朵抬起通红的粉脸，看着他接唱道：

村有大树好乘凉，
家有老人才安康。
父母本是屋中宝，
你添寿来我补粮。

丰义群意外地看她一眼，又唱道：

州长大人好作风，
亲民爱民树标兵。
补粮添寿岁岁有，
今年意义大不同。

蓝云朵接唱道：

州长夫人好风采，
王母娘娘下凡来。
百岁老人添福寿，
再活百年也应该。
……

“一个个穷得快穿不上裤子了，还穷乐个屁呀！”朱三计嘟囔着站起身来，边拍打着屁股上沾的尘土边说，“走、走吧。”

朱九毛稍愣神儿，用嘴努努蓝云朵方向：“那小妮子刚出来，怎么不看了？”

“不看了。”朱三计说，“这个小妮子野着哩，那次差点儿把我的手指头咬下来。”而后，他指指远处的丰义群说：“那个家伙一回来，这事就更没戏了！”

这时，李海川站起身，大声讲道：“各位乡绅、父老乡亲们！我李海川受袁世凯大总统的委托，从北平初到贵地，初来乍到，人生地不熟，拜托大家多多关照，鼎力相助！为官一任，造福一方，我李某将竭尽全力……”

在一块巨石后，丰义群、陈伯雄和丰国明等边听李海川讲话边议论。丰国明说：“义哥。这位州长看样子很开明是吧？”他十六七岁，精明帅气，是丰义群的小跟班。

“就是。”旁边的陈伯雄也说，“就今天的活动来看，这位新州长真的很不同于以往那些当官的。”他也就二十多岁，是丰义群的生死弟兄。

丰义群点点头，又说：“不过，路遥知马力，日久见人心，出水才看两腿泥哩。”

这时，蓝云朵突然出现在他们面前，然后没头没脑地问：“你——啥时候回来的？”

丰义群显然不认识她，迟疑地回答道：“刚回来，没、没几天。”

“你去哪儿了？”蓝云朵又问道，“怎么好几年不见人影？”

“去了——”丰义群一脸疑惑地说，“去、去了好多地方，上海、广东——当过兵，上过军校。”

一群姑娘在蓝云端带领下突然拥过来，不管三七二十一拉着云朵就走……急切间，云朵大声问：“义哥，你还走不走？”

丰义群淡然一笑，忙回答道：“不、不走了！”

蓝云朵却是粲然一笑，脸儿红红地随姑娘们飘然离去。随后，她的歌声便传了回来：

大鹏展翅飞天外，
涛走云飞又回来。
家乡山水家乡人，
千呼万唤留下来。

姑娘们跟着她合唱道：

留下来，留下来，
彩凤愿搭鸳鸯台。
比翼鸟，连理枝，
地久天长不分开！

旁边的丰国明问道：“义哥，她是谁呀？”

丰义群连连摇着头说：“不、不认识。”

“不认识？”丰国明满面怀疑地坏笑着……就在这时候，一身国民党军将军服的朱汉臣打马盘山而上……他三十多岁，威风凛凛，是广西某军区的司令员。几名背枪的护兵紧随其后，朱三计和朱九毛也在其中。

全场霎时间鸦雀无声，众目睽睽望着这些不速之客。李海川愣了片刻，忙笑着迎上去说道：“朱司令，不知您大驾光临，有失远迎……”

“州长大人客气了。”朱汉臣飞身下马，哈哈笑着说，“开天辟地以来，我们这里就有为老人补粮添寿的传统。今年却非比寻常，您作为父母官亲自为他们祈福，实在是他们之福、地方之幸！哈哈……”

“应该的，应该的。”李海川笑着说，“孝敬老人，天经地义！”

朱汉臣说：“所以，我也来跟这些百岁老人拜个寿。”他说着，冲那些老人拱手：“各位老人家，祝你们福如东海长流水，寿比南山不老松，都铆铆劲，再活一百岁！”

老人们呵呵笑着，忙拱手回礼……

红石寨是个依山傍水的小村庄，就坐落在红水河旁。这里是壮瑶民族百姓的居住地，人们住的大都是木质结构的两层楼房，就连门口的装饰物和院子里晾晒的服装，一家家也是各具特色，让人很容易就能分辨出谁家是瑶族，哪户是壮族。

村子的另一面紧临着明镜湖，山清水秀，渡船悠悠，风景十分秀丽。如果有人沿着山路再登高几十个台阶，就能看到远处湿地中那条蜿蜒成草书“命”字的小河，正闪烁着粼粼波光汩汩流淌。

正是晌午时分，山水间杳无人影，只有绿树葱茏中传出阵阵鸟语蝉鸣。村头上，蓝长根家宽敞的院子里摆下了独具民族特色的长桌宴。在座的有那十多位百岁老人、李海川夫妇、朱汉臣，以及当地一些头面人物。朱世章也在其中，他是红石村的村长，五十多岁，面皮白净、长髯飘飘，很有点儿仙风道骨的样子。

蓝云朵带领着妹妹蓝云端和几位小姐妹，忙里忙外地上菜添酒……她们俩是双胞胎，在外人眼里长得一模一样，乡亲们经常认错并不稀罕。家里人都能区别开来，因为云端肤色略黑，眉毛间还藏着个不易察觉的小痦子。五六岁的蓝云飞在人群中跑来跑去，不时高兴地叫唤着什么……朱月娥忙把他拉进怀中。她四十来岁，文静柔和，是云朵和云端的后妈、云飞的亲娘。

李海川端着酒杯对蓝长根说："蓝老大，来，我敬你一杯！"

蓝长根忙端酒杯说道："不敢当，不敢当……谢谢州长大人！"他五十多岁，老实憨厚，只是满脸的"奓奓胡"有点儿吓人。他是祖传十多代的老中医，在当地可以说是名声显赫，妇孺皆知。

李海川哈哈笑着说："在北平，我就听说你们家保留着千年长寿秘方……现在是民国初年，清平世界朗朗乾坤，献出来怎么样？造福天下百姓，功德无量嘛！"

"州长大人……"蓝长根有点儿诚惶诚恐地说，"您别听人们瞎传，我家哪儿有什么长寿秘方啊。"

李海川瞬间拉下脸来说："这么说，蓝老大是不肯给我面子了？"

"不是，不是。"蓝长根忙摇头说："我家真的没有长寿秘方。"

李海川指指门楣上悬挂的"惟仁者寿"牌匾，又说道："事实明摆着嘛，你家太祖爷爷蓝祥活了一百四十七岁，光绪皇帝才派官员送来了这块寿匾；现在，你家老爷子又活到了一百岁……你还有什么话说？"

"这个……"蓝长根刚想说什么，却被朱世章打断说道："蓝长根呀，泄底还是老乡亲，你就别瞒着了。你们老蓝家是中医世家，辈辈都有百岁老人，十里八乡谁不知道你家有长寿秘方啊？"

这时，蓝丰亭接过了话头说："世章呵，在咱们这一带，哪个村寨没有几个百岁老人？怎么偏偏说我家有什么秘方呀？"他就是那位"添粮增寿"的百岁老人。

朱汉臣也忙接过话头对蓝长根说：“姐夫，你就别藏着掖着了。我们的人做过调查，说这些百岁老人都曾经来你家看过病，吃过你开的秘方。”

蓝长根仍摇着头说：“汉臣呀，这个玩笑可开大了，我家确实没有什么秘方。”

朱汉臣阴险地笑着，半玩笑半认真地说：“蓝老大，总有一天，我会让你这个没有变成有！”

“……”蓝长根张着嘴不知该说什么。梁配玉忙端起酒杯大声说：“咱不说这个了……来，大家喝酒、喝酒！”

人们这才哈哈笑着，纷纷端起了酒杯为老人祝寿……朱月娥把蓝云飞推到蓝丰亭面前说：“飞飞，快，给你老爷爷祝寿！”

蓝云飞看看大家，瞪着眼睛一时不知该说什么。

“就是。给你老爷爷祝寿。”“想想，该说什么？”“快说呀！”……大家看着云飞，高兴地你一言他一语地催促。蓝云飞眨巴着大眼睛，忽然开口说道：“祝老爷爷福如东海、寿比南山……早生贵子！”

全场人稍愣了一下，一个个拍着手哄堂大笑……

“宝马”在铺满阳光的公路上行驶。车里的三人同时哈哈大笑……

蓝云飞笑着说：“姐，你净瞎编派我，我是那么说的呀？”

“可不是。”蓝云端说，“当时笑得咱爹一口饭喷在桌子上，把衣服都弄脏了！”

丰山姗也笑着说：“老舅，你可是——真逗！”

蓝云飞显得有点儿不好意思地说：“我早忘了。嘿嘿……”

蓝长根家院子里笑声不停。蓝云端抱着云飞，亲吻着他粉嘟嘟的小脸蛋。

梁配玉看着忙来忙去的蓝云朵，对朱月娥说："大妹子，我特别喜欢你们家这个闺女。你看，她聪明伶俐，长得又这么漂亮！"

朱月娥笑着说："您这是夸她呀？一个庄稼妮子，啥都不懂……"

"我头一眼看到就喜欢她！"梁配玉说，"要不，我收个干闺女吧？"她说着，不由用询问的目光看了丈夫一眼。李海川的神色有点儿犹豫，但并没说什么。

朱月娥稍愣一下，看了看蓝长根没吭声。蓝丰亭却哈哈笑着说："这是好事啊！"他转脸喊云朵："朵朵，快过来！"

蓝云朵忙跑过来问道："老爷爷，怎么了？"

蓝丰亭指指梁配玉说："快，叫干娘！"

蓝云朵看看蓝长根，迟疑着没吭声。蓝长根迟疑片刻才说："这是太太给咱脸呢，那就——叫、叫吧。"

"就是。好闺女，这是你的福分呀！"朱月娥说，"还愣个啥，快叫干娘！"

蓝云朵脸儿红红，侧身行礼叫了声"干娘"。

梁配玉高兴地答应着把她搂进怀中。全场人鼓掌欢笑……她从手腕上摘下玉镯说："初来乍到没什么准备，这就算个见面礼吧！"

蓝云朵推辞着，被她硬戴在了手腕上。这时，蓝云端从屋里冲出来大声说："干、干娘，还有我呢！"

梁配玉稍愣神儿，忙笑着说："好，好。那我就收两个吧！"

人们欢笑鼓掌，举杯相庆……

“宝马”正穿过一条狭窄的山口。两旁的山头层林尽染，高耸入云。

蓝云端笑着说：“我那时候年轻不懂事，看到云朵受宠心里就不得劲。嘿嘿。”

蓝云飞说：“在我的记忆中，你们俩净——斗气。你老说咱爹偏心眼儿。”

“他就是偏心眼儿嘛。”蓝云端说，“我到现在还是那么认为。”

丰山姗笑着说：“老姨，你可是真有意思，这多少年都过去了？”

蓝云端笑了笑，说：“倒也是，这会儿想起来挺有意思的。”

丰山姗指指前方，对蓝云飞说：“老舅，咱们快到家了。”

“就是。”蓝云端说，“过了这个山口，拐个弯就到了。”

说话间，“宝马”已驶出山口，人们的眼界一下子变得十分开阔。这是大山群落中少有的一片盆地平原，足足有两千多亩。只见四周群山巍巍，流水潺潺。平原上稻田荡漾，竹林丛丛，条条小溪纵横交错，完全是一派田园风光。更显眼的是那些散落在田间的座座小楼，风格独特，粉妆玉砌，静悄悄耸立在蓝天碧水之间。楼前院子里花团锦簇、姹紫嫣红，林荫如织，曲径通幽。

鸡鸣、狗吠、欢快的说笑声不时从四面八方传来。“宝马”左旋右转，缓缓向前……蓝云飞坐在车内，惊讶地瞪大着眼睛，目不暇接地左顾右盼。蓝云端从旁笑微微看着他。

终于，蓝云飞回过神来问道：“姐，这是什么地方？”

蓝云端笑着说：“这就是我们现在的家呀。”

“你们的家？”蓝云飞仍在左顾右盼看个不停地说道，“这不是世外桃源、人间仙境嘛！”

“可不是。”蓝云端笑着说，“在这里住的都是活神仙。”

丰山姗把车停在一个院落前，笑着说：“老舅，老姨说得没错，这里住的大都是快百岁的老人，一个个还不是活神仙？哈哈……”

蓝云飞喃喃地说：“想不到，真想不到……咱们的穷家竟然发生了翻天覆地的变化！”

门口，在墙上镌刻着几个大字：东兰敬老院。丰山姗拎着蓝云飞的行李箱往里走，说：“这多亏了党的好政策，号召全国的大企业对口帮贫、扶贫、脱贫。咱们这一带，是从河北来的一家叫新奥的民企帮扶的。”稍停，又补充：“他们的老板姓王，我见过，是个了不起的企业家、思想家，非常好的一个人！”

“是吗？”蓝云飞感慨地说，“那还不是个‘活菩萨’呀！我真想见见他。”

“当然可以。他做人很低调。”丰山姗说，“等有机会，我带老舅去见他。”

蓝云飞呵呵笑着说：“那叫拜访！”

院子里阳光灿烂，花团锦簇。

几位老人坐在树荫或是回廊中，下象棋、打扑克，玩得很开心。有几个年轻的工作人员在一旁伺候着。看到丰山姗他们进来后，老人们一个个忙站起身鼓掌欢迎。

丰山姗边表示感谢，边给大家一一做着介绍……然后便带领着两位老人进了蓝云端的住室里。只见，屋子里干净整洁，标配的家具、陈设一应俱全，而且多了一些便于老人起居的特殊设施，比如床头的拉手、凳前的扶杆什么的。

三人刚落座，便有工作人员送来了茶水、干果小吃等。蓝云飞打量着室内的一切，感慨地说：“姐，你们这小日子过得可真让人羡慕！”

丰山姗忙说：“老舅，你也留下来一块住吧。”

“那我忒高兴了！”蓝云飞说罢又嘟囔一句，“反正我在哪儿住也是孤家寡人。”

丰山姗问道：“老舅，你可真逗，怎么是孤家寡人呢？”

“这事……咱回头再说。”蓝云飞神色淡然，又说，“姐，我这次回来，第一个心愿就是想把当年咱家那些事弄清楚。那天给爷爷祝寿后又怎么了？”

蓝云端沉吟片刻，说：“那天，给咱老爷爷祝寿，有……好几个人是黄鼠狼给鸡拜年——没安好心哪！”

蓝长根家门口外，日。

大榕树下摆着石桌、石凳什么的，看样子是人们乘凉聊天的地方。朱汉臣和李海川相对而坐。朱汉臣不无奉承地说：“李大人此举深得民心，功德无量啊！”

李海川忙说：“哪里，哪里。官不官放一边，做人的本分嘛！哈哈。”

朱汉臣掏出香烟相敬……李海川摆手说：“谢谢，我不抽烟。”

“州长可真是个好男人呀。”朱汉臣说罢，点着烟深吸了两大口，而后若有所思地久久不语。李海川迟疑地低声问道：“不知朱司令您有何见教？”

朱汉臣这才说：“我来有件事……是想通知大人一声。”他说罢似觉不妥，忙又补充道：“也算求州长大人帮忙吧。”

李海川忙说：“司令请讲，能帮忙我当然尽力。”

朱汉臣四顾片刻，低声说：“今天早晨，我接到……上司命令，说是围绕盘阳湖十公里以内的所有村镇都要搬迁出去。”

李海川意外地问道：“围绕盘阳湖十公里？”

“是啊。这盘阳湖的水就是从命河里流下来的，说是人喝了就能长寿。”朱汉臣起身抬臂，指着远处的湖面画个大圈说，“按照上司的意思，这一片统统要改为军产。”

李海川惊讶地问道：“这、这是为、为什么？”

“说是军事需要，”朱汉臣边抽烟边说，“过几天正式文件就下来了。”

李海川看着那片湖面愣了好一会儿，问道：“那要涉及多少个村庄，多少人口啊？”

“这我做过调查，”朱汉臣说，“涉及十六个村庄，两千四百多人。”

李海川显得很意外，忙问道：“这么大的事，我怎么没接到通知呀？”

朱汉臣看着他，不无藐视地一笑说：“就我们国家目前的情况，军界的决定有必要通知地方吗？”

“……”李海川愣住了。朱汉臣又抽了口烟，望着盘阳湖说：“多好的地方啊，山清水秀，风水宝地，生活在这里，人人长寿啊！哈哈……”他停顿一下，问道：“州长大人，到时候给你留下几十亩地，建座豪宅如何？住也可，卖也行，出租出去，一年不少钱呢！”

李海川思索片刻，不高兴地说：“谢谢，李某人没那福分！”

“开个玩笑嘛。”朱汉臣说，“百姓搬迁麻烦事太多，到时候全仗大人鼎力相助了。”

李海川阴沉着脸没吭声……

红河湾州李海川官邸，夜晚。

李海川和夫人在丫鬟春红伺候下正在换下礼服……他笑着

说：“你可真行，怎么突然想起收干女儿了？还一下收了两个！”

梁配玉也笑着说：“你不是早就想要个女儿吗？我这样做有什么不合适啊？”

李海川忙解释道：“倒没什么合适不合适的。只是……头一次见面就这样做，有点儿冒失了吧？”

梁配玉迟疑片刻，命令丫鬟出去后才说：“你是真糊涂还是假糊涂？我这样做，还不是为了那件……头等大事？”稍停，她又说：“把关系搞近一些，肯定会为将来的行动带来方便。”

李海川却思索着说：“可能是方便，也可能是麻烦。”

这时，春红端茶进来，恭敬地说：“老爷太太请喝茶。”

“放下吧。”梁配玉显得有点儿不高兴，说道，“我不叫你，先别进来。”

春红答应着退了出去。梁配玉低声说：“海川，你看出来没有？”

李海川问道：“怎么了？”

梁配玉过去关上屋门才说：“我看那个朱汉臣父子好像也在打长寿秘方的主意。”

李海川思索片刻，点头说：“夫人分析得很有道理，我也有这种感觉。那……我们该怎么办？”

梁配玉做了个快刀斩乱麻的手势，干脆地说：“早点儿下手，拿到东西后就走人！”

李海川思索着，久久不语……

“夜长梦多啊。”梁配玉说，“先下手为强，后下手遭殃嘛。”

李海川点点头，又忽然想起地说：“那个朱汉臣告诉我，说是军队要征用盘阳湖周围的大面积土地。”

梁配玉警觉地问道：“军队征用土地干什么？”

李海川说：“他说是设立军事基地，建兵工厂什么的。”

梁配玉思索了一会儿，问道：“你相信吗？”

李海川没回答，却说：“他还说给咱们几十亩地，建座度假村什么的。”

梁配玉冷笑两声，说：“我是一百个不相信！”

李海川抬眼看着她，欲言又止……梁配玉依旧冷笑着说：“事情明摆着，这一带是长寿之乡，近几年来此旅游疗养的人越来越多……风水宝地，谁不眼热？肯定是上边有什么大人物看出了门道，想占地发大财呗。”

李海川连连点头说：“有道理，有道理。”

“这事咱管不了，”梁配玉思忖着说，“也不要蹚那浑水，躲得越远越好。”

梁配玉猜得没错，这件事确实有人觊觎已久，现在更是迫在眉睫了。这天夜晚，朱世章父子三人边喝酒边谋划此事。

这是在红岩村头的朱世章家。这个村和红石村距离很近，中间的山坡上仅隔着片茂密的杂木林，一条坎坷的小路蜿蜒曲折，拐来拐去地连着两个村庄。

微光朦胧之中，隐隐可见这是个豪宅大院、房舍考究的人家。只见，一盏红灯笼悬挂在角落里的大榕树上，照亮了树下一桌丰盛的酒席。朱世章父子三人围坐桌旁，边吃喝边低声议论什么……朱九毛在旁边小心翼翼地伺候着。只听朱三计说：“二哥。今年这点儿差事，你就交给我干吧。”

朱汉臣看着他问道：“差事？你是说什么差事啊？”

“你们不是要征地嘛，”朱三计说，“交给我带领你们的人干怎么样？”

朱汉臣思索片刻，不怎么高兴地说：“你又不是我们部队上的人……”

朱三计嬉笑着说：“这还不简单，你给我发身军装不就是了？”

朱汉臣稍愣了一下，神色迟疑地说：“这样……怕不合适吧？”

“有什么不合适呀？”朱世章咳嗽一声，说，“这年头，有枪就是草头王。老三也在部队上干过，把这点儿事交给他，也算给他个锻炼的机会嘛。”

朱汉臣迟疑着，一时没说什么。朱世章拍了拍三计的肩头，语重心长地说：“儿啊，你生性顽劣，近而立之年尚一事无成。此等大事，关乎我们老朱家千秋万代，万万不可草率，更不可信口开河，任意胡为。”

朱三计却满不在乎地说：“这我还不知道？我记住就是了。”

朱世章很是不悦，咳嗽一声刚想说什么……朱月娥脚步匆忙地进门来问道：“爹、汉臣，你们都在这儿啊？”

朱汉臣忙站起身说：“姐，我正想去找你哩。”

朱月娥显然是知道他想说什么事，连连摆手说：“汉臣，你千万别说那件事，我可帮不了你什么忙！”

朱汉臣一听就愣住了……朱月娥喘息片刻，又说：“自从蓝老大媳妇上山采药草不小心摔死，我进他家也六七年了，可一家人仍像防贼一样防着我。”

朱三计忙问道：“姐，那他家到底有没有长寿秘方啊？”

“你们千万别问我。”朱月娥摇着头说，“我什么都不知道！”

朱汉臣不无着急地说：“可是——上边催得很紧呢！”

朱世章不高兴，说道：“他姓白的催得再紧，总不能逼人太甚吧？你姐又不姓蓝，人家能把那么重要的东西交给她？！”他说那个姓白的是指白崇禧。当时，此人是新桂系大军阀。至于他在历史上的功过是非，咱们不多加评论，但其在这件事上的所作所为，在当时确实是缺德不得民心，影响很坏。

这件事在白崇禧和某些人志在必得的推动下，正在不可逆转地往前进行着。

一天，在一个小村街上，朱三计带领十多名士兵，吆吆喝喝驱赶着一群百姓往村外走……那些百姓多是妇孺老幼，推车背包，哭哭啼啼不肯前行。士兵们舞枪弄棒，边打骂边推推搡搡。朱三计骂骂咧咧地吼叫道："别他妈像死了老子娘，一个个哭什么哭！让你们搬家是白司令的命令，哪个敢不执行！"

一老者顶撞道："谁的命令也一样。我们祖祖辈辈就住在这里，凭什么他一句话就让我们搬家？你们是国军还是土匪？"

朱三计一鞭子抽在他头上说："老杂毛，你找死啊！"

老者的脸被打开了花，鲜血霎时间流下来。旁边的老太太冲上前大骂道："王八羔子，我跟你们拼了！"她说着，扑过去抱住了朱三计的腿就咬……正在这时，丰义群和陈伯雄正好从不远处路过，闻声赶至近前。

朱三计挣脱不开，呵斥着揪住老太太的头发喊叫道："老东西，你找死呀！"

丰义群见状大喝一声："猪头三，你干什么？快放手！"

朱三计看他一眼，不以为意地说："我干什么，用得着你管呀？老子这是执行公务！"

"狗屁！"丰义群冷笑着呵斥道，"你以为披身黄皮就登天了？你这辈子干过什么正经事？你知道什么叫公务？！"

这时，周围已聚集了不少村民围观。丰义群趁机大声说："乡亲们，大家都看看……这个猪头三，从小就是个地痞流氓，现在仗着他哥穿上了黄皮，更是肆无忌惮地欺压百姓……什么上级命令，什么军事基地，纯粹是胡说八道！我们大家应该团结起来，坚决反对，坚决不搬家！”

“你这是反动宣传。”朱三计喊叫着道，“快来人，把他给我带走！”

十多名士兵从人后冲出，拿枪挥刀把丰义群和陈伯雄团团围住了……

二

白帝岩农民运动讲习所是丰义群他们经常活动的场所。

在傍晚落日的照耀下，可看到这是一个巨型溶洞，里面宽敞而豁亮，洞口两旁贴着对联：要革命的站拢来，不革命的走开去！

迎门一块巨石上刻着八个大字：快乐事业，莫如革命。转过巨石往里走，是一个作为教室的空间，摆着一些石桌石凳；再往里是几个小洞，门口贴着图书室、俱乐部等字条。此时，教室里已有十来个人正看书，其中有丰国明、丰天亮等。

一盏风雨灯高悬在洞顶，照亮了黑板上的校训：思想革命化，行动纪律化，生活工农化。丰义群和陈伯雄进来了，丰义群边走边气哼哼地说："气死我了！气死我了！咱们必须建立自己的农民武装，要不这革命无法继续进行！"

陈伯雄说："咱们早就有这想法，不是没有钱嘛。"

"必须想办法！必须想办法！"丰义群搓着双手，反复地对大家说，"真是，手中没有枪，放屁都不响！"

"就是。"丰国明说，"咱没钱买不起洋枪洋炮，可以用土枪土炮嘛！”

“就是呀。”丰天亮说，“我家有杆打兔子的枪。”

陈伯雄也说：“我家也有，爷爷说它叫土决枪。”

“没枪有刀也行啊。”有人说，“砍柴刀、菜刀、杀猪刀……都能做武器呀！”

丰义群摆摆手说：“好了，先不说这些了。大家把这几天的情况碰一碰吧。”

大家沉默片刻，开始纷纷发言：“大家都说这事很蹊跷，里面肯定有猫腻！”“就是。我们村一个寡妇带着仨孩子不肯搬家，被逼得跳河了。”“我们村也是，一个老汉拿刀砍伤了当兵的，自己上吊了。”……

丰义群气愤地说：“真是官逼民反，触目惊心啊！”

“义哥，你说得对。”丰国明说，“咱们真该拿枪和他们干一场了！”

“就是。”丰天亮说，“立马组织起咱自己的队伍，和他们对着干！”

“就是。我同意！”“官逼民反，和他们拼了！”……大家纷纷附和。

陈伯雄却摆摆手说：“你们说得都不现实，成立农民武装，不能一哄而起，要做好充分的准备，哪儿是三天两后晌儿的事？”

“伯雄哥说得对，事关重大，咱们不能草率。”丰义群说，“这几天我反复琢磨过了，咱们先文后武，要做好长期的思想准备。”

陈伯雄点点头，说道：“我和义群商量过了……据我们了解，巴兰丹州刚来的州长李海川还算开明。咱们组织起来，发动群众为民请命！”

“对，为民请命！”丰义群大声说，“今天在场的是农会的基本骨干，咱们商量商量，看怎样开展工作。”

大家聚拢在一起，你一言我一语紧急磋商着……

红石寨村头上阳光灿烂。数十人的请愿队伍停留下来宣传群众。他们敲铜锣打皮鼓，手中的彩旗上写着“我们要活命！”“我们要祖业！”“穷家难舍，故土难离！“打倒强盗军阀！”……

丰国明和丰天亮高举“为民请命”的大字横幅走在前面。

丰义群唱道：

> 众位乡亲听我说，
> 如今世界妖魔多。
> 苛捐杂税如牛毛，
> 逼得百姓没法活。
> 军阀地主称强霸，
> 我们不能任宰割。
> ……

这时，从寨子里陆续有不少人出来围观。蓝云朵和蓝云端也从不远处的家门口跑了过来。

“姐、姐，”蓝云飞小脚噔噔地紧跟在她们身后喊，“你们等等我！”

蓝云端回头看一眼，说：“快回去！你跟着干吗？”

蓝云飞气喘吁吁地说：“不行，我就跟着！”

蓝云朵看到丰义群粉脸一红，眼睛亮亮的停在圈外。蓝云端看她一眼，奇怪地说：“姐，怎么了？快走呀！”

蓝云朵没吭声，少顷，开口唱道：

天明还要公鸡啼，
义哥唱得有道理。
众位乡亲来参加，
心齐能把泰山移。
……

丰义群往这边看一眼，不由双眸一亮。显然，他认出了云朵。

“唱得好！”“唱得对！”“云朵唱得在理！”……不少人喊叫着，纷纷加入了请愿队伍。

“这事，我模模糊糊记得。”蓝云飞说，“姐，是不是那时候大姐和义哥就……有点儿意思了？”

这时在稻田间，丰山姗正陪两位老人走在小径上。大片的稻谷已接近成熟期，沉甸甸的穗子深深弯下腰去。蓝云端笑着说：“那时候你还是个小屁孩儿，懂啥呀？”

“我是不懂，”蓝云飞也笑着说，“是长大后在国外没事，老喜欢回忆小时候的事琢磨出来的。”

“是那么回事。”蓝云端说，“你大姐自作聪明，可她的心思我每回都是一猜一个准。我俩为这些事断不了抬杠。哈哈……”

蓝云飞笑着说：“可不是，现在想起来，倒觉得挺有意思呢！”

蓝云端说：“那倒是。”

丰山姗指着稻谷问道：“老舅，你看这稻子怎么样？”

蓝云飞边打量着谷穗边说：“挺好的呀！我在国外从没见过这么好的稻子。”

丰山姗又说：“这可不是一般的稻子，里面的米不是白色而是黑色的。”

“是吗？”蓝云飞意外地说，“我这辈子还从没见过黑色的稻米呢！”

“真的，不信你看。”丰山姗说着剥开一粒，里面的果实真是黑色的。

蓝云飞接在手中打量着说：“嘿嘿，我可真开眼了！”

“这你就不懂了吧？”蓝云端笑着说，“人家这叫墨米，里面含一种什么东西来着？”

“富含一种叫硒的微量元素。”丰山姗说，“这种元素是使人长寿的重要——成分。”

“啊，我知道了。”蓝云飞恍然大悟地说，“这两年，我在国外也曾听说过，可从没见过。”

蓝云端自作聪明地说：“开眼了吧？咱们能活这么大岁数，是因为这一带的土中、水里都含这种硒的东西。”

“老姨，”丰山姗说，“不是东西的西，是旁边还要加上块石头。”

蓝云飞说：“姐，我看你也是不懂装懂呗！”

三人哈哈大笑着……蓝云飞想起了刚才的话题，问：“姐，你们那次请愿成功了没有？”

蓝云端思索片刻，说道：“应当算成功了……”

山路弯弯，浓荫如织。请愿的队伍偃旗息鼓，络绎不绝地向前。丰义群和蓝云朵走在最后面，两人看上去神态都不怎么自然。蓝云朵脸儿红红，眼望着别处轻声说：“你这个人……爱占人便宜。”

丰义群稍愣神儿，问道：“此话怎讲？”

蓝云朵微笑着说：“八哥，八哥。可不是多大岁数的人也得叫你哥。”

丰义群笑了笑说道：“不是，我叫丰义群，大家习惯叫我义哥。”

“啊哦……”蓝云朵明白过来，脸显得更红，轻轻地说，“俺叫蓝云朵。”

“蓝云朵？”丰义群重复一句笑了，“这名字挺好听。”

蓝云朵自语般地念叨：“丰义群，丰义群……”

丰义群说：“对，正义的义，群众的群。”

蓝云朵哧地笑了，咬着嘴唇久久不语。丰义群忽然想起地问道：“对了，你怎么会认识我呢？”

蓝云朵明亮的大眼睛看看他，意外地问：“你真的忘了？”

丰义群稍愣，反问道：“我忘了什么？”

蓝云朵迟疑片刻，轻声说：“三年前，在鸳鸯湖小石桥边……”

随着他们的回忆，咱们的目光来到了鸳鸯湖边。只见，鸳鸯湖水光潋滟。对对鸳鸯在绿树倒映的湖面嬉戏玩耍。更有两棵“鸳鸯树”，虽然是生长在湖两岸，却把枝条努力伸展开来，跨过湖面紧紧交织在一起。仔细看，它们就像一对恋人，难分难舍地搂着对方。十四五岁的蓝云朵背着草药筐，手拿采药锄从山林中出来登上弯弯的小石桥……她粉脸通红，汗津津的，边走边哼唱：

连就连，我俩相好到百年；
哪个九十七岁死，
奈何桥上等三年……

突然，朱三计从竹丛中闪出来挡住了去路，并嬉笑地问道：“小朵朵，你好哇！”

蓝云朵一下子愣住了，扑闪着大眼瞅着他没吭声。朱三计边嬉笑着边往前凑说：“我可是等你好几天了。”

蓝云朵警惕地问道：“你是谁？等我干吗？”

“你不认识我？”朱三计说，“我要说出来吓死你……我是朱家三太子，朱汉臣司令的弟弟。”

“俺不认识你。”蓝云朵说着夺路想走……朱三计忙伸臂拦住说：“你不认识我，我可是认识你。三里五乡，哪个不知道你是红石寨的闺女尖儿？人长得漂亮，歌唱得出色……嘻嘻。”

蓝云朵生气地说：“瞎说八道！闪开，让俺过去！”

“让你过去不难，”朱三计嬉皮笑脸地说，“只要让我抱抱亲亲就行。”

蓝云朵发怒地推搡着他说：“臭流氓！快闪开！”

“我是流氓我怕谁？”朱三计说着，伸胳膊想抱她……

“你……”蓝云朵气极地挥动药锄，一下子砍在他的胳膊上。

朱三计愣住了。他的胳膊上眼看着就有鲜血流出来。蓝云朵也吓傻了，用手捂着嘴不知该怎么办。

“没事，血是缘分水，不打不成交。”朱三计伸舌头舔舔鲜血，趁云朵不备，猛地抱住了她。

“臭流氓，快放开我！”蓝云朵喊叫、挣扎，根本无济于事。

“好妹妹，想死我了。”朱三计说着，抱着她往密林深处走……

娇小的蓝云朵怎么挣扎反抗都不起作用，急得哭起来。正在这时，丰义群从山间小路上走过了。他背着简单的行李，手拿桐油伞，一副出门远行的打扮。他听到蓝云朵的喊声稍愣，快步登上了石桥。

朱三计抱着蓝云朵已走进密林……丰义群大喊道："干什么的？！"

朱三计一下子愣住了。蓝云朵往这边看一眼，大声叫："大哥，救救俺——"

丰义群大步流星冲过去，待看清二人，呵斥道："猪头三，快把她放下！"

朱三计回转头，大嘴一咧，说道："滚蛋！和你没关系！"

丰义群冷笑着说："路不平有人铲，事不平有人管。你小子仗势欺人横行霸道，这几年我早就想收拾你了！"

朱三计色厉内荏地问道："你、你小子活、活腻歪了？！"

丰义群命令地说道："少废话，快把她放下！"

"放下就放下，你想怎么着？"朱三计放下蓝云朵，气喘吁吁地看着他。丰义群对云朵说："你快走吧。"

蓝云朵慌乱地点点头，抽身想走……朱三计伸手拽住她的一条胳膊，对义群说："这儿没你的事，咱弟兄俩好说好商量，你不要多管闲事，行、行不？"

丰义群严厉地说："不行！你给我放开她！"

蓝云朵挣扎，抓朱三计的手，咬他的胳膊……朱三计毫不理会，胳膊被咬出血也不放手。他威胁义群道："你小子别敬酒不吃吃罚酒，现在可不是小时候。"

丰义群冷笑着说："怎么着，小时候没被我打怕？"

朱三计迟疑着没吭声……丰义群呵斥道："快把人放开，别等我动手！"

朱三计仍抓着云朵不放，嬉皮笑脸地说："义哥，义哥。快走你的路，行不？"

"不行！"丰义群大喝，"快放开！"

朱三计狞笑着从腰间拔出把匕首，说："我就不放！你敢怎么样？"

"你——"丰义群气极，一个箭步上前，一拳打在他鼻子上。朱三计踉跄着后退两步，放开了云朵。丰义群对她说："你快走吧！"

蓝云朵慌乱地点点头，快步离去……朱三计勉强收住脚步喘息片刻，怒骂着挥匕首扑过来……丰义群微微笑，一个旋风脚把他踹出去丈八远摔倒在地。

蓝云朵跑到小桥上，收住脚往回看着。丰义群大步上前，抬脚踏在朱三计后背上。

"义哥，义哥……"朱三计咧着大嘴，痛苦地连连求饶……

山边大路，阳光灿烂。请愿的队伍浩浩荡荡前行……丰义群对云朵说："小时候，我是红水乡的孩子头，他是红岩村的孩子头。两大帮子经常打架，我们叫他猪头三……他比我岁数大，个头也比我高，但每回都被我打趴下。嘿嘿……"

蓝云朵敬佩地说："你可真厉害！"稍停，她轻轻地说："义哥，谢谢你！这句话在俺心里已藏三年多了。"

丰义群呵呵笑着说道："不值得，不值得。要不是碰上你，我早把这件事忘了。"

蓝云朵感激地说："你忘了，俺这一辈子都不能忘。"

丰义群洒脱地笑着说："小事一桩，言重了，言重了！哈哈……"

蓝云朵沉默片刻，又问道："义哥，那天，你背着行李去干啥了？"

丰义群迟疑片刻，说："我就是那天离开家乡去远行了。"

“远行？”蓝云朵问道，“你去哪里了？”

丰义群迟疑片刻，说：“去了好多地方，上海、广州、长沙——还有好多农村。”

蓝云朵好奇地看着他问：“去做生意？”

丰义群想了想，才说：“不是。是……去看社会。”

“看社会？”蓝云朵更加好奇地问，“那边的社会好看吗？”

“不好看。”丰义群连连摇头说，“到处是人欺人、人吃人，军阀混战，灾荒连年，民不聊生，老百姓苦不堪言。”

蓝云朵不解地问：“那是为什么呀？”

丰义群思索片刻，说：“这个社会该……翻个底朝天了！”

这时，蓝云端从前边跑回来说：“姐姐，快点儿呀，红河湾城就要到了！”

红河湾州政府门前，日。

请愿的队伍已把衙门团团围住了。在丰义群等带领下，大家高喊：“我们要活命！我们要家园！”“打倒地主豪绅！”“打倒吃人军阀！”……这时，大铁门咣当当开了。李海川和夫人走出来，后面紧跟着一队警卫士兵。群众的喊声更高，铜锣队也敲了起来。

李海川回头命令士兵：“你们都留在门内，一个也不许出来！”

士兵们连连后退……只有他的秘书高士亮随行。李海川站在台阶上连连摆手说：“乡亲们，乡亲们！我知道你们的到来，已经等候多时了！”

丰义群说：“州长大人，我们是来为民请命的！”

“我知道，我知道。”李海川说，“你是丰义群先生吧？久仰！久仰了！”他说着，主动和丰义群握手说：“早就听说你是个有志青年，咱们巴兰丹就缺你这样的人才呀！”

丰义群倒有点儿发愣，忙说："州长大人过奖了。"

李海川说："我知道大家是为搬迁之事而来……你看这样行不？让大家在外面等会儿，你我去里边谈好不好？"

丰义群一时拿不定主意，不由看了看旁边的陈伯雄。下面的群众却不同意，高喊道："不能去！千万不能去！""就是，不能去！"……

这时，蓝云朵拉着妹妹挤上前来，意欲要跟进去。梁配玉忙拉住她的手，笑着问道："好女儿，你们也来了？"

蓝云朵没吭声。蓝云端却甜甜叫了声"干娘"。

梁配玉轻声答应着，而后高声对大家说："大家不放心呀？那好，我留在外面，让他们进去谈话行不？"

群众这才不再喊叫了。

李海川待客室里光线暗淡。

李海川和丰义群面对面坐着谈话。陈伯雄和高士亮坐在一旁。丰义群说："州长大人，红水河一带这两年连连闹灾荒，苛捐杂税已经压得百姓透不过气来了……现在，又不明不白地要那么多人搬迁，百姓更是苦不堪言，这还让人活不？"

"就是。"陈伯雄说，"就我们了解的情况，为此事被逼上吊跳河的已不是一个两个。朱家庄有个寡妇被逼不过，带着三个孩子一起投河自尽了。"

"我知道，我知道。"李海川说，"这些情况，我早派人下去了解过，可是……"他叹了口气，为难地说，"身为百姓父母官，当然首先要把百姓的疾苦放在心上，只要力所能及，必应竭尽全力！可是……"他说到此，迟疑地收住了话头。

丰义群疑惑地问道："难道……州长大人有什么难处？"

李海川点头，说：“义群先生，你走南闯北，对当前的社会不比我了解得少……怎么说呢？现在的社会是官不官兵不兵、军不军民不民了。”他停顿一下，又说：“虽然孙中山先生名誉上统一了全国，但那些大军阀各霸一方，拥兵自重，谁拿国民政府当回事？下面也是一样，大军阀下边的小军阀，有枪便是‘草头王’，更不把当地政府当回事了。”

丰义群点点头，说道：“州长说得有道理。”

州政府大门外，日。

请愿的群众大都坐在原地休息、抽烟、闲聊……梁配玉和蓝云朵姐妹坐在大榕树下，头碰头低声交谈着。她看着云朵问道：“朵朵，你们的母亲，怎么看上去那么年轻啊？”

蓝云朵迟疑片刻，说：“她是……俺们的继母。”

蓝云端话多，说：“俺娘多年前上山采药摔死了，她才到了我家。”

“是这样啊？”梁配玉说，“她待你们还好吧？”

蓝云朵点点头，说：“还、还好吧。”

蓝云端却撇着嘴说：“好也是装出来的，一天天假模假式的。”

蓝云朵训斥她道：“不许瞎说！”

梁配玉笑着说：“装出来的也行呀，装一天、装一年，能装一辈子不就成真的了？”

蓝云朵笑了笑。梁配玉抚摸着她的秀发说：“我真的很喜欢你们姐儿俩，以后没事常来玩儿呗。”

蓝云端忙抢着说：“我巴不得天天过来玩呢！”

蓝云朵暗中瞪她一眼……梁配玉更加低声地问道：“朵朵，你见过你们家的长寿秘方没有？”

蓝云朵迟疑一下，说："爹说俺家没有什么秘方。"

梁配玉稍愣，含笑问道："真的没有啊？"

蓝云朵刚要回答……蓝云端抢先说道："我看不一定。爹那个大铁箱像他的命，一天到晚锁得紧紧的。"

梁配玉反问道："大铁箱？什么大铁箱？"

蓝云朵恨得咬牙，在下面用力拧蓝云端大腿一把。蓝云端痛得哇哇叫……

李海川待客室里，双方的谈话仍在进行。只见，李海川眉头紧锁地说道："昨天，我去军营找了朱汉臣。你看他那副德行……哼，鼻子朝天，爱搭不理，可把我气坏了！"他停顿片刻，又咬着牙说："真是……子系中山狼，得志便猖狂啊！"

陈伯雄意外地问："是啊？他也太过分了！"

"没办法。"李海川说着连连摇头。丰义群不由着急地说："州长大人，咱们不能眼看着百姓处于水深火热之中啊！否则，官逼民反，长此下去，肯定会出大事！"

"我知道，我知道。"李海川忙说，"昨晚，我一夜没睡，思来想去，觉得这事只有我们上下配合，软硬兼施，才能逼他改变主意。"

丰义群急切地问道："你说吧，让我们怎么配合？"

李海川笑了笑，说："咱们两个，必须一个唱白脸、一个唱红脸……这样，你们回去尽量多地发动群众，到时候，咱们这样……"他低声说着、说着……丰义群边听边不时点点头。

白帝岩溶洞中，夜晚。

丰义群、陈伯雄、丰国明等聚在一起正商量着什么……陈伯雄说："看来，李州长还真是一心为百姓着想，应该说是个好官。"

丰义群点头说："是。目前，这样的官已经不多了。"

陈伯雄又说："可那个朱老大，也他娘忒不是玩意儿了！"

"听老人们说这家人血脉不好，祖辈没一个好人。"丰义群说，"到他们这一代，一个个更不是东西了。"

丰国明突然说："义哥，我一个人瞎琢磨……咱们抄他的后路怎么样？"

丰义群看看他，问道："怎么抄他的后路？"

丰国明说："我去放把火，把他家的房子点了！"

丰义群笑了笑，说："点他家的房子？你小子胆不小哇！"

"这样不行。"陈伯雄说，"你点了他家的房子，真烧起来还不把整个村子毁了？那么多百姓不也要跟着遭殃？"

丰义群说："就是。不过，听他这么说我倒有了个想法。"

陈伯雄问道："什么想法？"

"就是给他点儿颜色看看。"丰义群说，"今晚夜黑风高，咱们找十几个弟兄去他家……不杀人不放火，就抢他家的粮食怎么样？"

"那……行吗？"陈伯雄迟疑地问，"他家有看家护院的，还有条大黑狗。"

丰义群笑了笑，说："我也是突发奇想，来，咱们好好商量商量。"

几个人凑在一起，比比画画地说着、说着……

这是个光线十分昏暗的夜晚，黑影憧憧的村子里偶然传出狗吠、牛哞和孩子梦呓中的哭声。在朱汉臣家院墙外，十几个蒙面人拿着空口袋从四面八方悄然而至，迅速集结在大榕树下，并头碰头嘀嘀咕咕说着什么。

“汪、汪……”院里传出大狗的狂叫声。一会儿，又传出人的呵斥声：“大黑，别瞎叫了，吵得人睡不着！”

狗叫声这才停了下来。丰义群从随身带的口袋中掏出个馒头，低声对丰国明说：“这是酒泡过的馒头，你爬树上去扔给那条狗，它一会儿就不叫了。”

丰国明点点头，猴子一样爬上榕树把馒头扔了下去。瞬间，院子里传来狗吃食的呜呜声。过了一会儿，丰义群带领几个人爬树登上了朱家的屋顶，低头往下察看着……院子里静悄悄。大黑狗躺在了墙根下一动不动。丰义群观察片刻，命令丰国明和丰天亮顺着梯子下去了。

正在这时，朱九毛提着裤子从厢房出来，哈欠连天地去了厕所。两个年轻人非常机灵，迅速冲进厕所，把正在撒尿的朱九毛放倒在地。那小子尿了一裤子，开口想喊却看到明晃晃的杀猪刀已架在脖子上。丰国明低喝问道：“快说，猪头三在哪儿？”

朱九毛不敢高声地说：“没、没在。他经常夜、夜不归宿。”

丰国明又问：“你们民团住哪个屋？”

朱九毛忙用手指了指说：“在西、西屋。”稍停，他又补充道：“昨晚朱、朱司令回来，都喝多、多了。”

丰国明和丰天亮用朱九毛的腰带把他捆起来，又扒下裤子塞住了他的嘴。丰国明命令丰天亮看住朱九毛，出厕所朝屋顶上摆了摆手。丰义群带领几个弟兄悄无声息地从梯子上下来了。丰国明指了指西厢房，低声说：“都喝多了。”

丰义群明白地点点头，带领几个人冲进西屋，把几个睡梦中的民团成员制服并收缴了几杆大枪。丰国明去开了大门，把等在门外的十多个弟兄放了进来。

大家低声交流了一下情况，迅速分头行动。几个人拿刀握棒守在上房门口，剩下的打开了偏房的粮仓。丰义群用刀子划开粮囤，稻谷便哗啦啦流了出来。大家纷纷打开随身带来的口袋接着……

夜空明净，月牙弯弯。山山水水笼罩在淡淡的雾霭之中，更显得缥缈而神秘。

丰义群他们扛着粮食提着枪，一个个兴奋、激动地走在山路上。陈伯雄举着枪，高兴地说："义哥，这回，咱们成立武装队有资本了！"

"就是。"丰义群说，"有枪胆就壮，再把各家的土枪土炮收集起来，尽快建立咱们自己的武装！"

"就是。这年头，有枪便是草头王！""对！咱拉队伍和敌人大干一场！""这回咱谁都不怕了！"……大家高兴地议论纷纷。

丰义群笑着说："什么草头王？咱可不当土匪，是要领导群众，改变这个社会！"

大家嘻嘻哈哈表示赞同。丰义群开口唱道：

> 这个社会太黑暗，
> 必须彻底来推翻。
> 工农群众做了主，
> 国家才能有出路。
> 咱们来当带头人，
> 为家为国为民族。

大家跟着合唱：

咱们来当带头人，

为家为国为民族。

歌声粗犷嘹亮，在山野间久久回荡、回荡……丰义群唱罢，喘了口气说：“这些粮食，咱们一粒不要，全部分给村里的贫困户。”

大家表示同意。丰义群掰着手指数念道：“村西头的顺昌大爷，东头的杠子婶，南头的王拐子……”

“义哥，”陈伯雄说，“咱们这些弟兄家里也有揭不开锅的，留下点儿也应该。”

丰义群摇头说：“一个籽儿不留，这样做将来咱们有话说。”稍停，他又补充：“弟兄们谁家有困难咱们再想办法。”

陈伯雄想了想，表示同意。少顷，丰义群又突然想起地说：“从明天开始，我们要分头深入盘阳湖周边的十多个村子，充分发动群众，一旦时机成熟，便和李州长沟通，带领他们包围朱汉臣的兵营！”

他说的盘阳湖在巴马县境内，就是命字河河水从大山中流出来，千回百转最后积攒成了一个烟波浩渺，像镜面般的千顷大湖。据说，这水中富含各种化学元素，对人类的健康长寿很有益处。那么多人从世界各地赶来，大都租房住在湖旁。

大家听了丰义群的计划，高兴地纷纷议论道：“那太容易了！”“就是。那些村里的百姓早憋得嗷嗷叫了！”“一两千人，够他姓朱的喝一壶了！”……

三

这个世界上到什么时候都一样，有高兴的就有沮丧的。

大清早，朱家院子里一片狼藉！你看，敞开的粮仓屋门已经毁坏；多个粮囤被割裂；黄灿灿的稻谷撒落满地……朱九毛和他的部下成一排站在墙根下，战战兢兢不敢抬头。

朱世章走来走去，边挨个打他们耳光边呵斥道：“俗话说，养兵千日用兵一时。你们他娘的都是废物啊？进来那么多人，打不过总该吭一声吧？！”

他老伴站在一旁，也用手指点着数落道：“你们这些混蛋，一天吃我家十多斤粮食，除了喝酒就是睡觉，再不就是溜出去搞破鞋……我养口猪能吃肉，养只鸡能下蛋，要你们有嘛用啊？！”

这时，朱三计牵着马进门来，吃惊地问道：“爹，这是怎么了？”

朱世章瞪他一眼，没好气地说：“昨天晚上，咱们家招贼了！”

“不是贼，是土匪。”朱九毛忙说，“三少爷，昨晚你不在，进来了上百号人，长枪短枪哗啦啦，谁敢动、动啊！”

朱母逼视着他问道：“小三子，你死哪儿去了？”

“我去了趟省城。”朱三计说罢，转头对他爹说：“爹，去屋里吧，有重要情报。”

朱世章迟疑一下，跟在他身后进了上房。只见，他神秘地低声说：“爹，我昨天去南宁会了个朋友，是从北京过来的……”

朱世章边点燃大烟袋，边问道：“你小子能有什么正经朋友？”

“可不是那么回事。”朱三计说，“我这个朋友原来是袁世凯的卫士，因岁数大了才从总统府出来。这次，他是带着老婆来桂林游玩……”他说到此，故意打住了话头。

朱世章不由问道：“那又怎么样？”

朱三计声音更低地说：“听他说，州长李海川的老婆叫梁配玉，是现在的总统曹锟姑姑家的表妹。”

朱世章一怔神，忙问道：“真的还是假的？”

朱三计信誓旦旦地说：“千真万确，半点不假！”

朱世章急切思索片刻，挥着手说：“快，去找你大哥！快去……”

兵营坐落在一个深深的大山坳中。明媚的阳光下，只见岗哨林立，铁丝网森严，一排排简易房并列在草地上。房门口，朱汉臣正在卫兵伺候下洗脸刷牙……

突然，周围的山顶上响起铿锵的铜鼓声，群众嘈杂的呐喊声……朱汉臣吃惊地抬起头来——只见，上千名百姓从四面八方冲下来，眨眼间便把兵营团团围住了。他们拿着铁镐、锄头、起粪叉，高举的横幅上写着：“我们要活命！”“我们要祖业！”“谁让我们搬家，我们就和他拼到底！”“打倒反动军阀！”……

丰义群带领弟兄们扛枪举刀冲在最前面。朱汉臣色厉内荏，走到锁着的大门口处问道：“你们干、干什么？”

丰义群微微笑着说：“干什么？找你来算算账。”

“算账?”朱汉臣瞪大眼睛反问道，“找我算什么账?”

丰义群说：“算算你这些年欺压百姓的账，算算你这次逼迫百姓搬家的账!”

朱汉臣冷冷一笑，说道：“你算老几，敢跑来和老子算账?!”而后，他大声命令身边的卫兵和远处的岗哨：“都把枪给我上膛!”

只听哗啦啦一阵响亮，士兵们全部把子弹上了膛。农民武装队员们见状，也纷纷欲把子弹上膛，被丰义群用目光制止了。他仍是微微冷笑着说：“姓朱的，十村八寨都是老乡亲，我就不信，你敢命令他们冲百姓开枪?”而后，他冲那些士兵喊：“弟兄们，大家都是吃着红水河的水长大的，你们也是农民的子弟，难道真的要开枪打自己的父老乡亲?!”

士兵们面面相觑、慢慢后退……朱汉臣冲天开了一枪，大声命令道：“不许后退！谁后退我毙了谁!”

丰义群严肃地警告说：“朱汉臣，你小子别敬酒不吃吃罚酒，要不听劝，小心你的亲娘老子和大宅院。”他说罢，大声命令道：“乡亲们，抄家伙!”

武装队员们有的立即把子弹推上了膛……那么多群众挥动着形形色色的武器，围着铁丝网大喊大叫，但并没有一人往里闯。就这声势，也吓得士兵胆战心惊，连连后退。

丰义群冷笑着说：“姓朱的，你说吧，让这么多乡亲搬家，你搞什么猫腻?”

“我搞什么猫腻?”朱汉臣厉声说，“这是上司的命令。”

丰义群伸出手说道：“上司的命令？你拿出文件来看。”

朱汉臣硬撑着说：“你算老几？老子凭什么让你看?”

这时，李海川从人后闪身出来说：“朱司令，我看看总可以吧?”

“……”朱汉臣愣住了。群众齐声高喊道：“拿出来！快拿出来……”

朱汉臣迟疑片刻，面红耳赤地说：“李大人，是、是这样……咱们借一步讲话。”

“不用。”李海川说，“没什么话讲，你只要把文件拿出来，我保证让乡亲们撤退。”

朱汉臣有点下不来台，不由恼怒地说道：“州长大人，我说过……军界的事，你最好不要过问。”

李海川冷笑着说：“今天这事，我还真过问了，否则，我无法面对这么多群众。”

“……”朱汉臣语塞。群众的喊声更高：“拿出来！拿出来……”

朱汉臣憋闷了一会儿，解释道：“昨晚接到白司令电话，说文件一两天就会到达。”

李海川又问道：“就是说，现在没有？”

朱汉臣闷着头不回答。李海川提高声音说：“现在没有，你凭什么逼百姓搬迁？你这不是假传圣旨吗？”

朱汉臣恼羞成怒地说：“我就是假传圣旨了，你敢怎么样？！”

“……”李海川被顶得说不出话来。丰义群趁机高呼道：“姓朱的假传圣旨，上边根本没有让大家搬迁这件事！”

“揍他！”“真不是东西！”“乡亲们，抄家伙！”……群情激愤，人们开始敲打着铁丝网要冲进去。朱汉臣见状，忙冲天开了一枪，并大声命令士兵：“给我顶住！谁往里冲就打死他！”

士兵们迟疑片刻，一个个端着枪往上冲……丰义群大声喊道：“自己人不打自己人！穷人不打穷人！”

李海川也迅速冲上前，挡在士兵和群众中间说：“我是州长，谁敢开枪我判他死刑！”

丰义群迟疑片刻，暗中给丰国明递了个眼色。丰国明和丰天亮等迅速撞开大门，冲过去控制住朱汉臣，并下了他的枪。这小子边挣扎边喊道：“开枪！快给我开枪！”

李海川挡在两帮人中间大声说：“谁敢开枪，我马上枪毙他！”

双方正在僵持不下时，朱三计打马飞奔而来……并大声喊道：“停住！都停住！我家老爷子有话说！”

双方人员都愣住了。朱三计到近前飞身下马，气喘吁吁地对朱汉臣说：“大哥，咱爹说了，咱什么都不要、什么都不做、做了！”

朱汉臣吃惊地问道：“这是为、为什么？”

朱三计说：“咱爹说，为这件事，昨晚土匪下山抢了咱家的粮食，再折腾下去，只怕全家性命不保，房子也会被人点了！”

丰国明、丰天亮等偷着笑。朱汉臣充硬汉地说：“那不行！这是白司令的命令，必须执行！”

“行了，哥。”朱三计嬉笑着说，“你就别玩这鬼吹灯了，咱不是没有尚方宝剑嘛！”

这家伙说了实话，朱汉臣被气得咬牙发狠直跺脚，却一句话也说不出来。

蓝云端住室里，夜晚。

明亮的灯光下，三个人哈哈大笑。

丰山姗被惹得差点儿喘不上气来，边擦抹着眼睛边问道：“那个猪头三——是不是缺心眼儿呀？”

蓝云飞说：“这个人我倒有印象，缺不缺心眼儿不知道，反正是个‘二百五’。”

蓝云端也说：“要不乡亲们都说老朱家血脉不好，哪一辈都出个缺魂少调的。但这家人并不难打交道，几句话就能被人哄得晕头转向的。”

“是呀。”蓝云飞说，“咱娘不就是这样嘛，经常被你哄得团团转。”

“净瞎说。”蓝云端说，“我什么时候哄咱娘了？那时候你比我还鬼呢。”

蓝云飞笑着说：“我大姐可就差点儿。她脾气倔，不会说好听话。”

丰山姗思索着问道：“你们说的……就是我老奶奶呗？”

蓝云端点点头，又说：“但大姐特有心计，主意贼正，咱爹最喜欢她了。”少顷，她不无沮丧地沉默片刻，又补充道：“咱爹老说我缺魂儿……反正当时那会儿你是爹的心尖子，姐是爹的眼珠子，我是爹的眼眶子！”

蓝云飞忙给她倒了杯水，劝解地说：“姐，多少年过去了……手心手背都是肉，咱爹哪个不疼？他就是爱整天板着个脸，让人看着害怕。”

蓝云端哧地笑了，说：“你这小嘴儿，从小就会哄人高兴！”

“还小嘴儿？”蓝云飞笑道，“我都快一百岁了，老嘴都快没牙了。哈哈……”

丰山姗笑着说：“你们二老可真有意思，一下午都在说过去的事！”

蓝云飞说：“人老了可不就怀旧嘛。不是常说，现在的事记不住，过去的事忘不了；坐着打瞌睡，躺倒了睡不着……”

“哈哈哈……”丰山姗被逗得笑岔了气，剧烈咳嗽起来。蓝云端忙帮她捶背说：“这闺女……快喝点儿水。”

“高兴了才笑呢。”蓝云飞边往杯里倒水边问道，“姐，你还记得不？请愿斗争胜利那天晚上，乡亲们有多高兴？”

“记得，记得。”蓝云端说，“那天晚上，差点就把天吵翻了！”

夜色淡淡，月亮弯弯。鸳鸯湖边篝火熊熊。乡亲们欢聚在一起庆祝胜利。

铜鼓铿锵，舞姿婆娑。年轻的鼓手用嘴叼着重重的铜鼓狂敲，姑娘们一拨换一拨——猴棍舞、竹竿舞、拍手舞……舞曲悠扬、色彩纷呈。

蓝云朵在姑娘们簇拥下，躲在暗影中唱道：

大雁高飞靠头雁，
羊群登山靠头羊。
自从有了丰义哥，
咱们百姓有希望。

丰义群在另一侧唱道：

有希望、有希望，
众人拾柴火焰旺。
工农群众团结起，
把这世界变个样！

蓝云朵又唱道：

世界再变心不变，
一个情字代代传。
哪个双双化蝶死，

哪个相交到百年？

丰义群接唱：

梁祝双双化蝶死，
你我结交到百年……

小青年们一听，大呼小叫地起哄。丰义群微微一笑，接唱道：

革命友谊如磐石，
手儿不牵心相连。

蓝云朵马上回应：

你我相好到百年，
心儿相连手也牵。
哪个九十九岁死，
忘川树下等一年！

所有人不约而同鼓掌叫好……梁配玉和丈夫不知何时来到现场，见此情况，她开口唱道：

天有风雨五谷生，
男欢女爱世间同。
哥若有情妹有意，
我做月老牵红绳。

蓝云朵羞涩地叫了声“干娘”，躲进姑娘群中。梁配玉哈哈笑，追上前把她搂进怀里。此时，全场的气氛更加热烈，铜鼓声惊天动地。丰义群忙让人搬来两把椅子让州长和夫人坐，并唱道：

不烦夫人牵红绳，
只望州长更开明。
一方净土一方人，
百姓安居享太平。

李海川哈哈笑着说：“李某一定尽力，一定尽力！”

大家欢呼雀跃，纷纷投入欢乐的海洋。火堆旁，小云飞和几个孩子欢叫着跑来跑去。

“小心烫着！”蓝云端喊了一声，抓住云飞送进朱月娥怀里。朱月娥心痛地为儿子擦抹着头上的汗水说：“看看，这一身汗……”

“娘，没事。”蓝云飞说着，挣开她的怀抱跑开去……旁边，李海川望着丰义群，低声对梁配玉说：“这个年轻人……不一般啊。”

“是。”他们身后的丫鬟春红不由夸赞道，“人们都叫他义哥，处处替老百姓打抱不平，在这一带威信可高了！”

李海川训斥道：“有你什么话说？！”

春红吓得后退一步，忙抬手掩住了嘴巴。梁配玉和颜悦色地说：“春红，去找云朵她们玩儿吧。”

春红答应着，急不可待地跑走了。梁配玉四顾没人注意，低声说：“海川，你有没注意到，这个年轻人讲话和那些乱党一个腔调？”

“我当然注意到了，”李海川说，“已吩咐高秘书派手下严加监控。”

梁配玉点点头，说：“这种年轻人社会上大有人在，管控得好，将来可能是国家的栋梁之材；管控不好，也可能是党国的大麻烦。”

“是呵，”李海川思索片刻，又说，“那个朱汉臣太狂妄了，根本没把我们放在眼里。夫人，你是不是去北京一趟，让表哥给姓白的打个电话，好好教训教训这小子？”

梁配玉思索片刻，摇着头说：“算了，咱们有自己的事，没必要和这种人计较。再说了，要是我表哥问起那件事，我怎么回答？”

“也是，”李海川点点头，又说，“可那件事应该怎么往下进行呀？”

梁配玉忙说：“我自有办法。”她说罢，冲不远处的云朵招招手：“朵朵，你来……”

蓝云朵答应着，汗津津地跑过来问道：“干娘，怎么了？”

梁配玉问道：“那天听你爹说，你和端端是八月十五生日？”

蓝云朵点着头说：“是啊，我是前半夜生的，她是后半夜才落地。”

“要不你是姐呀。”梁配玉说罢，数着手指又道，“今儿是初九……还有六天，到那天，干娘给你们姐儿俩过生日！”

蓝云朵高兴地说：“谢谢干娘！”

梁配玉半玩笑地指指正在敲铜鼓的丰义群，说：“到时候，把那个小伙子也请上。”

蓝云朵莞尔一笑，不好意思地飘然跑开去……

这天夜晚，朱世章家院子里红灯笼高挂。父子三人坐在桌旁，阴沉着脸唉声叹气。

朱九毛站立一旁，不时殷勤地为他们添茶倒水。突然，朱三计气呼呼地拍打着桌子说：“爹，这事忒窝囊了，咱不能算完！”

“就是，”朱汉臣也说，“我咽不下这口气！”

“算了，算了。”朱世章忙劝说道，“进一步山穷水尽，忍一时海阔天空。人家根子太硬，咱惹不起就躲吧。”稍停，又补充：“这事本来是咱凭空捏造，万一让上面知道了，咱还不是吃不了兜着走？”

朱汉臣叹了口气，说：“那个李海川还算罢了，他丰义群算老几？竟敢骑在咱头上拉屎？！”

“就是。”朱三计拍打着桌子说，“那小子最不是东西了，从小横行霸道，我就被他欺负过多少回。”

“那是个乱臣贼子，迟早不会有好结果。”朱世章说，“可眼下有李海川给他壮胆，咱又有更重要的事，就暂时不和他计较了吧。”

朱三计说：“咱可以不说征地这事，找他别的毛病呗。”

“就是。”朱汉臣忽然想起地说，“爹，你想想，那天晚上抢咱家的粮食，会不会是他带的头？”

朱世章思索片刻，神色迟疑地说：“这事……不能凭空一说，可得要证据。”

朱三计转脸问九毛道：“你回忆回忆，那天晚上有没有丰义群？”

“这我可不敢乱说。”朱九毛说，“那天晚上黑得伸手不见五指……我正在迷迷糊糊撒尿就被蒙住眼堵住了嘴巴。”

朱三计又问道：“他们互相之间就没说话？”

“说是说了。”朱九毛迟疑地说，“可四五十号人都操着京腔，听着不像本地人。”

“算了，算了。”朱世章摆摆手说，“这事倒可慢慢访查，当务之急是你们白司令吩咐的那件事，咱必须尽快有个交代。”稍停，他又冲朱汉臣补充道：“我和白司令是世交，要不这个分区司令也不会让你当。前几天，他还打来电话，专门问起此事。”

朱汉臣心烦意乱地说：“那个蓝老大死活不承认，这事可怎么弄呀？”

朱世章说：“不管怎么弄，这事必须抓紧。”

“我姐姐也太笨。”朱汉臣埋怨地说，“她嫁给蓝老大这么多年了……”

“这事也不能怪你姐。”朱世章打断他说，“当时她嫁给蓝老大，咱可不是冲这事去的。还不是他白司令想起什么，突然给咱提出来这件事？”

朱汉臣和朱三计阴沉着脸没吭声。朱世章说：“我反复琢磨过，这事咱只能先礼后兵，不可乱来。”而后，他压低了声音，比比画画地说着、说着……

阳光灿烂，鲜花盛开。李海川的官邸内一片欢庆景象。梁配玉正在给蓝云朵姐妹二人举办生日宴会。丰义群也在场。小云飞乖乖地被云端抱在怀中，瞪着大眼左顾右盼。

梁配玉看看义群，含笑问云朵：“朵朵，你们这事……家里知道不？”

蓝云朵粉脸通红，羞涩地说：“我没告诉他们。”

丰义群忙说：“夫人开玩笑了，我和朵朵有什么事呀？”稍停又补充：“我们就是志同道合的革命同志嘛。”

“年轻人别不好意思。”梁配玉含笑说，“这人啊，到什么岁数就该办什么事，我可是过来人。哈哈……”

丰义群忙争辩道：“夫人，我们真的没什么事，不信你问朵朵。”

这时，蓝云端突然冒了一句：“这事，我爹知道。”

蓝云朵一愣，急声问：“你告诉咱爹了？”

蓝云端哧哧一笑没回答。蓝云朵打她一下，埋怨道：“你真是……话多屁稠，少说两句谁能把你当哑巴卖了？！”

梁配玉好奇地问：“你爹什么意思？”

“我爹是个没嘴的葫芦，”蓝云端说，“哼了一声什么也没说。”

大家不由哈哈笑了起来。过了一会儿，李海川开玩笑般地问道：“端端，说句玩笑话……你家的长寿秘方可是价值千金，你觉得将来你爹会交给你们谁？”

“肯定给她。”蓝云端指着云朵说，“她是爹的眼珠子，我是爹的眼眶子！”

一句话逗得大家再次发出哈哈的笑声……这时，李少辉和稻田芳子拉着行李箱，风尘仆仆地出现在大门口。他们两位一看就不是平头百姓，服饰光鲜、风度翩翩，简直像金童玉女般让人羡慕。梁配玉非常意外地惊叫道：“儿子！你怎么这会儿回来了？！”

李少辉咧嘴一笑，擦着头上的汗水没吭声。李海川也很意外，问道：“就是。少辉，你怎么现在回来了？”

李少辉忙解释道：“我们学校搬迁，放假三个月。”

李海川责怪地说：“那你怎么也没拍个电报？”

李少辉又说：“行色匆匆，没顾上。”稍停，他又补充道：“给你们个惊喜嘛！”

蓝云朵她们只能瞪眼瞅着插不上话。梁配玉上前搂住少辉，又看了看稻田芳子问道："这位……客人是谁？"

蓝云端突然冒昧地插话问道："是……嫂子吧？"

"不是。"稻田芳子边弯腰鞠躬边大方地说，"我是少辉的同学，你们叫我芳子吧。"

蓝云朵趁机狠狠瞪了云端一眼。李海川忙说："快请坐！请坐！"

这时，春红端来盆水，热情地请李少辉和芳子洗脸。等大家落座后，梁配玉非常高兴地一一做了介绍。大家点头、握手，客气地寒暄着……

蓝云端拉着李少辉的手不想放开地说："少辉哥、芳子，认识你们太高兴了！"

"高兴！都高兴！"梁配玉忙说，"今天是双喜临门，来，大家共同喝一杯！"

万籁俱寂，夜已经很深了。在蓝云端住室里，姐弟俩仍谈兴正浓。

蓝云飞含笑望着云端问："姐，这么多年过去了，你实话实说……是不是头一眼就看上少辉姐夫了？"

蓝云端不无羞涩地点点头，说："到如今，我想了一辈子也没想明白，怎么看他就那么……顺眼。"

蓝云飞笑着说："有缘千里来相会呗。"

蓝云端连连叹息着："可不是，只能说是缘分吧。"

"那——"蓝云飞又问，"他走后又回来过没有？"

蓝云端摇了摇头，说："不过，开头那几年，他倒是给我寄过不少钱。要不，你和爹娘避难走后，我一个人怎么能够活过来呀？"

蓝云飞点点头说："这小子还算有点儿良心。"

"他人真的不坏。"蓝云端说罢又问，"那年，你和咱爹娘去了哪里呀？怎么一走这么多年，连点儿音讯都没有？"

蓝云飞愣怔片刻，感慨万千地说："姐，这话说起来可就长了。"他说罢陷入思索，久久没吭声。蓝云端又说："那几年，我到处托人打听，可都是毫无音讯……"

终于，蓝云飞开口慢慢地讲道："自从'白色暴动'失败后，国民党到处抓义哥和咱们家的人。爹听到消息，连夜带着娘和我到处逃难……那时候咱太爷爷已经不在了。大姐一直跟着义哥的队伍……对了，当时你去了哪里？"

蓝云端没正面回答，却问道："我——你记得少辉家那个丫鬟不，叫春红？"

蓝云飞思索着说："春红？是不是个子不高，模样倒很周正？我倒有点儿印象。"

"对，就是她。"蓝云端说，"在少辉家那些日子，我们俩关系处得很好。少辉娘死后，少辉和他爹去了日本。春红很可怜我，总要我去她家玩。她家住在南丹，挺远的，来回得走两天。"

蓝云飞听着，不时点点头。

"国民党抓人的时候，我正好去了她家。"蓝云端说，"好像，那回我在她家住了有……半个多月。"

蓝云飞点点头，说："爹找不到你，气得骂大街，说嫁出去的闺女泼出去的水，不管这个死妮子了！嘿嘿。"

蓝云端忙说："看怎么样，爹就是不亲我吧？"

"你又来了，爹还不是说气话？"蓝云飞说罢思索片刻，继续讲述道，"那天晚上，夜黑风高。爹和娘简单收拾了一下，我们就上路了。爹的意思，是想躲到昆明去投奔他的一个同学……结果，刚翻过老虎岭便碰上了国民党的一支部队。爹娘不知被送到什么地方去了。我被他们抓了壮丁，后来就再没见过他们。”他说罢，神色黯然地久久不语。

蓝云端也说：“我回来后也到处找过他们，一直没有音讯。”

蓝云飞眼中泪光闪闪地说：“姐，咱们都不孝啊，这辈子也没能去爹娘坟上烧张纸！”

“那有什么办法呀。”蓝云端感叹着吸了吸鼻子，又说，“那年头兵荒马乱的，死个人跟踩死个蚂蚁差不多。唉……”

蓝云飞擦了擦眼睛，接着说：“刚被抓的那些日子，我几次想逃跑都没成功，部队一直开到了广东……后来，我想既来之则安之，学好本领，将来为爹娘报仇吧！”

蓝云端想了想，说道：“那年，你刚满二十岁。”

“对。”蓝云飞说，“抓我的部队是国民党第三十九军十三混成旅二十四团，归薛岳将军领导。我在连队干了几年，因表现还不错，被送去保定军官学校学习了三年。”

蓝云端问道：“是啊？那你怎么再没和家里联系过呀？”

蓝云飞说：“我写过信呀，写过好几封呢，却一直没收到回信。”

“是吗？”蓝云端说，“那就怪了，我一封都没收到。”

蓝云飞叹了口气，又说：“那年头兵荒马乱的，什么都不正常。”他停顿片刻，继续讲述道：“回到部队，我刚被提拔当上连长，日本鬼子便开始大举侵略咱中国了。”

蓝云端思索着说：“那……就是到 1937 年了。”

“对。”蓝云飞说，“那时候，国恨代替了家仇，我们全力以赴投入了抗战。我们的部队参加过淞沪会战、南京保卫战、长沙保卫战……我因作战勇敢，多次受伤，薛岳将军亲自给我颁发了宝鼎勋章。1941 年年初我被提拔为团长，年底接受蒋委员长的检阅，参加远征军被派往了缅甸。”他说着，从行李箱中取出一枚亮闪闪的勋章。

“远征军？”蓝云端接过勋章看着，意外地问，“怎么，你参加了远征军？”

蓝云飞点点头说：“是、是呀。怎么了？”

蓝云端停顿片刻，目光闪烁地说：“我收到过少辉的来信，好像说他参加远征军去了缅甸。”

蓝云飞意外地问：“是、是吗？”

“真的。那封信我还保存着哩！”蓝云端说罢，打开锁着的立柜抽屉取出来一个精致的梳妆盒，小心翼翼从里面拿出两三封信和一些首饰什么的。她抽出一封递过去：“就是这封，你看看。”

蓝云飞打开已经变黄的信纸看了看，说：“他还真是参加了远征军，但和我不是一个部队。”

蓝云端急切地问：“那你见过他没有？”

蓝云飞笑着说：“部队的人成千上万，我怎么可能见到他。”

“啊哦……”蓝云端失望地叹了口气。蓝云飞沉默良久，忽然想起地问：“姐，那个女的是怎么回事？”

蓝云端还没回过神来，茫然地问道：“哪个女的呀？”

“就是……那个日本女的。”蓝云飞思索着说，“就是给你们过生日那天，和少辉一块回来的那个日本女人。”

蓝云端一时没回答。蓝云飞继续说：“你忘了吗？那天我跟你们去了……那个女的抱着我，还给了我块糖。那是我头一回吃糖，所以印象特别深刻。”

蓝云端恍然大悟地说：“你是说稻田芳子呀？少辉还真对我讲过她的事。”

“对，”蓝云飞说，“就是她。”

蓝云端思索着慢慢说道：“那个女的还真是少辉的同学，只是比他高两届，比他大好几岁哩。”

夜晚，在李海川官邸少辉的临时房间里。梁配玉边为儿子整理行李箱中的衣服边问道：“那个芳子……真是你的同学？”

李少辉脸有点儿红，含混地说：“是、是啊，是我的同学。”

梁配玉又问：“那她来干什么？”

李少辉说：“她是来看她爸爸的。”

梁配玉意外地问道：“看她爸爸？”

“是啊，”李少辉说，“她爸爸就在巴兰山里头。”

梁配玉更加意外地问：“她爸爸怎么会在巴兰山里？”

这时，李海川进来了，问道：“你们说谁呀？”

“说芳子的爸爸，”梁配玉说，“少辉说他就在巴兰山里面。”

李海川也很意外，问道：“她爸爸在巴兰山里？他在那儿干什么？这是怎么回事？”

“你们听我说嘛。”李少辉解释道，“芳子是个混血儿，她爸爸是日本人，妈妈是中国人。她小时候在中国福建住了十多年……她爸爸本来是东京大学的教授，专门研究生命医学，几年前被政府抽调，到中国来进行科学考察的。”

“东京大学？”李海川说罢，又突然想起地问，“她爸爸叫什么名字？”

李少辉说：“稻田森一，是个国际著名的生命医学专家。”

“稻田森一？”李海川惊讶地说，“那是我们老师啊！”

这回轮到李少辉意外了：“他是你们老师？！”

“是啊。”李海川说，“东京大学，稻田森一，没错，就是我们老师！”

梁配玉忙解释道：“不是对你说过嘛……你爸爸年轻时在日本留学，毕业后又参加工作，在东京待了十来年呢。”

“这我知道。”李少辉说罢又转头问父亲，“爸爸，我就不明白，日本那么发达、条件那么好，你怎么回来了？”

李海川笑着说：“还不是你爷爷老脑筋……还有你妈妈，非闹着要我回来。”

“那是。”梁配玉说，“日本再好，也不是咱的家呀？咱的根，不是就扎在中国这块土地上！”

李海川只摇头，说：“看看，你妈也是老脑筋。”稍停，又补充：“我要不回来，你妈非跟我离婚不可。”

梁配玉肯定地说：“那是。”

李少辉连声叹息道：“遗憾，太遗憾了！”

李海川喃喃地说：“我的老师竟然在大山里头，我怎么一点儿都不知道？回头，我一定要去看看他。”

李海川夫妇住室，夜晚。

他边脱衣服边问：“你问过他了？”

“问过了。”梁配玉边收拾着丈夫脱下的衣服边说，“他说是同学，我看他那神色……不一定。”

“是吗？”李海川警觉地问，“你担心他们有……特殊关系？”

“难说。”梁配玉仍然叹息着说，“少男少女的在一块……少辉一个人在那里，孤独又寂寞。”

李海川想了想，说：“其实，他们要真有那层关系也挺好的。”

“好什么好？”梁配玉不高兴地说，“娶个日本媳妇，再生个小日本鬼子，你习惯我还不习惯呢！”

李海川嬉笑着说："看看，我就是那么一说嘛。"

梁配玉停顿片刻，又说："中午吃饭的时候，我看少辉和云朵坐在一起，心里突然有个想法……"

李海川忙问道："你不是想让那个蓝云朵做你的儿媳妇吧？"

"有什么不行吗？"梁配玉反问一句，又说，"我挺喜欢那个女孩……再说，要真成了一家，咱们的事情不就好办了？"

李海川思忖着说："这倒也是个不错的想法。可是，云朵不是和那个义群……"

"他们八字还没有一撇呢。"梁配玉说，"再说了，双方老人也不一定同意呀。我觉得，拆开他们并不难。"

李海川嘿嘿笑着说："真是成也萧何，败也萧何。"

梁配玉突然想起地往外走："我得去看看……"

李海川忙嘱咐道："你千万别进屋去，在他们各自窗前问一声就行了！"这时，他已躺在被窝里，眼看着妻子出门，不由又嘟囔一句："瞎操心！"

这时，高士亮进来说："州长，那个蓝长根，被朱世章请他家去了。"

李海川警觉地说："是吗？继续监视。"

高士亮答应着出去了。李海川久久思索着什么……

朱汉臣家餐厅里，日。

一桌丰盛的宴席已近尾声。在座者看样子都喝了不少酒，一个个红头涨脸，说话口齿不清。

朱世章抽着烟说："长根呀，咱一家人不说两家话，有件事我说出来，行不行你千万别不高兴。"

蓝长根忙说："你说吧，我听着呢。"

“是——这么回事。”朱世章挑拣着词语问道，“那个……白司令你知道吧？”

“我知道，”蓝长根说，“咱们这一带有名的大军阀嘛。”

朱世章忙说：“也不能说是军阀……我和他有一定交情。汉臣能到今天这一步，可是全亏了人家提拔，他往后的路怎样走，也得靠人家。”

蓝长根不解地说道：“是啊，小命都在人家手心里攥着哩。”

“对对对！”朱世章连连点头说，“你明白这点就好！”他抽了口烟，表情沉重地说：“现在，白司令想要一件东西，咱不给怕是不行了。”

朱汉臣忙补充道：“白司令已经多次打电话，命令我三日内必须交上去。”

蓝长根问道：“什么东西呀？要有咱就交、交呗。”

朱月娥插嘴说：“这东西就咱家有。”

“咱家有？”蓝长根看看她问，“到底是什么东西呀？”

朱世章说：“就是你家的长寿秘方。”

“……”蓝长根张了张嘴，一时没吭声。

“你千万别说没有。”朱世章忙说，“这十里八村，大人小孩谁不知道你家有这东西？我小时候就听爷爷说过，长寿秘方在你家已经传授十几代了。”

蓝长根迟疑地说：“这个……你们不能听人们瞎嚷嚷，我家是真没有。”

朱汉臣一听有点儿着急，不由提高声音说：“姐夫，这事可不能开玩笑，你家有没有大家心里都清楚。”

朱世章也说：“就是。泄底还是老乡亲，你瞒不过去。”

蓝长根闷着头不吭声……朱月娥这才说道：“长根呀，这事关系重大，家里要是有，你就拿出来吧。”

蓝长根也有点儿急，顶撞道：“咱家里有没有你不清楚啊？”

朱月娥一愣，说：“我清楚什么呀？你什么时候告诉过我？”

蓝长根自知态度不合适，忙低下头来闷声说：“你又不是没问过，我明明白白告诉你没有哇！”

“长根，你先别急。”朱世章拍拍他的肩膀说，“这事，你也帮我都掂掂分量……”他缓了口气，耐心开导道：“那个白司令我了解……他可是翻脸不认人，杀人不眨眼。所以，这事不只是关系汉臣的前途，说厉害点，是关系咱全家的身家性命……”

蓝长根一听就急了，瞪着大眼说：“他再厉害能怎么着，我总不能编一份骗他吧？”

朱世章父子们面面相觑……

四

蓝天，白云。巴兰山草丰林茂，高耸入云。

稻田森一背着帆布袋，手拿小锤东走西看。他不时弯下腰，用锤子敲击着各色石头，然后把其中的一些装进袋子里。他五十来岁，头大身矮，戴一副金丝眼镜，穿一身中式服装，给人的印象不像日本人。他当时是世界知名的自然医学协会的会长，来中国的名义是考察长寿基因，实际上是日本国的派遣特务，为数十年后侵略中国做准备。

据“二战”后解密有关资料，日本亡我之心蓄谋已久。早在清末民国初年，日本天皇就派出大量亲信人员……先后两代人以科学考察为名进入了中国。实际上，这些人都是高级特务，任务是搜集各方面的情报，为全面进攻中国、最后占领中国做准备。

山野杳无人影，鸟叫蝉鸣声此起彼伏。突然，三匹马沿着崎岖小路奔驰而来……稻田森一闻声直起身，边擦汗边往下张望。稻田芳子挥动着手臂大喊：“爸爸，爸爸——”

稻田森一疑惑地擦了擦眼睛，待看清来人，不由惊喜地问道：“芳子？好女儿，你怎么来了？”

三人驰至近前，纷纷跳下马来。稻田芳子指着李海川说：“爸爸，你看谁来了？”

稻田森一边往下走边高声问道：“谁、谁呀？”

李海川嬉笑着迎上去说：“森一老师，是我呀。”

稻田森一又擦了擦眼睛，意外地问道：“是——李海川同学吧？”

“老师，您的眼力好，记性更好！”李海川高兴地说，“这么多年过去了，您还能认出我来，太厉害了！”

稻田芳子忙说：“得意门生嘛！哈哈……”

“能认出来。”稻田森一已至近前，高兴地说，“走，走。回家吃饭！”

大家一起往下走时，稻田芳子指着李少辉说：“爸爸，这是我的同学李少辉，也是州长大人的公子。”

稻田森一忙点头致意。李少辉叫了声“叔叔”。

山坳中阳光灿烂。几户人家掩映在绿树葱茏间。

稻田森一租住的房屋坐落在村头上。只见，柴扉、草屋、土狗、笨鸡，再加上院子里的几畦青翠的小菜……看上去像是个殷实的人家。

院里的大榕树下摆上了一桌丰盛的农家饭菜。四人坐着马扎围在桌旁。李海川笑着说：“不知道老师您在这里，真是不恭不敬，该打该罚！”

稻田芳子玩笑地说：“这说明你这当官的不体察民情嘛！”

“不知者不怪罪。”稻田森一说，“我倒是听说新来的州长叫李海川，可万万想不到是你呀！哈哈……”

“那是。”李少辉说，“在中国，同名同姓的人太多了！”

“就是。”李海川说着问道，“老师您来这儿多久了？”

“两年多快三年了。”稻田森一说，“这可真是个好地方，山好水好能养老，谁来了也不想走！哈哈……”

李海川又问道：“还在搞您的生命医学考察呀？”

“是啊。”稻田森一说，“我走过世界许多地方，日本就不用说了，欧洲、非洲……就这里是最适合人类居住的自然环境。”

李海川点头说：“是。这一带的长寿老人最多，我来了也不想走了。”

“哈哈，那可不行。”稻田森一说，“铁打的衙门流水的官，你不走可是不行。”

大家说说笑笑，喝酒、吃饭……

朱世章家客厅里，傍晚。

朱世章和两个儿子满面愁容地围坐在一起。朱汉臣说：“爹，你看这事怎么弄？那个蓝老大死猪不怕开水烫，就是不承认！”

朱世章摇头叹息道：“我能有什么办法呀？唉……”

朱汉臣神色沮丧地说：“今天下午，我刚回到军营就接到白司令的电话……不是催问，而是劈头盖脸一顿臭骂，还说要不是看在你的面子上，早把我撤职了！”

朱世章惊讶地抬头问道：“是吗？回头我给他解释解释。”

“别，你千万别解释，”朱汉臣忙摆手制止说，“他是鬼迷心窍，根本听不进去。”

朱世章无奈地说：“那、那可怎么办呀？”

一直闷头不语的朱三计开口说道：“真是。大活人能让尿憋死？”

朱世章一听，忙问道：“你有什么好办法？”

朱三计拍拍胸脯说："我去他家把长寿秘方偷出来不就行了？"

"净胡说八道！"朱世章训斥道，"你知道他把秘方放在哪儿了？"

朱三计说："趁他家没人的时候，我到处翻呗。"

"真是狗嘴里吐不出象牙来，"朱世章说，"你小子净出馊主意！"

朱汉臣思索片刻，忙说："爹，听老三这么一说，我倒想出个办法来了。"

朱世章问道："什么办法？"

朱汉臣迟疑地说："只怕是……我姐不配合，你也不会同意。"

朱世章不耐烦地说："说出来大家商量商量呗。"

"我想……"朱汉臣说，"能不能让姐夫去见白司令一下，让他当面说清楚？"

朱世章思索着说："就蓝老大那倔死牛的臭脾气……他肯定不会去。"

朱汉臣又说："让我姐好好劝劝他呗。"

朱世章摇摇头，说："不行，这办法……不行。"

朱三计却说："那就偷偷把他送过去呗。"

朱世章反问道："怎么着？你想绑架你姐夫？"

朱三计说："有什么不行吗？"

朱世章沉吟着久久不语。朱汉臣着急地说："爹，甭管怎么样，总比我被撤职，甚至全家人遭殃强多了吧？"

朱世章沉默良久，终于说："这事，咱们得好好商量商量。"

稻田森一住地，傍晚。

稻田森一和女儿送李海川父子往外走……李少辉说："爹，

我也留下来待两天吧？”

李海川想了想，说：“算了，还是让老师和芳子好好亲热两天吧。”

李少辉不语，眼望着芳子征询意见。稻田芳子忙说：“没事。要不你先回去吧，回头我去找你。”

大家来到门口，说着客气话告别……而后，李海川和儿子上马离去。稻田芳子和父亲往回走，她不无调皮地说：“爸爸，有句话你不想问我？”

稻田森一回头看着她，问道：“什么话？”

稻田芳子仍然调皮地说：“你不想问问我和李少辉是什么关系？”

“什么关系还用我问吗？”稻田森一笑着说，“再说，你们年轻人的事，我有必要过问吗？”

稻田芳子嬉笑着反问道：“你是不是我爸爸呀？”

稻田森一忙说：“走吧，好女儿，我们进屋去说点儿要紧的事。”

蓝长根家，初夜。

朱月娥正在猪栏旁搅动着泔水喂猪……朱三计进门来问道：“姐，我姐夫呢？”

朱月娥看看他说：“你姐夫在屋里抽烟哩。你怎么这会儿过来了？”

朱三计说：“爹说让姐夫过去一下，商量点儿事。”

朱月娥不高兴地说：“商量什么？还是那点儿破事呀？”

朱三计忙摇头说：“不知道，爹没说。”

朱月娥冲屋里喊道：“长根，你出来一下！”

蓝长根在屋里答应了一声。朱三计左右看了看，又问道："云朵没在家呀？"

"撂下碗就出去浪了。"朱月娥低声问道，"你是找你姐夫呀还是找那个小妮子？"

朱三计有点不好意思地嘿嘿笑。这时，蓝长根从屋里出来了……

月光皎洁。凤尾竹在微风中轻轻摇曳。不知从哪里传来的葫芦丝声悠扬缠绵，在山野间久久回荡、回荡……青年男女们分成两班，在竹丛树林交界处游来逛去。只见，蓝云朵开口唱道：

一花独放百花衰，
我摆擂台谁敢来？

丰国明回唱：

彩凤高飞雄鹰逮，
自有强手登擂台。

蓝云朵又唱：

漂过江河荡过海，
谁是强手放马来。

丰义群接唱：

放马来，来放马，
哥是绿叶妹是花。

蓝云朵再唱：

叶配红花秋风死，
妹有心思哥可知？

丰义群接唱：

妹有心，哥有思，
清风明月总相知。

蓝云朵又唱：

哥有思，妹有思，
不相欺，永相知。
蜘蛛结网三江口，
……

两人合唱：

风吹不乱是真（丝）思。

他们二人边唱边慢慢隐入月色朦胧的小树林中……

稻田森一住室，夜晚。

这里一看就是个科学家的住处，偌大的房间里，除了一个装载满满的大书架外，就是触目可见的瓶瓶罐罐，量杯、烧杯、酒精灯、天平……形形色色、林林总总。

稻田森一说："什么长寿秘方，我看都是瞎扯淡！在这里生活，随随便便就能活八九十岁，自己要是注意点儿，活一百岁也很平常。"

稻田芳子惊讶地问："那是为什么呀？"

稻田森一解释道："简单说就是这里山好水好空气好，最适合人类居住。"

稻田芳子又问："那——具体说呢？"

"具体说原因就多了。"稻田森一说，"可惜中国人愚昧落后，研究生命医学的学者几乎没有。他们认为的医学就是治病，治好了就是好医生。实际上，生命医学要研究的远远不止这些，更注重的是研究组成人类身体的化学成分，以及如何改变，怎么……"

"你说这些我听不懂。"稻田芳子打断他说，"你就具体说说，这里的人为什么能长寿吧。"

稻田森一摇了摇头，只得说道："首先说这里的土壤。这里的土壤含营养元素非常充足，最为丰富的是锰、锌、硒等，有利于人体健康的微量元素，比别的地方高出五到二十倍。尤其是锰和硒，含量最高。"他缓了口气，接着说："我研究过这里老人的头发，含锰量要比别的地区高十倍以上。锰是最重要的抗衰老元素，对心血管有保护作用，是身体多种酶的激活素。再就是锌，锌被称为生命的火花，与体内八十种酶的活动有关，是维持肌体新陈代谢的主要元素，与 DNA 的复制有关。"

稻田芳子瞪着大眼认真倾听……稻田森一又说："再说温度，

这里地处东经一百零六度，北纬二十三度，冬无严寒、夏无酷暑，年平均温度在二十摄氏度左右。在这一温度条件下，人体内的新陈代谢、生理节奏和生理机能都处于最佳状态。”

稻田芳子点头说道：“原来是这么回事啊。”

稻田森一点点头，最后说：“再说水和空气，这里的水和土壤一样，所含锰、锌、硒等微量元素比别处高得多。人们经常饮用，自然体内含量就高。最后说空气，这里山清水秀，植被丰厚，可以称为天然氧吧，空气中的负氧离子超出寻常。而负氧离子被称为空气维生素，特别有利于人体的身心健康。”

稻田芳子听着，不时点头、点头……

朱世章家上房里，夜晚。

朱世章叼着大烟袋问儿子说：“这么远的路，怎么把人送过去呀？”

朱汉臣忙说：“我的军车已停在山脚下了。”

“用你的车？”朱世章瞪大了眼睛问道，“你的脑袋没进水吧？你们的军车谁认不出来？随便哪个看见，你都脱不了干系！”

朱汉臣稍愣神，忙说：“那就用马驮，只要把他捆好就行了。”

“废话！”朱世章训斥道，“他是你姐夫，你能那么虐待他？”

朱汉臣问道：“那可怎么办呀？”

朱世章这才说：“我早就料到你考虑不周，已派了辆马车停在……”

这时，朱三计在外喊道：“爹，我姐夫来了！”

朱世章答应一声，忙命令汉臣：“快，躲到里屋去！”

朱汉臣忙闪身进了里屋。少顷，蓝长根进来了。他没吭声，只是冲岳父点了点头。朱世章忙热情地请他坐，并命令三计去沏茶倒水。

蓝长根闷声问道："不知岳父大人找我为了何事？"

"也没什么大事。"朱世章笑着说，"那天，我和汉臣也是一时着急，说话没注意分寸。你千万别往心里去。"

蓝长根边抽烟边默默地听着、听着……

山坡树林中微光朦胧。丰义群和云朵并排坐在大树下的草地花丛间。他含笑问道："人们都那么说，你家到底有没有什么长寿秘方呀？"

蓝云朵歪头反问道："怎么？你也想打什么主意吗？"

"我能打什么主意呀？"丰义群呵呵笑着说，"不是话说到这儿了嘛，我随便问问呗。"

"我也这样问过爹，"蓝云朵说，"他一直说没有，但是……"她突然收住了话头。丰义群看她一眼，问道："但是什么？"

蓝云朵迟疑片刻才说："我爹有个大铁箱子，他所有的宝贝都藏在里面。有件东西我不知道是什么，像书本那么大小，用黄绸布包得紧紧的。每到我家祭祖的时候，爹肯定会把那件东西拿出来，摆在供桌最显眼的地方。"

丰义群忙问道："你没打开看过？"

蓝云朵说："俺爹那脾气，吓死我也不敢呀。"

丰义群开玩笑地说："哪天我去把它偷出来。"

蓝云朵笑了笑，说："你不怕爹棒了你的腿？"

丰义群嘿嘿笑着问："你肯让他棒呀？"

"你真坏！"蓝云朵说着，娇嗔地打了他一下……两人哈哈笑着拥在一起。

红岩村村头，夜晚。

月色淡淡。从这里看去，不过二三里就是蓝长根家的红水村，中间隔着一座草丰林茂的山岗和一条小河，河上横跨着座小石桥。朱三计送蓝长根出来，说："姐夫，天还不晚，你慢点儿走。"

蓝长根"唔"一声，顺着一条蜿蜒的小路走去……朱三计并没马上离开，而是瞅着蓝长根的背影，连划三根火柴才点着了根烟。

蓝长根闷头走着走着……突然，路旁大树上不知什么鸟儿像是受到惊吓，噪叫着扑棱棱飞上夜空。他没在意，抬头看了一眼继续走着。

蓝长根家院子里月色如水。蓝丰亭挥动大扫帚，一下下清理着院落。朱月娥从屋里出来说："爷爷，你歇着吧，明早起我再扫。"

蓝丰亭说："没事，干惯了，闲着倒难受。"

"我去接接长根。"朱月娥说着，开大门出去了……

山岗树林中月色斑驳。蓝长根叼着烟袋走着走着……突然，几条黑影从草丛中跃起，一下子把他扑倒在地上。

蓝长根惊骇地问："你们、你们干、干什么？！"

那些人并不吭声，迅速用口袋套在他的头上，并不容分说把他捆了个结结实实。蓝长根边奋力挣扎边喊叫："你们、你们……"这期间，谁都没注意他的烟袋掉在了地上。

几个人强拉硬拽，把他往山下拖去……这时，朱月娥匆匆忙忙走至近前。她看着那些人的背影愣了片刻，突然意识到什么，大声叫道："长根！长根……"

蓝长根拼命挣扎，所以那些人无法走快。朱月娥大叫着"长根！长根！”追了过去，并大声喊道：“有强盗，快来人呀——”

山坡大树下。夜晚。

丰义群和蓝云朵正说着什么……朱月娥的喊声隐隐传来。

丰义群听到动静，忙支起耳朵说：“你听，谁在喊叫什么？”

蓝云朵倾听片刻，吃惊地说：“好像是我娘在喊我爹！”

丰义群忙说：“是吗？走，过去看看！”

两人快速站起身来，手拉手循声而去……

山坡上怪石嶙峋，黑影憧憧。蓝长根听到朱月娥的声音，更加剧烈地反抗、挣扎……那些人干脆把他抬了起来，跌跌撞撞地继续奔跑。

朱月娥快速追了上来并大喊不止……那些人显得更加慌乱，但怎么也跑不快。终于，她拽住了一个匪徒的衣襟大声问道：“干、干什么？你们是谁？想干什么？！”突然，旁边的大汉用木棍狠狠打在她头上。

朱月娥惊叫一声，重重摔倒在地昏迷了过去。那些人推搡着蓝长根快速往下走去……

过了一会儿，蓝云朵和丰义群急匆匆赶来了。丰义群脚下一绊，迟疑片刻弯腰捡起了蓝长根的烟袋问道：“你看，这是什么？”

蓝云朵接过看一眼，吃惊地说：“是我爹的烟袋！”

两人往下看了看，同时向朱月娥奔过去……她此时已醒了过来，正眨巴着眼睛发愣。蓝云朵吃惊地问道：“娘，你这是怎么了？”

朱月娥急得直跺脚，抬手指指山下着急地说：“快！你爹他……”

丰义群往山下看了看，并没发现什么。蓝云朵急切地问道："我爹怎么了？"

朱月娥喘息着说："你爹被、被人抢走、走了！"

蓝云朵惊骇地问道："被谁抢、抢走了？"

朱月娥更加着急地说："别问了，快去追、追呀！"

蓝云朵和丰义群这才急忙往山下追去……朱月娥挣扎着站起身，摇摇晃晃跟在后面。蓝云朵和丰义群追到山下，喘息着收住了脚步。

月色朦胧。一条大道蜿蜒地通往远方……在很远很远的大道的尽头，好像有一辆马车的影子一闪就不见了。蓝云朵着急地问道："这、这可怎么办？"

丰义群思索片刻，说："我带人去追，你找个伴，尽快去州政府报告！"

这时，朱月娥也赶了过来。蓝云朵急声问："娘，这到底是怎么回事呀？"

朱月娥喘息着说："你爹去我家，天晚了还没回来，我想去找、找他……"

丰义群忙打断她说："别问了，快，骑马去州、州里吧！"

稻田森一住室，深夜。

父女二人仍在边喝茶边谈话。他突然说："芳子，有句话我也许不该问……"

稻田芳子看看他，说道："怎么了？你问吧。"

稻田森一迟疑片刻，问道："你和那个李少辉……到底到什么程度了？"

"这个……"芳子脸有点儿红，目光游移地回答道，"反正……挺好的。”

稻田森一犹豫片刻，说：“要是交朋友无所谓，要真和他走到一起……我劝你还是慎重点好。”

稻田芳子意外地问道：“怎么了？为什么呀？”

稻田森一迟疑地说：“这个孩子，有点儿……自私。”

稻田芳子奇怪地问：“你怎么知道啊？”

稻田森一说：“爸爸这辈子见人见多了……我是从他的一个小动作看出来的。”

“是吗？”芳子不无惊讶地问道，“什么小动作呀？”

“你可能没注意……”稻田森一说，“吃饭的时候，他拿着筷子挑挑拣拣，专把爱吃的菜拉到自己面前。”

稻田芳子笑了笑，问道：“这能说明什么问题啊？”

“可不是那么回事。”稻田森一摇着头说，“中国有句俗话，说是生成的骨头长就的肉。就是说，人的性格是天生的，在小事上自私的人，遇到大事也会同样自私。所以，爸爸劝你还是慎重点儿为好。”

稻田芳子思索着久久不语……

夜色朦胧，山路弯弯。

丰义群、丰国明和丰天亮等骑在马上急驰……

蹄声嗒嗒，飞尘漫漫。

稻田森一住室，深夜。

稻田森一注视着芳子说：“还有件大事，你没告诉我。”

稻田芳子反问道：“是吗，什么事啊？”

稻田森一看着她的眼睛问道：“你最近是不是参加了个什么

组织？”

“……”芳子愕然。稻田森一又问：“是不是参加了‘皇衣社’？”

稻田芳子吃惊地问道：“你怎么知道？”

稻田森一呵呵笑，说：“我早在二十多年前就参加了这个组织，现在是领导核心成员。”稍停，他又补充道：“前些日子，我接到了国内发来的电报。”

稻田芳子更加惊讶地问：“是、是吗？”

“这是好事。”稻田森一说，“你我都是天皇的忠实信徒，今后有什么事就更好商量了。哈哈……”

敬老院住地，早晨。

阳光明媚，鸟语花香。小广场上，老人们在晨练，有的跳广场舞，有的打太极拳，有的随意漫步……蓝云飞和蓝云端沿着广场边的小树林慢慢走着。蓝云飞问道：“那父女俩还真是特务呀？”

“可不是。”蓝云端说，“是大特务，日本天皇亲自派来的。”

蓝云飞说：“这我还真不知道，只知道他们后来都被打死了。”

“可不是。”蓝云端说，“死得那叫个惨啊，人都被砸成肉泥了。”

两人沉默了一会儿，蓝云端又问：“你参加了远征军，后来又去哪儿了？”

“去哪儿了？”蓝云飞神色黯然地说，“姐，你是不知道，在缅甸战场上，那仗打得太惨了！日本鬼子死了多少咱不知道，光咱们就死了六七万人，漫山遍野都是尸体啊！”

蓝云端叹息着说：“是、是啊。少辉说不定就死在那里了，后来再没收到过他的信。”

蓝云飞点着头说：“很有可能。”

蓝云端又问："那你呢？受伤没有？"

"受伤？"蓝云飞嘿嘿冷笑着说，"我浑身的零件差不多都被打散了，掉进了一个深深的山洞中昏迷了好几天，靠喝雨水活了下来。"

蓝云端吃惊地说："老天爷，是、是啊！"

蓝云飞点点头，又说："整个部队都被打散了……后来打扫战场，战友们没找到我。直到几天后，我才被当地一个砍柴的好心人救回家中。"

"是啊。真是大难不死，老天爷保佑。"蓝云端说，"后来你又去哪儿了？"

蓝云飞想了想，说："我在那位好心人家里养了半年，想回国已没有了可能，因为和部队彻底失去了联系……我在越南和缅甸流浪了一年多，后来辗转去了马来西亚，一直到这次回来。"

这时，丰山姗开着"宝马"驶至近前，大声喊道："老舅、老姨，你们看谁来了！"

丰凯忠含笑下车，和山姗往这边走来……他二十七八岁，是一个浓眉大眼、很帅气的小伙子。蓝云端手搭凉棚看了看，说："是凯忠——咱姐夫弟弟的重孙子。"

蓝云飞思索着问："咱姐夫？就是义哥弟弟的重孙儿呗？"

"对呀。"蓝云端说，"义哥的弟弟也是那次被国民党杀害的。他这个重孙儿可不简单，是咱们县的书记，最大的官呢！"

说话间，丰凯忠和山姗已来到面前。他拉住蓝云飞的手，热情地说："老舅您好！欢迎您回来！"

蓝云飞忙谦恭地说："谢谢！谢谢！"

丰山姗快人快语地说："老舅，这是我叔叔，咱县的县委书记。按辈分，我叫你老老老舅，他也应该叫你老老舅。"

蓝云飞连连点头说："好好好。"

蓝云端说："别那么啰唆了，你们都叫老舅吧。"

"好，好。"大家高兴地笑着。蓝云端又问道："你爷爷还好吧？"

"爷爷挺好。"丰凯忠说，"只是他这两天有点感冒，说过几天来看老舅您。"

蓝云飞忙说："谢谢！"

蓝云端又说："你爷爷比我小得多，也快九十岁了吧？"

"可不是。爷爷八十六了。"丰凯忠说罢，转脸问蓝云飞，"老舅，你这次回来就不走了吧？"

"不走了。"蓝云飞说，"叶落归根，老骡子老马回老家嘛！嘿嘿……"

"那太好了！"丰凯忠说，"来前我和民政局局长说好了，就在敬老院旁边给你和老姨一栋小楼，你们老姐弟俩一块住。让山姗派人伺候着你们。"

蓝云端说："那敢情好了。"

丰山姗玩笑地说："你们还归我管，可一定要听话才行。"

"听话，听话。"俩老人齐声回答。这时，那些晨练的老人也凑过来打招呼，大家欢快地笑着。蓝云端说："走吧，咱们回家。"

他们告别那些老人，往蓝云端的住室走去……

蓝云端住室，早晨。

四人刚刚落座，丰山姗便问蓝云飞："老舅，你昨天刚回来，一路风尘，怎么这么早就起来了，不多睡会儿？"

"什么这么早就起来了。"蓝云端说，"我们昨晚一夜就没睡。"

“一夜没睡?”丰山姗故意板起脸说，“那可不好。你们岁数大了，一定要注意休息才行。”

“就是。”丰凯忠问道，“老姨，你们为什么一夜没睡呀?”

蓝云端说：“还不是讲过去那些老事，越讲越睡不着。”

丰凯忠问道：“我们老丰家和你们老蓝家的事，我听爷爷讲过。你们说到哪儿了?”

“说到……”蓝云端想了想，说，“讲到我爹被朱三计绑架的事……那天晚上，是我和云朵去州政府报告的。”稍停，她又补充一句：“对了，那天晚上，是少辉他们回来的第三天，那个稻田芳子去了她爹那儿……”

李海川官邸，夜晚。

李海川夫妇衣帽不整，十分惊讶地看着云朵和云端。

蓝云朵气喘吁吁地说：“我爹，被、被人抢、抢走了!”

梁配玉吃惊地问：“什么?你爹被人抢走了?!”

“是。”蓝云端说，“十多个人，蒙着脸的大、大汉们!”

李海川脱口而出问道：“他带着长寿秘方没有?”

梁配玉瞪他一眼说：“什么时候，你还问这个?!快派人去追、追呀!”

李海川一愣神，冲外大声喊道：“高秘书!”

高士亮应声而进。李海川急切地命令道：“快带上马队，跟云朵她们走!”

高士亮答应一声，快速出去了。梁配玉安慰地拍拍云朵的肩头说：“不怕，你们快去，我们随后就到!”

五

稻田森一住室，夜晚。

父女二人仍在长谈。他说：“好女儿，这些日子，我一直在考虑一件事，一件非常非常重要的大事。”

稻田芳子问道：“怎么了？爸爸。”

稻田森一一时没开口。他走到门口，开门四下张望片刻，又看了看紧闭的大门才返回来插上了屋门。稻田芳子不以为然地说：“怎么了爸爸？看你神秘兮兮的样子。”

稻田森一重新坐下来说：“这事太大，我简直不敢说出口。”

稻田芳子有点儿不安地说：“爸爸，你可别吓唬我。”

“真的。”稻田森一认真地说，“可以说是惊天动地、天翻地覆！”

稻田芳子真被吓着了，瞪着美丽的眼睛没吭声。稻田森一又迟疑了片刻，才说：“中国……我们迟早要过来的。你……知不知道？”

稻田芳子点点头，小声说：“我听到过这种传言。”

“不是传言，是天皇陛下的雄才大略！”稻田森一说，“真的。

我们要过来，也一定能够过来！”

稻田芳子点点头。稻田森一又说：“我走遍了中国各地，可以说，这一带是目前世界上的最后一块净土，独此一处，无可取代。”

稻田芳子问道：“是、是吗？”

稻田森一点点头，说：“所以，我计划在这一带为天皇陛下建一座行宫，如果能成功，可就是我们父女的千秋伟业了！”

稻田芳子忙说：“那是、那是当然。”

稻田森一又说：“要建行宫，必须建在这一带龙脉的眼睛上。”

稻田芳子不解地问：“龙脉的眼睛？”

“没错。”稻田森一说，“龙脉眼睛，就是这一带风水的源头，最好的地方！”

稻田芳子问道：“那……那块地方在哪儿啊？”

稻田森一回答道：“这正是我想弄明白之处。”他停顿片刻，接着说：“要想弄明白，就必须全面了解这一带的地形、地貌、地脉，甚至矿产分布情况。”

稻田芳子认真听着……稻田森一接着说：“要想弄清楚这些，靠我们自己去勘察就太难了。”

稻田芳子忙问道：“那怎么办呀？”

稻田森一说：“这些资料，省地矿地脉厅应当有。”

稻田芳子疑惑地问：“省地矿地脉厅？”

“不错。”稻田森一点点头，说，“据我多方了解，省地矿地脉厅厅长好像和李海川的夫人有点儿什么关系。”

稻田芳子忙问：“那个梁配玉？”

稻田森一点点头说：“就是她。”他停顿一下，又说：“你来得正好，我们需要在李海川父子身上下功夫了。”

稻田芳子思索着久久不语……稻田森一语重心长地说："好女儿，为了我们的宏图大业，你可一定要把那个李少辉抓住啊！"

稻田芳子信心十足地说："放心吧，他跑不了。"

稻田森一疑惑地问："你怎么那么有把握呀？"

"放心，他就是跑不了嘛！"稻田芳子说罢，笑笑地出去了。

山路弯弯，月色朦胧。两旁的群山中层林如黛，时而有什么鸟叫声传来，间或还夹杂着一两声狼嚎或是野猪的吼叫声。

丰义群和弟兄们一路打马狂追……嗒嗒的马蹄声在空旷的山谷中显得格外响亮，让人听上去不由一阵阵胆战心惊。终于，在前方远处，隐隐可看到马车奔驰的影子。丰义群大喊道："停车！快停车！再不停我开枪了！"

马车上有人扭头往回看，但却奔跑得更快。丰义群取下长枪，啪地冲天上打了一发子弹。马车似乎迟疑了一下，更加快了速度。

丰国明他们跟着大呼小叫，那阵势似乎压过了响亮的马蹄声。马车狂奔、狂奔……渐渐地，赶车人吆喝牲口的声音已隐隐可听到。

在丰义群他们身后的拐弯处，远远可看到蓝云朵、高士亮等带领的马队迅速赶上来。

丰义群他们一路打马急驰、急驰……眼瞅着双方的距离越来越近、越来越近……终于，马车上的人把捆着手脚的蓝长根扔了下来。等大家赶至近前，马车早跑得没影了。

"蓝先生！蓝先生！"丰义群跳下马，边叫边迅速为他解开绳索。蓝长根惊魂未定，边看着他们边呼呼喘息，一句话也说不出来。

这时，蓝云朵他们也赶到了。姐妹俩扑在爹爹身上，边呼唤边哭起来。高士亮等忙劝说着。终于，蓝长根坐起身，含糊地说：“我没、没事。”

大家这才放下心来。蓝云朵梨花带雨，轻声对义群说：“谢谢你！”

蓝长根家屋子里，黎明。

李海川夫妇等正来看望蓝长根。梁配玉亲切地问道：“亲家，你……没事吧？”

“没、没事，”蓝长根说，“就是吓了一下子。”

“太过分了！”李海川气愤地说，“清平世界，朗朗乾坤，竟敢如此大胆！”少顷，他低头问蓝长根：“他们都是些什么人呀？”

蓝长根叹息着说：“我哪里知道，一个个蒙脸大汉，猛地就把我打倒套住了脑袋。”

梁配玉忙问道：“他们说话是哪儿的口音？本地人还是外地人？”

蓝长根思索着摇了摇头说：“他们基本上没说什么。”

梁配玉又问道：“那他们为什么绑架你？是为了要钱还是报仇？”

“他们什么也没说。”蓝长根说，“报仇？我想不起得罪过什么人。”

“那就奇怪了。”李海川突然问，“他们……没提长寿秘方的事？”

蓝长根摇摇头说：“没、没有。”

李海川似乎松了口气，又说：“亲家，你放心。作为当地父母官，我一定追查到底！”

蓝长根闷头不语……李海川转脸对站立旁边的高士亮说：“高秘书，你安排人，一定要破案！”

高士亮连连点头答应着……

朱世章家客厅里，黎明时分。

朱世章黑虎着脸，正在训斥两个儿子道：“一对笨蛋，怎么会把事情弄成这样？！”

朱汉臣忙说：“谁想到半路会杀出个程咬金呀！”

“就是。”朱三计说，“都怪我那个少心没肺的傻姐姐。”

“怎么能怪她？”朱世章说，“咱们干的事情你姐姐又不知道，蓝长根不回家她当然不放心，换成谁能不来寻找？”

“爹，你现在说这些没用，”朱汉臣说，“说下一步怎么办吧？”

“能怎么办？”朱世章说，“你怎么找了那么几个笨蛋呀？”

朱汉臣说道：“可是……那几个人都是我们侦察连的，个个身手不凡。”

“狗屁不是！”朱世章生气地说，“你快回部队吧，告诉那几个笨蛋，打死也不能承认！”

朱汉臣连连答应着……朱三计说：“爹，要是让我找几个弟兄就好了。”

朱汉臣瞪着他说：“你就别放马后炮了。”

“行了！”朱世章不耐烦地挥挥手，“都给我滚出去吧！”

蓝长根家大门外微光朦胧。蓝云朵送丰义群出来，两人站在大榕树下。

丰义群说：“行了。别送了，你回吧。”

蓝云朵忙拱手说：“谢谢义哥！多亏了你们几个弟兄！”

“跟我还那么客气？”丰义群笑着说，转身想走……蓝云朵突然想起地又说：“义哥，你等等。”

丰义群忙收住脚问：“怎么了？”

蓝云朵神色迟疑，一时没开口。丰义群不无奇怪地看着她问：“朵朵，你想说什么？”

蓝云朵看了看自家的大门口，轻声说：“义哥，我有种感觉，就是……那个李海川好像也是冲我家的什么秘方来、来的。”

丰义群一愣神儿，问道：“你怎么有这种感觉？”

蓝云朵迟疑地说：“你看……我去他们的官邸找人，李州长第一句话没说别的，好像下意识地问：你爹没带长寿秘方吧？你想想，他这是什么意思？”

丰义群思索着，一时没吭声。蓝云朵又说：“也不是只有这一回，他每次见我都会提到什么秘方，让人很……反感。”

丰义群这才说：“也不能排除这种可能，毕竟，我们并不了解他们。”

蓝云朵琢磨着他的话一时没吭声……丰义群又说：“你心里有数就行了，再有什么情况，就及时告诉我。”

蓝云朵点点头说：“有你在，我什么也不怕！”

丰义群笑笑地转身走去。蓝云朵久久注视着他伟岸的身影……

官邸小餐厅，早晨。

春红正伺候李海川两口子吃饭。梁配玉看看她，说：“你出去吧，有事我叫你。”

春红答应着退了出去。梁配玉这才说：“海川呀，我总感觉，这事和长寿秘方有关。”

李海川点点头，说：“我也这么认为。”

“所以啊，夜长梦多，”梁配玉说，“咱们一定要抓紧时间了。”

李海川叹口气，说：“怎么抓紧呀？那个蓝老大死活不承认。”

梁配玉思索着说：“反正，不能硬逼，那样会适得其反，打不着狐狸惹一身骚。”

李海川问道：“不硬逼又能怎么办？”

梁配玉用商量的口气说：“你说，让蓝云朵嫁给咱少辉怎么样？”

李海川迟疑地说：“你上次就说过……这办法行是行，可那需要多长时间呀？”

“我表哥说了，”梁配玉说，“不管时间长短，只要能拿到就好。”

李海川边吃饭边思索着一时没吭声。梁配玉又说：“我挺喜欢云朵这丫头。只要成了一家，事情不就好办多了？即便咱们不说要，蓝老大肯定也会把那东西传给云朵。”

李海川拿不准地说：“他要是传给那个云端呢？”

“不可能。”梁配玉摇着头，肯定地说，“那个云端缺肝少肺的，蓝老大肯定不会传给她！”

李海川迟疑地说：“这事……不一定好办。”

梁配玉口气坚定地说：“不好办也得办！”稍停，她望着丈夫，含笑问道：“这么做……有点儿不够光明正大。是不是？”

李海川长叹了口气，说：“事到如今，好像也没什么别的办法。”

李少辉住室里台灯灯光幽幽。他枕着双手平躺在床上，眼神忧郁地望着屋顶，心里不知在想什么。从周围的村庄里，不时传来狗吠、牛哞、女人呼唤孩子回家的声音。

梁配玉进来问道：“儿子，在想什么？”

“没、没想什么。”李少辉忙坐起身说，“妈，你坐。”

梁配玉摸了摸他的额头，坐在床边，又问道：“怎么样？回来这几天还习惯吗？”

李少辉说：“还行，没什么不习惯的。”稍停，他又补充：“这里山清水秀，风景宜人，挺好的。”

梁配玉笑着问：“风景好，人不好吗？”

李少辉也笑着说：“好哇，都挺好的。”

梁配玉迟疑片刻，问道：“你对那个蓝云朵……印象如何？”

李少辉想了想，才说：“她们姐儿俩长得一模一样，我分不清谁是谁。”

梁配玉笑了笑，说道：“话多的叫云端，话少的叫云朵。”

李少辉也笑着说：“都……挺好的。”

“那么……”梁配玉看着儿子的眼睛问，“妈托人给你介绍介绍怎么样？”

李少辉像没听明白，问道：“介绍介绍……干吗？”

梁配玉忙说：“介绍介绍做你的对象呗！”

“……”李少辉张口结舌愣住了。梁配玉问道：“怎么样？那女孩儿挺好的，我挺喜欢她。”

“这个……”李少辉迟疑一下，说，“妈，我岁数还小，不想现在谈这件事。”

梁配玉也迟疑了片刻，说：“你都二十一了，不小了。娘十八岁就养活你了。”

李少辉说：“可我……不是在上学嘛。”

“上学怎么了？”梁配玉问道，“大学里不是允许谈恋爱结婚吗？”

李少辉犹豫片刻，口气坚定地说：“妈，反正，我现在不想谈这件事！”

梁配玉一听便拉下脸来，不高兴地问：“你……什么意思？”

李少辉不吭声。梁配玉尽量缓和口气问道：“好儿子，你到底是怎么想的？”

李少辉回避着她的目光，执拗地说：“没、没意思。就是不想现在谈这个问题。”

梁配玉盯着他的眼睛迟疑一下，干脆问道：“你跟我实话实说……你和那个什么芳子，是不是有什么事？”

李少辉一下子红了脸，急忙否认道：“我和她没、没事。”

“没事才怪！”梁配玉怒声说道，“少辉，妈不是傻子，你们有事没事，我一眼就能看出来！”稍停，她又补充道：“凭感觉，我就知道你们关系不一般！”

李少辉低着头不吭声。梁配玉尽量缓和口气，问道：“那个……芳子多大了？”

李少辉迟疑地说：“也就……二十多岁吧。”

“废话！”梁配玉逼视着他问，“二十一还是二十九？”

李少辉回避着她的目光，喃喃地说：“反正……二十四五岁吧。”

梁配玉寸步不让地又问：“她比你大好几岁，怎么会是同学？”

“这个……”李少辉强词夺理地说，“都、都是一个学校毕业的嘛。她是师姐，我是师弟。不、不行啊？”

“你少跟我强词夺理！”梁配玉呵斥道，“咱们丑话说在前头，你要敢和那个日本女人有……什么事，娘和你没完！”她说罢，怒气冲冲走了出去。

李少辉傻眼了，呆愣片刻重重地仰倒在床上……

梁配玉回到她和李海川住室时，见他已经脱了裤子，正坐在被窝头上抽烟。她不由怒气冲冲地说："气、气死我了！"

李海川忙问道："怎么？谈得不愉快呀？"

梁配玉一屁股坐在椅子上，呼呼喘息着没吭声。李海川拍拍床边让她坐下，又问道："怎么回事？儿子说什么了？"

"强调理由！他就是强词夺理！"梁配玉恨声说，"我看他就是和那个日本女孩儿不清不楚！"

李海川一愣，急声问："他承认了？"

"没有。"梁配玉说，"我跟他挑明了。他只说还小，要继续上学……找借口呗。"

李海川思索片刻，说："我觉得你应该实话实说，把咱们目前的处境告诉他。"

"我不是不想让他知道那么多嘛！"梁配玉说，"这种事，知道的人越少越好。"

李海川又说："现在是……情况紧急、刻不容缓，只能告诉他了。"稍停，他又征询地问道："要不，我去和他谈谈？"

梁配玉喘着粗气没有吭声。李海川边穿裤子边说："我去和他谈谈。"

等丈夫要出门时，梁配玉咬牙发狠地叮嘱道："你明明白白告诉他，要想和那个日本女人有……什么事，门儿都没有！"

李海川迟疑一下，鼻子一哼开门出去了。

李少辉在住室见母亲生气离去，忐忑不安地坐在床上发呆。李海川进来，含笑问道："儿子，你怎么把你妈气着了？"

李少辉没回答，只是轻轻地叫了声"爸爸……"。

李海川挨着他坐下，又问："听你妈说，你和那个芳子……到底怎么样了？"

"没有，没有。"李少辉忙否认道，"是我妈多心了。"

"那就好，那就好。"李海川迟疑地说，"儿子啊，你也不小了。家里的有些事，也该让你知道了。"

李少辉意外地问："家里有什么事啊？"

李海川思索片刻，轻声问道："儿子，你知道爸爸为什么到这穷地方当这个州长吗？"

李少辉看着他，摇摇头没吭声。李海川叹了口气，说："这是你表舅特意安排的。"

"我表舅？"李少辉疑惑地问，"就是那个……现在的曹锟总统？"

李海川点点头，又说："你表舅是个长寿迷，专门安排我来这儿当州长，目的就是想把蓝家的长寿秘方搞到手。"

李少辉嗯了一声，又说："那和我找对象有什么关系？"

"那关系可大了。"李海川叹息着说，"咱不是土匪，不能生夺硬抢，只能非常巧妙地把东西拿过来……"

李少辉认真听着。李海川轻声说："要想不显山不露水达到目的，你妈才想了这么个招儿。"他停顿一下，接着说："如果你和云朵成了一家，这事不就好说了？"

李少辉一听愣了片刻，才急问道："原来，你们是有目的的呀？！"

李海川看着他，严肃地点点头，说："对不起，我们是有目的，而且这个目的关系到咱们全家的身家性命！"

"……"李少辉张了张嘴没说什么。李海川拍拍他的肩头，语重心长地说："儿子啊，此事非同一般，你一定要好好想想。"

李少辉没回答。李海川微露笑意地说："再说了，你看那个云朵长得多漂亮，也是个很好的女孩儿嘛。"

李少辉神色迟疑片刻，终于说："爸爸，这事太大，你让我想想、好好想想。"

"没什么好想的，这事我和你妈做主了！"李海川说罢，起身出去了。

"……"李少辉惊讶地看着他的背影，欲言又止、欲言又止。

李海川夫妇住室，深夜。

梁配玉仍坐在床上发呆，看到丈夫进门忙问道："怎么样？"

李海川摇着脑袋并没正面回答，只是说："这事，咱们还真不能逼得太紧了，儿子答应想想再说。"

梁配玉又问道："你问没问他和那个日本女孩儿的事？"

"没问。"李海川仍然摇着头说，"问急了，他会产生逆反心理。只要他答应咱们的设计，就装不知道最好。"

梁配玉思索着一时没吭声。李海川看了看她，又说："配玉，我觉得，这事咱们应该往深处想一想。"

梁配玉抬头问道："你……什么意思？"

"我的意思很明确。"李海川说，"如果按咱们的设计，事情很顺利，东西也拿到手了，少辉和那个云朵……怎么办？"

梁配玉奇怪地问："什么怎么办？结婚、生子、回北平呗。"

李海川迟疑片刻，说："少辉可是大学生，将来还要读硕士、博士，就让他娶个山沟沟里没什么文化的女孩儿？"

梁配玉也迟疑了一下，又说："有什么不行吗？我看云朵挺好的。"

"好吗？"李海川反问道，"你不考虑他们将来会不会幸福？

有没有共同语言？”

“这个……”梁配玉说，“云朵还小，可以学习嘛。”

“谈何容易。”李海川踱来踱去地说，“其实，要是从少辉一生的幸福着想，我倒觉得他和那个日本女孩儿更合适。”

梁配玉瞪眼瞅着他，脸倏地拉了下来，但一时并没说什么。李海川并没有注意她情绪的变化，继续说：“那个稻田芳子，不过有一半的日本血统……”

梁配玉却口气坚定地说：“她有一丁点儿都不行！”

李海川看看她，忙说：“咱俩这是说闲话，你可不能不高兴。”

“我没有不高兴。”梁配玉脸色阴沉地说，“我只是实话实说，她沾半点儿日本血统都不行！”

李海川不由叹了口气，说：“你呀，老是对日本人有偏见……”

“是我有偏见吗？”梁配玉打断他说，“难道你不觉得日本人太虚伪？”她停顿片刻，思忖着说：“整个大和民族都具备羊和狼的双重性格，貌似谦和、柔弱，骨子里却是贪婪、残暴，当面点头哈腰，背后捅刀子。说难听点儿，一个个都是满口仁义道德、满肚子男盗女娼！”

李海川说：“我在日本生活多年，怎么没这种感觉？”

梁配玉反问道：“你知道什么呀？！”

李海川刚想开口说什么……高士亮在门外叫道：“老爷。”

“不要叫老爷。”李海川不高兴地训斥道，“我说过多少次了，现在是民国，不兴过去那一套！”

“是，是。”高士亮答应着进门来说，“不是叫习惯了。嘿嘿……”

李海川耷拉着脸问道：“说吧，你有什么事？”

“刚才，警察署来人报告，说那个丰义群肯定是乱党。”高士亮说，“他在这一带名声很大，还在深山里的一个什么山洞中举办了农民运动讲习所，专门宣传乱党的主张，煽动群众革命造反，还扬言要推翻现在的社会制度。”

“是吗？”李海川不无意外地问，“有这么严重？”

“没错。”高士亮说，“按照党国的规定，这种人不能留，否则，养虎为患，迟早是国家的祸害！”

李海川思索着，一时没说什么。梁配玉说：“知道了。让警察署继续监视，有什么情况及时汇报。”

“是。”高士亮答应着出去了。梁配玉思索着说：“我看丰义群这个年轻人挺好的呀，这次要不是他们及时帮忙，蓝老大早被绑架走了。”

李海川摇着头说：“那是两码事。他要真是乱党进行反动宣传，按党国规定，必须除掉无疑！”

梁配玉却说：“这事……等看看再说吧。”稍停，她又补充道：“海川呀，反正咱们没想在这儿待多久，睁只眼闭只眼吧，只要不影响咱们的正事，就少自找麻烦了。”

李海川思索着没说什么……

白帝岩山洞中，夜晚。

松明子火把熊熊燃烧。洞中弥漫着淡淡的轻烟。

丰义群站在讲堂上，正情绪激动地侃侃而谈……台下，听众明显比过去增加了许多。蓝云朵和几名妇女坐在角落里的石凳上，聚精会神地倾听着。

丰义群讲道：“……我们这一带山清水秀，物产丰富，为什么老百姓那么贫困？有的人家糠菜半年粮，有的干脆生活不下去。还不是因为苛捐杂税太重，地主老财心太黑，逼得咱穷人没法活！”

大家认真听着，所有人的目光都集中在他身上。丰义群接着讲道："官逼民反、兵逼民反。咱们怎么办？道路只有一条，那就是团结起来和他们斗，抗捐抗税，争平等，争自由！"

有人问道："义哥呀，啥叫平等？啥叫自由？"

"这个……"丰义群思索片刻，招呼丰国明上台来。所有人都瞪眼瞅着。

丰义群先是把丰国明背在背上，说："这就叫不平等。他舒服了，我却被他压迫着。"然后，他放下丰国明，拉着他的手走两步，说："我俩现在一样，谁都不压迫谁，这就叫平等。"

大家心里明白了似的笑着……丰义群又拿绳子把国明捆住，说："他现在就叫不自由，手被捆住，想干什么都不行。"他说着，又把国明的手松开，命他走了几步，说："他现在就叫自由，想干什么就干什么。"

"明白了！""就是这么回事！"……大家纷纷表示着。蓝云朵敬佩地注视着义群。

有人又问："你说和官府斗，咱能斗得过人家呀？官府那么多人，还有枪有炮。"

"枪炮也是人造的嘛！"丰义群说着，取出一把筷子。他拿出一根，一下就折断了，而后，又攥住那一把筷子，怎么用力也折不断。

大家瞪眼看着……丰义群解释道："这道理很简单，独木不成林，只要大家团结起来，拧成一股绳，齐心协力做斗争，就能打倒官府，改变这个世界！"

大家欢呼、鼓掌……丰义群趁机问旁边的陈伯雄："怎么没看见天亮？"

陈伯雄忙回答说："他娘病了，说明天一大早要赶集抓药……"

六

“那个丰天亮也是我们丰家大院的人，”丰凯忠说，“算是远当家吧。听爷爷说，他后来成了叛徒。”

这是在蓝云端住室，四人正围坐桌旁吃饭。

“对。”蓝云端说，“我认识这小子，后来被农民武装处决了。”

蓝云飞说：“我那时候尽管才十多岁，也听说过义哥好多的革命故事。”

蓝云飞忽然想起地问：“姐，义哥和大姐的坟茔有没有？”

“当然有呀。”丰山姗说。

“是吗？”蓝云飞说，“回头，我一定要去祭拜祭拜。”

丰凯忠看山姗一眼，说：“好的，这事我来安排。”

“谢谢！”蓝云飞说罢，转头对云端说道，“姐，哪天你带我回去一趟，我还是想看看咱们村，看看咱的老家。”

“咱们村还在，老家的房子早被敌人烧光了。”蓝云端说，“不过，村子已经彻底变了样，你回去也不认识路了。”

丰山姗也说：“那里已改造成了旅游景点，漂亮极了！”

蓝云飞高兴地说："是吗？那我更要回去看看了。"

丰凯忠说："老舅，我陪你回去，顺便再看看当年的鸳鸯湖、百鸟洞什么的。"

"好，好。"蓝云飞说，"这么多年了，我想亲人，想朋友，也想家乡的一草一木、一山一水啊！"他说着，眼圈都发红了。

丰山姗见状忙改变话题说："老姨，那个丰天亮是怎么叛变的呀？"

蓝云端思索片刻，说："这事，我还真听云朵讲过……"

某农村大集，日。

干草市场上人来人往，叫买叫卖声不绝于耳。

丰天亮担着两捆牛腰粗晒干了的青草，走到角落里停下来。在这里活动的大都是穷人，一个个衣衫褴褛，面黄肌瘦。他四下看了看，袖着双手蹲在草捆旁。

过了一会儿，一位地主管家样的人物牵着匹高头大马走了过来。他身后还跟着五六个小喽啰。人们瞪眼看着这群人，整个市场变得鸦雀无声。

管家左瞅瞅右看看，走到天亮身旁停下了。他打量着干草说："这草晒得很好！"

丰天亮忙谦卑地站起身说道："老、老爷……"

管家扯下把草喂马。马看上去很喜欢吃。他随口吩咐手下道："把这捆抬走。"

两个小喽啰答应着，抬起草捆就走……丰天亮瞪眼瞅着。管家没理他，往另一捆草走去……丰天亮一看就急了，大步上前拦住管家说："老、老爷。你还没给钱呢！"

管家把眼一瞪，呵斥道：“给什么钱？我们老爷的马吃你的草是给你面子。滚开！”

丰天亮拉住他不放，哀求地说：“老爷，我还等着钱给娘抓药、药哩。”

这时，几个喽啰上前来，三下五除二就把他打倒在地。丰天亮挣扎着，哀号着……

正在这时，朱三计拉着马来至近前。他见此情况，上前阻拦道：“干什么？你们干什么？这么多人打一个孩子算什么本事？！”

管家看看他，轻蔑地说：“谁的裤裆破了露出你来了？”

“……”朱三计愣片刻，不由怒向胆边生。他从腰间拔出手枪，骂道：“妈了巴子！你是什么东西，敢在这儿撒野？！”

管家刚想发怒，旁边的一个喽啰忙凑到他耳旁说了句什么。他稍愣神儿，忙换上了笑脸，点头哈腰地说：“是……三爷呀！真是大水冲了龙王庙，一家人不认一家人了！”

朱三计仍怒斥道：“放屁！谁他娘和你是一家人？”

“三爷，今天不凑巧，我还有点儿事，改天、改天我请你喝酒。”管家说着，带领喽啰们匆忙离去……丰天亮从地上爬起来想追：“我的草钱……”

朱三计拉住他说：“算了吧，这个王八蛋你惹不起！”

丰天亮急得眼泪都快流出来了，说道：“可我还等着拿钱给俺娘买药哩！”

“是、是吗？”朱三计从口袋里掏出几张纸币说，“去，给你娘买药吧。”

丰天亮意外地愣住了……朱三计大大咧咧地说：“红石寨、红水乡、红岩村，三里五里都算乡亲，往后有什么事你就找我！”

他说罢，牵着马扬长而去。

丰天亮似乎没弄明白似的愣着、愣着……

山坡上草木葳蕤，阳光灿烂。

李少辉和稻田芳子漫步而行……他低头皱眉，显得心事重重。稻田芳子问道："你怎么了？看那一脸官司似的。"

李少辉支支吾吾地说："没、没事。"

"没事才怪。"稻田芳子看着他说，"咱们在一起两年多了，你心里有事没事我能看不出来？"

李少辉没吭声。稻田芳子又说："说吧，说出来我们好商量。"

李少辉啧啧地嘬着牙花子说："这事……没的商量。"

稻田芳子奇怪地问："怎么叫没的商量？你说说看。"

李少辉迟疑半天，终于说道："我妈……想托人给我介绍个对象。"

稻田芳子一愣神，忙问道："是、是吗？"

李少辉点点头没回答。稻田芳子忍住心中的不快，轻声问："介绍谁、谁呀？"

李少辉又迟疑了片刻，才说："就是那个蓝、蓝云朵。"

稻田芳子不动声色地说："是、是吗？那个女孩儿挺好的呀。"

李少辉意外地看她一眼，问道："你……同意？"

稻田芳子回避着他的目光，咬着嘴唇没吭声。李少辉喃喃地解释道："妈也逼，爸也劝，我实在是没办法……"

"你没办法？那咱们的事怎么办？！"稻田芳子终于忍耐不住，大声反问道，"我算哪回事？两年多了，我陪你吃、陪你睡……你现在想一脚把我蹬开？！你为什么不把咱们的事说明白？！"

李少辉慌乱地说："不、不是。我妈不允许我和日本女人结、结婚。”

“我不管你怎么样、你妈怎么样，反正这事不能算完！”稻田芳子说罢，流着眼泪翻身上马，快速挥鞭离去……

“芳子！芳子……”李少辉呼唤几声，无力地瘫坐在地上。

稻田森一住室，夜晚。

稻田芳子双眸红肿，呆呆地坐在桌旁。稻田森一轻声说：“好女儿，老爸我说得不少了，对李少辉这个人，我真的不看好。你要和他走到一块，将来也不会幸福。”

稻田芳子低头不语。稻田森一接着说：“再说了，你我父女目前最大的事是什么？当然是天皇陛下的宏图伟业。你也说过，为此目标，哪怕肝脑涂地也在所不惜。相比较，李少辉这点儿事算什么？”

稻田芳子这才点了点头，轻声地说道：“是。”

稻田森一又说：“你能想明白就好。从今往后，你对李少辉不但不能冷淡、疏远，而且还要更大度、更热情。”他停顿一下，接着说：“当然，要掌握好分寸……一是不要让他觉察出咱们有什么目的；二是让他心里老有愧疚，就能更加努力为我们帮忙办事。”

稻田芳子眨巴着大眼思索……稻田森一最后说：“毕竟，我们下一步的行动，离不开他的全力配合。”

稻田芳子的脸色平静了下来，说道：“爸爸，我明白了。”

“这就对了！”稻田森一说罢哈哈笑着出去了。稻田芳子思索着呆坐、呆坐……终于，她的脸上露出苦涩的笑意。

这天，蓝长根家院子里阳光灿烂。

朱月娥坐在树荫下，摇动着纺车纺棉花。蓝丰亭在日光下又锯又刨，不知在做什么木工活。几只鸡闲散地走来走去找食吃。

梁配玉和春红进来了。两人手中拎着大包小包好多东西。朱月娥稍愣神儿，意外地问道："亲家，你怎么这会儿来了？"

梁配玉高兴地说："来看看你们呀！"

朱月娥急忙站起来说道："哎哟哟……你可是稀客贵客，快坐！"她说着，忙不迭地找来几个稻草编的高墩摆在树荫下，又想进屋去烧水……

"亲家，你先别忙活。"梁配玉拦住她坐下问道，"老大呢？"

朱月娥说："他在前面药店里，我这就去找他！"她说着急颠颠往外走，正好和提着东西进门的高士亮撞个满怀，疼得她一个劲叫唤。

高士亮连连赔不是……梁配玉笑着说："亲家，看你急得……两个女儿也不在家？"

"她们上山采药去了！"朱月娥说罢，闪身出去了。高士亮恭敬地说："太太，把马拴在门外的大树上了。"

梁配玉没吭声，信步踱到蓝丰亭身边问道："爷爷，你这是做什么呢？"

蓝丰亭忙说："嘿嘿，猪栏坏了，我修一修。"

梁配玉说："爷爷，你这把年纪，该歇歇了。"

"干惯了，闲着浑身难受。"蓝丰亭笑着说道，"我一顿能吃两碗米饭哩！"

这时，蓝长根脚步匆忙地进来说："亲、亲家，屋里坐、坐吧！"

"就这儿吧。"梁配玉说，"院子里豁亮，挺好！"

蓝长根命令跟进门的月娥道："快去烧水沏茶！"

朱月娥答应着，一溜小跑地抱柴、打水……忙个不停。梁配玉命令春红把带来的东西摆在饭桌上。她一件件打开来：两把竹皮暖壶、几段洋布料，还有点心食品什么的。

蓝长根惊讶地说："亲、亲家。你这是……"

梁配玉一件件解释道："这叫暖水瓶，倒上热水一天都凉不了，是我从北平带来的……给老爷子和你，今后你们就别喝冷水了；这是几块布料，给月娥和我那两个女儿做件衣服。哈哈……"

朱月娥在厨房拉着风箱伸头出来说："亲家，这俺们可受之有愧了！"

蓝老大也说："就、就是。这么多……"

梁配玉笑着说："不值几个钱，一点儿心意吧。"

高士亮从旁说："我们太太的意思……"他说着看梁配玉一眼，她用眼神鼓励他说下去，高士亮便说道："是想把你们的干亲家变成湿亲家。"

蓝长根不解地眨巴着眼睛问道："湿、湿亲家？"

"是这么回事……"梁配玉笑着说，"亲家，反正没外人，我就实话实说了！"

朱月娥早已经反应过味儿来了，在厨房里边沏茶边问道："亲家，您说吧。你家儿子看上俺家哪个姑娘了？"

梁配玉咯咯笑着说："还是咱们亲家母心里透亮！"

蓝长根依然是一头雾水地愣着。梁配玉这才说："是这么回事……我家那儿子，看上咱们朵朵了。我就想，反正咱本来就是亲家，就不用找外人做大媒了！"

"……"蓝长根这才明白过来，张了张嘴没作声。朱月娥端着茶上来，一迭声地说："老大，老大……这可是天大的好事，咱打着灯笼都没地儿找去！"

高士亮也巴结地说："就是，亲上加亲嘛！"

蓝长根神色迟疑着，好一会儿没表态。朱月娥着急地催促道：“你还抖哪门子劲？快说句话呀！”

梁配玉也含笑问道：“怎么？亲家，你……有什么想、想法？”

蓝长根这才说道：“不是想法……这么大的事，我总得和朵朵商量商量啊。”

“这事不赖。”蓝丰亭在一旁说，“她一个孩子知道啥？一辈子的大事，咱当老人的该做主就得做主。”

“就是嘛！”朱月娥催促道，“你还等个啥？！”

终于，蓝长根迟疑地点了点头，说：“那……就这样吧。”

顿时，一院子响起欢声笑语……

阳光明媚，群山青葱，山坡上草丰林茂。

蓝云朵和妹妹背着药筐走来走去，不时弯腰拿锄采下药草放进筐里。

山顶梯田间，丰义群正在把黄灿灿的玉米一穗穗掰下来。蓝云朵直腰擦汗，无意间看到忙活的义群。她不由注视了片刻，开口唱道：

泉水蓝，高山青，
俺在山坡你在顶。
妹妹永跟哥哥走，
刀架脖子不回头。

丰义群往下看了看，微微一笑回应道：

花儿红，苞谷黄，

我在山顶你在梁。
咱们同心干革命，
打下江山享太平。

蓝云端跟着凑热闹：

青山顶，绿山梁，
你们栽树我乘凉。
姐姐推磨妹吃米，
哥哥脱坯我住房。

大家哈哈笑着。这时，朱三计正好在山脚下打马路过，开口唱道：

我推磨，我脱坯，
为你挡风又遮雨。
只要抱抱妹妹腰，
累死累活也愿意。

蓝云朵往下看看，骂道：“这个臭流氓！”

蓝云端抓起把小石子唰地扬了下去……朱三计被砸痛了，叫唤着跑开去。姐儿俩不由开怀大笑……

蓝长根家大门外，天色已近傍晚。淡淡的雾霾在空气中慢慢浮移、浮移……蓝长根和朱月娥送梁配玉他们出门来，大家客气地告别、寒暄着。

高士亮忙把马拉过来……梁配玉忽然想起地说："亲家，借一步说话。"

蓝长根不知所以地跟她到榕树后。梁配玉低声说："有件事……我想跟你提个醒。"

蓝长根看着她没吭声。梁配玉迟疑片刻，问道："亲家，你有没有听说红水乡有个青年叫丰义群？"

蓝长根这才说："听说过呀，他在我们这一带名声很大。"

梁配玉说："我也是听人们瞎嚷嚷，说朵朵和他……走得很近。"

"……"蓝长根稍稍愣了一下，迟疑着没吭声。

"也不知道是真还是假。"梁配玉接着说，"这个青年人我见过，高高的个子，长得很英俊，看上去确实不错。可是……我这两天才听说，他是个乱党，警察署正在调查他呢。"

蓝长根惊讶地问："是、是吗？"

梁配玉忙又说："也不一定有多大事，我只是提个醒儿，你多留点儿心就行了。"

蓝长根思索着久久不语，而后默默地转身回家去了。

李海川官邸，午日。

一家人围坐在树荫下吃饭。春红在旁伺候着。大门外一阵马蹄声响过后，稻田芳子拉着马进来，笑盈盈地说："叔叔婶婶好！"

"……"李少辉忙站起身，张了张嘴没出声。李海川也忙站起身说："芳子，你来得正好，快坐下吃饭！"

梁配玉却没动声色，尽顾着吃自己的饭……稻田芳子从马背上拖下只鼓囊囊的口袋，说："婶婶，这是我爸爸带给你们的山货，有蘑菇、木耳、榛子，还有两只野鸡，都是新鲜的！"

梁配玉头不抬、眼不睁，仍然没吭声。李海川忙说："真是——谢谢您！谢谢老、老师！"

春红忙上前把口袋接了过去。稻田芳子道了谢，大大方方地坐在桌旁。李少辉这才忙不迭地给她盛饭、递筷……李海川暗中瞪配玉一眼，又含笑问道："芳子，在山里住了几天，还习惯吧？"

稻田芳子笑着说："挺好的，就是蚊子多，咬得我浑身是包。"

李海川说："是呵？那就搬回来住吧。"少顷，他又说："快，快吃饭！"

稻田芳子对梁配玉的态度似乎浑然不觉，仍笑着说："好哇，谢谢叔叔婶婶！"

一家人闷头吃完饭，便各自回了房间。只有丫鬟春红留下来收拾碗筷。

李海川夫妇刚进屋，梁配玉就冷着脸问道："你什么意思？"

"你问我？我还想问你呢！"李海川说，"再怎么说，她是我老师的女儿，是少辉的同学。你鼻子不是鼻子脸不是脸地给她弄难看，不就是打我和儿子的脸吗？！"

"我就是给她弄难看！"梁配玉气呼呼地说，"你倒好，我赶都赶不走，你却觍着脸把她留下来！"

"你真是——"李海川也很生气地说，"也太不近人情了！"

"我不近人情？"梁配玉说，"日本人才最不讲人情，你难道不知道？！"

"好了，好了，我不跟你吵。"李海川摆着手往外走，到门口嘟囔一句，"真是不可理喻！"

"……"梁配玉欲言又止，怒气不息地把手上拿的丈夫的衣服狠狠摔在地上。

山坡上鲜花烂漫，大树下浓荫如织。李少辉和稻田芳子并肩坐在石头上。这里、那里，远远近近的树木上，知了在不知疲倦地唱着自己的歌。

李少辉不好意思地说："我妈……你别往心里去。"

"我没事。"稻田芳子含笑说，"我想开了，不就这几个月嘛，等假期结束回到日本，你不还是我的？"

李少辉一时无语，默默地望着远方。稻田芳子看他一眼，小鸟依人地靠在他的肩胛上。李少辉下意识地四下看了看，想躲又迟疑地停住了。过了一会儿，他才喃喃地说："我妈不知为什么，对日本人成见很深。"

稻田芳子也说："就是啊，你没问过她？"

李少辉摇着头说："我妈脾气很大，我从不敢问。"稍停，他又说："我前几年模模糊糊听说她曾去过日本，待了没多久遇上了我爸，就闹着回来了。"

稻田芳子问道："那时候，你爸是我爸的学生？"

"好像是。"李少辉说，"我爸毕业留校，你爸是他的导师。"

"是吗？"稻田芳子随便问了一句，又说，"咱们不说这些了，婶婶一时想不开，慢慢来吧。"

"谢谢！"李少辉说着，伸胳膊把她搂进怀里。

这时，不知何处传来一个男人粗犷的歌声：

这山高，那山低，
你走东来我走西。
绕它十万八千里，
最后咱俩在一起。

稻田芳子笑了笑，说：“听听，你们这里的民歌挺有意思！”

李少辉也咧嘴笑了笑，但却没吭声。过了一会儿，稻田芳子像是忽然想起地问：“你家有个什么亲戚在省里工作？好像是在地矿地脉厅的什么单位。”

李少辉稍愣神儿，说：“是个……堂舅。”

“堂舅？”稻田芳子奇怪地问，“什么叫堂舅？”

李少辉忙解释道：“就是……我妈她堂哥。”

稻田芳子好奇地又问：“什么叫堂哥？”

李少辉思索片刻，说：“就是……我妈叔叔家的儿子。”

稻田芳子迟疑片刻，摇头笑着说：“你们这里的……亲戚关系，我真弄不明白。”

李少辉看看她问道：“你不是在中国生活过几年吗？”

稻田芳子说：“我那时候还小，到现在也弄不懂这些关系。”

李少辉笑着没吭声。少顷，稻田芳子又问道：“他是当厅长吗？”

“好像是。”李少辉说，“我和他不怎么熟悉，就小时候见过面，早没什么印象了。”

稻田芳子又说：“咱们学地理勘探，应该想办法认识他。”稍停，她又补充道：“早点儿参加社会实践，为将来的工作做准备嘛。”

李少辉说：“这个还不容易？让我妈带咱们去一趟不就行了。”

“……”稻田芳子欲言又止，久久思索着什么。

蓝长根家屋里，夜晚。

蓝长根夫妇正和云朵谈话，看样子谈得不怎么愉快，大家的情绪都有点儿激动，只听蓝云朵说："爹，这事你就别再说了，我不同意。"

"为啥？"蓝长根拉着脸说，"你总得给我个理由吧！"

"没理由。"蓝云朵谁也不看地说，"我就是不同意！"

朱月娥忙劝道："这闺女，怎么这么死心眼儿啊？人家这么好的条件，咱打着灯笼哪儿找去？"

蓝云朵嘟囔地说："他条件再好，我不稀罕！"

蓝长根"啪"地一拍桌子，怒斥道："你也老大不小了，怎么这么不懂事？莫非俺们这是害、害你呀？！"

蓝云朵噘着小嘴不吭声。朱月娥叹息地说："真是……可怜天下父母心。好闺女，你就听你爹一句话吧，连你太爷爷都说好呢。"

"谁说好谁去，"蓝云朵话外有音地说，"反正我不同意！"

"……"朱月娥被噎了一下，有点儿难堪地看着丈夫。

"混账话！"蓝长根气得吹胡子瞪眼，说道，"话说到这份上，咱父女俩就把窗户纸捅开！你实话实说，是不是外面……喜欢上哪个谁、谁了？"

蓝云朵拧着脖子不吭声。蓝长根催促道："你说话呀！"

蓝云朵还是没吭声。蓝长根忍耐不住，把桌子一拍，吼道："你不说我说，是不是那个叫丰、丰义群的小、小混蛋？！"

蓝云朵眼里的泪水一下子涌出来，说道："爹，你凭什么那样说他？！"

蓝长根说："我凭什么你甭管，你说是不是他？"

蓝云朵又不吭声了。蓝长根尽量忍住火气说："我把话说在头里，换成别人，咱还好商量，要是这小子，你就死了这份儿心吧！"

蓝云朵泪水长流，大声喊道：“凭什么？你凭什么呀？！”

蓝长根冷笑着说：“什么都不凭，就凭我是你爹！”

蓝云朵没再说什么，哇哇大哭着冲了出去。蓝长根在她身后大声喊道：“大丫头，你给我听好了——要想跟那小子，除非你先把我的脑袋割下来！”他说着，冲月娥使了个眼色。朱月娥这才醒过神儿来，慌忙追了出去。蓝长根大手哆嗦着点上锅烟，气哼哼抽着、抽着……

一会儿，蓝云端悄悄进来了。蓝长根看她一眼，没说什么。只见她轻声说：“爹，身体要紧，你千万别生那么大气。”

蓝长根没吭声……片刻，蓝云端试探地说：“爹，我有个想、想法，你看行、行不？”

蓝长根看她一眼，闷头抽烟仍然没说话。蓝云端迟疑片刻，说道：“爹，我在外面听半天了……姐要实在不同意，我、我替她去，你看行、行不？”

蓝长根稍愣神儿，意外地看了她一眼。蓝云端忙轻声解释道：“本来，这是挺好的事……人家那么大个官，咱惹不起又躲不起。”少顷，她接着说：“反正我和姐姐长得一模一样，外人根本看不出来……我和她把名字换一下，有什么不、不行啊？”

蓝长根听到此才明白过来，气极地大声呵斥道：“混账东西！快给我滚出去！”

蓝云端稍愣神儿，争辩地说：“这是两全其美的事，有什么不、不好？”

蓝长根用烟袋敲打着桌子腿，呵斥道：“滚滚滚……”

蓝云端傻眼了……她呆立片刻，边往外走边嘟囔道：“真是狗咬吕洞宾——不识好人心。”实际上，她自己心里也明白，一个闺女家家的，主动说这些话是有点儿不大合适，但她确实喜欢少辉，而且是头一眼看见就喜欢。

李海川夫妇住室，夜晚。

梁配玉坐在灯下，正在看一本《红楼梦》。

李少辉进门来，高兴地说：“妈，我们听你的……我和芳子说好了，从今往后，我们就是一般同学关系。”

梁配玉看看他，不怎么相信地问：“是真的吗？”

李少辉过去搂住她，半撒娇地说：“当然是真的。我什么时候说过瞎话呀？”

“你有主意就好。”梁配玉说，“常言说得好：男人没主意，受一辈子穷；女人没主意，落一辈子……坏名声。”实际上，这句话应该是：男人没主意，受一辈子穷；女人没主意，落一肚子屎。

“我知道了。”李少辉说罢又问，“妈，我那个堂舅舅……叫什么来着？”

梁配玉稍愣神儿，问：“你有好几个堂舅舅呢，你问的是哪个？”

李少辉说：“就是在省地矿厅那个。”

“你说的是梁家庚舅舅，”梁配玉说，“他现在是省地矿厅厅长。”

李少辉又说：“那……我们想和他见个面你看行不？”

梁配玉不无奇怪地问：“见他？你们见他干什么呀？”

“妈，你知道，”李少辉说，“我们学的是地理勘探专业，现在到开学还有两个月……我想认识舅舅，向他请教学习，早点儿接触实践，也为将来参加工作打基础。”

梁配玉思索片刻，说：“这想法倒不错，是……她的主意？”

李少辉忙说：“我们俩都是这样想、想的。”

梁配玉点头答应道："这很简单，回头，我带你们去省城找他不就行了。"

李少辉终于高兴地笑着说："谢谢妈！谢谢妈！"

七

某街头小饭店，夜晚。

朱三计和丰天亮正在喝酒、吃饭。

丰天亮举杯说道："三爷，我一定要敬你三杯！那天要不是你，我娘的病耽误了不说，我肯定会被那几个王八蛋揍个半死。真是太感谢了！"

朱三计佯装不高兴地说："你又来了……我不是说了？叫三哥！"

丰天亮忙笑着说："好好好！三哥，三哥。"

"这就对了。"朱三计也笑着说，"我不是说了？红石、红水、红岩，三个村原本就是一家人嘛！哈哈……"

丰天亮问道："我小时候好像也听老人们说过，咱们这三个村的老祖宗就是弟兄三个，后来分家各自生活，天长日久才形成了三个村子。这是怎么回事呀？"

"这说起来话就长了。"朱三计摇头晃脑装作有学问，说道，"相传，在咱们的老祖宗开天辟地时一对夫妻生了三个孩子。他们让大儿子去经商，便有了汉族走遍各地；让二儿子种地，二儿子留在山上，便有了壮族只会种地；他们让三儿子下河捕鱼，瑶族便留在了水边……”

蓝长根家厢房里，夜晚。

蓝云朵坐在床头，默默地擦眼泪。朱月娥坐在旁边，轻声细语地劝说：“云朵呀，你也老大不小了。你想想，谁家的老人不是为孩子好？常言说：可怜天下父母心。哪个当老人的不希望自家的孩子一生平安，一生幸福？”

蓝云朵不吭声。朱月娥又说：“本来，你爹还有话要说，你跑出来了。那我就把实情告诉你吧。”

蓝云朵没开口，却在注意听着。

朱月娥往外看一眼，轻声地说：“那个丰义群是个什么人，他做了什么，我并不清楚。但听人说，他是个乱党，成天价煽乎群众团结起来，要平等、要自由，还要造反，说什么要推翻现在的社会……”

蓝云朵这才说：“他是一心一意为老百姓着想，想让大家都过上好日子呗。”

朱月娥冷冷一笑，说道：“他说得好听，你想想有这可能吗？手指有长短，人心不一般。有苦有甜才叫过日子，有穷有富才叫社会……”

“他们就想改变这个社会，”蓝云朵说，“分田地、均贫富，人人都过上好日子。”

朱月娥反问道：“那当官的会同意吗？地主老财会同意吗？”她停顿片刻，又说：“咱退一万步，就算他讲的能够实现，那要等到哪个猴年马月呀？”

蓝云朵思索着……朱月娥说：“我把实话告诉你吧。他干的这些事，人家官府都知道，警察署早就盯上他了，说不定哪天就会把他抓进去。”

蓝云朵一惊，问道：“你……这是听谁说的？”

“你甭管我是听谁说的，反正是了解实情的人。”朱月娥说，“你想想，哪个姑娘家跟着他能平安幸福？能白头到老？”

蓝云朵急切地思索着她的话，好一会儿没吭声。

朱月娥最后说：“就为这，我劝你还是好好想想，嫁到你干娘家才是正理。人家过的那是什么日子？要官有官、要权有权、要钱有钱，哪个当姑娘的不紧着往里挤？真是打着灯笼都找不到。你倒好……”

蓝云朵什么也没说，突然站起身就往外走……朱月娥忙问道：“你干什么去？”

蓝云朵没吭声，径直出屋去了。朱月娥忙叫着“朵朵！朵朵！”追出去……院子里光线暗淡。蓝云朵脚步匆忙走到了大门口……蓝长根却从旁闪身出来，怒声问道：“你干什么去？”

蓝云朵愣住了。蓝长根铁青着脸说：“从今天开始，你老老实实给我在家待着！”

蓝云朵含泪颤声叫道：“爹！爹……”

蓝长根没吭声，哗啦啦锁上了大铁门。蓝云朵傻眼了……

深夜静悄悄，稻田森一住室灯光明亮。

稻田森一正在做什么实验。只见，他把两种什么液体倒进一只量杯中，霎时间透明的液体变成了深蓝色，并腾起一片粉色的烟雾。他擦拭着眼镜，满意地笑了。

外面，突然传来一阵由远而近的马蹄声。稻田森一倾听片刻，忙去打开了大门……少顷，稻田芳子打马冲进来，高兴地说："爸爸，有希望了！"

稻田森一忙问："这闺女，说话没头没脑的，什么有希望了？"

稻田芳子飞身下马，说："少辉的妈妈答应，带我们去见那个梁家庚。"

"好好好！"稻田森一说着，拉女儿往屋里走……稻田芳子边走边说："少辉妈妈可能觉得对不住我，没等少辉把话说完，就答应尽快带我们去见那个厅长！"

"那当然好。"稻田森一说，"地矿，尤其是地脉资料，要是我们自己去勘探可就费劲了，也可以说没有可能。"他停顿片刻，又说："且不说人力、物力、财力，这些资料都属于国家机密，哪个国家也不可能允许咱去折腾……能想办法拿到第一手资料，非常重要也不容易。"

稻田芳子瞪着眼睛问："这东西这么重要呀？"

"那是当然。"稻田森一说，"掌握了这些，就相当于掌握了这个国家潜在的……发展命脉，就可以分析出这个国家今后一百年的发展趋势，我们国家就可以对症下药，制订相应的大政方针，作为一切行动的国策。"

稻田芳子瞪眼听着。稻田森一又说："所以，你也别高兴太早了，就是见到那个地矿地脉厅长，也不一定能如愿拿到我们想要的东西。"

稻田芳子忙问道："那可怎么办？"

"只能走一步看一步，"稻田森一说，"到时候见机行事，千方百计吧。"

稻田芳子陷入沉思，久久不语。

某村头小饭店，夜晚。

朱三计扶着喝成烂泥的丰天亮往外走，说："兄弟，这就是你的不是了，家里没米下锅，为什么不早说？"

丰天亮嘿嘿笑着说："不、不好意、意思。"

朱三计埋怨地说："不好意思就是见外，没把我当自家弟兄。"

丰天亮舌头发硬，点头说道："是、是自家弟、弟兄。"

朱三计说："走，这就跟我回家，扛一布袋大米回去。"

"谢谢哥、哥！"丰天亮说着，在他的搀扶下脚步踉跄地往外走……

蓝长根家厢房里，深夜。

蓝云端正在劝说云朵说："姐姐，咱爹的脾气你还不知道？他是吃软不吃硬。你这样和他对着死顶，不可能有什么好结果。"

蓝云朵阴沉着脸没吭声。蓝云端又说："姐，我倒有个主意，你……想不想听听？"

蓝云朵看了她一眼，仍然没作声。蓝云端忙说："你要是实在不愿意，真到了那一天……我替你去怎么样？"

蓝云朵不高兴地说："你净瞎说八道，你怎么替我去？"

蓝云端嬉笑着说："偷、偷梁换柱呗！"

蓝云朵不耐烦地挥挥手，说道："去去去，别瞎说了！"

"真的。"蓝云端说，"我替你顶着，你不就可以和义哥远走高飞了？"

蓝云朵没往心里去，推着她说："出去看看，咱爹还在院里没有？"

蓝云端答应着出门去了。蓝云朵快速思索片刻，动手收拾衣物什么的。一会儿，蓝云端返回来说："姐，院子里没人。"

蓝云朵没说什么，打了个小行李卷拎在手上就往外走……蓝云端跟在她身后问道："姐，你就这样走、走啊？"

蓝云朵没回答，在屋门口观望片刻，快步走到大门口……蓝云端惊讶地看着她。蓝云朵轻轻拉开门闩，却怎么也拉不开大门——原来，外面用大铁锁锁上了。她愣了片刻，急得直跺脚。蓝云端说："姐，你出不去。"

蓝云朵退回来，急切地打量着高高的院墙……这时，从上房里传出蓝长根威严的咳嗽声。她一下子吓傻了……

朱世章家院子里光线暗淡。

丰天亮背着半布袋粮食往外走……朱三计边送他边装作十分随意地问："我就想不明白，那天晚上，你们怎么弄得，我家的大黑狗都不叫唤了？"

丰天亮毫无防备，嘿嘿一笑随口说道："嘿嘿。我喂给它一个酒泡、泡了的馒、馒头。"

朱三计震惊地拉下脸来问道："什么什么？你再说一遍？！"

丰天亮意识到酒后失言，惊骇地用手堵住了嘴巴。朱三计大喊道："来人！"

朱九毛等立刻从厢房里冲出来。朱三计指着天亮说："把他给我捆起来！"

丰天亮扔下手中的布袋撒腿想跑……朱三计飞身一个扫堂腿——天亮像堵墙般扑倒在地。

朱世章家牲口圈里，清晨。

一缕晨曦从窗户缝隙里投进来，照耀着脱得精光、浑身血淋淋的丰天亮。他被反剪双手吊在房梁上，脑袋耷拉下来，不知是睡着了还是已经死去。

地上，散扔着带血的马鞭、断为两截的木棍、烧红的烙铁……四周静悄悄。

“那个丰天亮是个软骨头，”蓝云端说，“当时就交代了他们抢朱家粮食的事情，为这，义哥差点儿被官府抓走。”

这是在红水乡村头上，云端、云飞、山姗和凯忠边走边说笑着。

村子确实发生了翻天覆地的变化，所有的房舍都按原来的风格进行了翻新改造，不少人家建成了家庭旅馆、特色饭店……村街也变成了水泥地面，只有村头那棵大榕树，依然枝繁叶茂、冠盖如云。

这是个旅游景点，各色游客走来走去，兴味十足地参观游览。村里的少男少女们穿着民族服装，欢快地迎接客人，表演各种节目……好一派祥和景象！

蓝云飞目不暇接地东瞅西看，不时发着感慨说道：“变了，真变了！我都找不到自己的家了！”

“不就在那儿吗？”蓝云端指着不远处的大榕树说，“那不是咱家的大榕树嘛！”

蓝云飞看过去——榕树下新建了一座民风民俗展览馆，不少游客出出进进。

他们四个人往那边走着……蓝云端忽然想起地问弟弟：“你在马来西亚住了多半辈子，就没娶媳妇成家？”

蓝云飞愣了片刻，说：“成家了，在我四十五岁那年，娶了个当地的妇女。”

“是吗？”蓝云端又问道，“那——你们没孩子？”

蓝云飞摇摇头说：“没有。她一直有病，不能生孩子。”

蓝云端叹息地说：“真是，好人没好命。那你们靠什么生活？”

“生活倒没问题。”云飞说，“我刚开始做烟酒小生意，有了一定的积蓄后改做汽车进出口。”

蓝云端忙问道：“做汽车生意，那肯定赚了不少钱吧？”

“钱倒赚了不少。”蓝云飞叹了口气，说，“可是，姐，到咱们这岁数，钱再多不就是个数字嘛！”

蓝云端笑着说：“那倒是，那倒是。”

丰山姗问道：“老舅，你怎么没早点儿回来？”

“唉——”蓝云飞叹了口气，说道，“开始是想着回来，要不怎么四十多岁才成家呀。”

丰山姗说：“听老姨讲，你在国民党部队抗日时打过那么多次仗，负过伤立过大功，应该算是民族英雄呢！”

“不能说算是，应该就是我们的民族英雄。”丰凯忠说，“老舅，哪天我给你开庆功会，要让乡亲们都知道知道。”

蓝云飞忙摇头说：“不敢当，可是不敢当。”

这时，新奥集团的王总在几个当地官员的陪同下，正一路谈笑着迎面而来。

丰山姗用手指了指说：“老舅，那就是新奥集团的王总。”

“是吗！”蓝云飞高兴地说，“就是那位‘活菩萨’呀？”

“对，对。”丰凯忠笑着和王总打招呼，并介绍说：“王总，这是我老舅，刚从国外回来……他早就想拜会你这位‘活菩萨’。哈哈……”

“可不敢当。”王总笑着和蓝云飞握手说，“老先生，我们做得还不够，你经多见广，请多提宝贵意见。”

“没意见，没意见！”蓝云飞说罢，突然没头没脑地问道，“你是共产党员吧？”

王总稍愣神，忙回答：“是，是。三十多年党龄了！哈哈……”

“我就说嘛，”蓝云飞说，“只有共产党员才能做出这惊天动地的大好事！”

王总也笑着说：“老先生过奖了！”

“王总，”丰山姗说，“我老舅是抗战英雄呢，当年是功勋团长，参加过好多次战役，负过多少次伤哩。”

“是吗？”王总说，“老先生，改天我一定登门拜访，咱们好好聊聊！”

“一定，一定。”蓝云飞说着，大家客气地分手道别。

一会儿，蓝云飞他们来到了铜鼓展览馆门前。一位漂亮的讲解员热情地往里相请。

蓝云端忽然想起地说：“我听少辉讲过，有一天没事，他带着那个芳子专门参观过州里的铜鼓展览馆……”

红河湾市街头，日。

今天这里是个农村大集，街两侧摊点成阵，人群熙攘，叫买叫卖声混成了一片。

李少辉带领着稻田芳子，东瞅老鸹西看燕地走来荡去。那些庄稼汉像瞧稀罕似的，不时停下手中的活计看着他们。稻田芳子兴奋地说：“我还是头一次看到这种大集，真有意思！”

李少辉问道：“你们日本人不过集呀？”

稻田芳子想了想，说：“好像没有，我没看到过。”

李少辉解释道：“我们中国各地都有，有的地方叫赶集，有的地方叫赶圩。”

稻田芳子笑着说：“嘻嘻，真好玩儿！”

商贩们扯开嗓门招揽生意：卖粮的、卖菜的、卖杈把扫帚的……一个卖铜鼓的蹲在地上，不时敲打着铜鼓叫卖。稻田芳子收住脚，好奇地看着那些制作精致的铜鼓。

李少辉说："在我们中国，铜鼓到处都有，但壮族的铜鼓别具一格，可以说形成了独一无二的铜鼓文化，里面有好多故事呢！"

"是吗？"稻田芳子蹲下身，轻轻敲打着铜鼓。卖鼓人说着当地的土话介绍，她当然听不明白。李少辉说："对了，离这儿不远有个铜鼓展览馆，要不要去看看？"

稻田芳子站起身说："好哇！"

铜鼓展览馆，日。

这里较为清静，工作人员热情接待着为数不多的参观者。放眼望去，满屋子形形色色、千奇百怪的铜鼓琳琅满目：一般铜鼓、鼓王头像、观音赐福铜鼓、布袋和尚挑担铜鼓、含羞美女铜鼓……让人目不暇接。

李少辉和稻田芳子走来走去，兴味十足地观看。

漂亮的女讲解员为他们讲解道："我们这一带的少数民族，信奉的老祖宗叫蚩尤，就是和炎黄二帝打仗的蚩尤……"

"是吗？"李少辉意外地说，"这我倒是头一回听说。"

讲解员接着说："相传，我们这些民族原来都住山东、河北一带平原地区，由于打了败仗，才被赶到这深山老林里来。生活环境的改变，给我们带来了方方面面的困难。"

李少辉和芳子认真听着……

"平原地区人气重，没有这么多森林和沟沟壑壑，所以就没有这么多虎豹熊罴什么的。"讲解员继续说，"我们被赶来这里，面临的最大危险就是这些野兽，不知道多少先人被伤害，被吃掉。”她喘了口气，接着说，“大家刚开始又没有这方面的经验，不知该如何对付它们。所以，不管是上山干活还是打柴采药，必须是成群搭伙……生活不方便，非常贫穷，甚至连饭都吃不上。”

稻田芳子着急地问：“那可怎么办呀？”

“没办法。”讲解员说，“老祖宗们开会商量，日夜煎熬就是想不出办法来。可日子总得过吧？人们只能冒着危险出门干活。一天，有位妇女去山涧挑水，刚上山便从森林中蹿出一只斑斓猛虎，吓得她扔下水桶，撒腿便往山下跑……”

稻田芳子拉住少辉的手，神色紧张地听着……讲解员接着说：“没想到，水桶骨碌碌发出很大响声，倒把老虎吓跑了。”

稻田芳子的表情随着讲述松弛下来，不由长吐了口气。讲解员笑了笑，又说：“那位妇女惊魂未定，回去后对族人讲了这件事。从那之后，不管谁出门都要带上只水桶，有没有野兽随时敲打。时间久了，有聪明人觉得水桶携带不方便也不美观，就琢磨着做出了第一面铜鼓。”

李少辉和稻田芳子相视而笑……讲解员最后说：“经过多少代的改进和发展，才有了今天这形形色色的铜鼓。所以，铜鼓文化便深深扎根在我们壮族的血液之中了。”

铜鼓展览馆门口外，李少辉和稻田芳子走出来。

稻田芳子感慨万千地说：“你们中国的文化真是博大精深，连一个小小的铜鼓都演绎出这么多美丽的故事！”

李少辉笑着说：“这只是壮族特色，千年万代流传下来便形成了一种文化。”

“真是……不可思议。”稻田芳子感叹着，又忽然想起地问，“你妈说了没有，什么时候带我们去见那个……厅长舅舅呀？”

“说了，说了。”李少辉忙解释道，“我妈说今天有点儿事，明天就去。”

李海川官邸后院有个不大的花园。这里景色优美，只见花红柳绿、曲径通幽、山石流水、鱼儿穿梭……可谓人间仙境。

这天一大早，梁配玉身穿练功服，正在大榕树下练剑。只见她身轻如燕，蹦跳腾挪，看上去是真有一番功夫。也难怪，她父亲就是当时北平城里有名的武术教练，她从三四岁上就开始接受训练，确实练就了一身武功。这时，高士亮带领朱月娥进来了。

梁配玉忙收势笑着说：“亲家来了？您怎么这么早就过来了？快请坐吧！”

朱月娥眉头紧锁，说：“亲家，我可没脸坐了，是来告诉您个不好的消息……”

梁配玉忙问：“怎么了？”

朱月娥气喘吁吁地说：“我家那个不懂事的大女儿，不同意这、这门亲事。”

“是、是吗？”梁配玉有点意外地说，“朵朵是不是……看不上我家少辉？”

“也不完全是。”朱月娥说，“那孩子心野，小小年纪，在外面就有了个相好不、不错的。”

梁配玉思索片刻，问道：“是不是那个叫什么丰义群的？”

朱月娥一愣神儿说：“亲家知道呀？”稍停，她又补充一句道：“就是那个不务正业的家伙。”

梁配玉沉吟着，一时没作声。高士亮笑了笑，说：“要是他这事倒好办了。”

梁配玉看他一眼，问道：“为什么？”

高士亮信心十足地说："把他抓起来不就解决了。"

"就是，"朱月娥忙说，"只要把他抓起来，估计云朵就该死心了。"

梁配玉不高兴地问道："平白无故，你凭什么把人家抓起来？"

"他是乱党嘛！"高士亮说，"警察署已盯他多时了，办什么农民讲习所，聚众闹事，煽动群众，扰乱社会治安……随便找个理由就可判他几年！"

梁配玉摇摇头说道："你不能空口无凭，想抓谁就抓谁呀！我倒听人说，他办讲习所是为帮大家学文化、学技术。就为这把人抓起来，会让大家说咱们是假公济私，影响多不好啊！"

朱月娥不由发愁地说："那可怎么办？"

梁配玉思索片刻，说道："亲家，我看这样吧……我明天要去趟省城。你们再劝劝她，等我回来咱再商量。"

朱月娥迟疑地点头答应着……

广西地矿厅是个不大的机关，就坐落在省政府旁边。

在办公室里，梁家庚沏茶倒水，正在热情接待梁配玉、李少辉和稻田芳子。他四十多岁，满脸镌刻着书卷气，一看就是个大知识分子，做事认真而古板。

梁配玉忙接过他手中的茶壶说："哥，你就别忙活了。我们有点儿小事，说几句话就走。"

"好，好。"梁家庚笑着说，"几年没见，少辉变大小伙子了！哈哈……"

梁配玉说："可不是，他在日本留学都快三年了。"

"是、是啊？"梁家庚转脸问李少辉道，"说吧，你们有什么事？"

李少辉叫了声“舅舅”，说道：“我在日本东京大学学的是地质勘探专业，三年来从书本到课堂，从课堂到书本，实在缺乏实践经验……”

“就是，”稻田芳子接过话头说，“我们来舅舅这里，是想查找一些资料，增加实践经验，为以后参加工作做些准备。”

梁家庚忙问道：“你们想看哪方面的资料？”

“具体我们也说不清楚，”稻田芳子说，“比如广西的地矿图、地脉图什么的，我们都想借回去看看。”

梁家庚警觉地看看她，说：“这些资料我这里倒是都有，但却不能借给你们。”

梁配玉忙说：“哥，你怎么这么小气？不就是资料嘛，让孩子们看看有什么不可以？”

梁家庚微笑着说：“配玉呀，俗话说，隔行如隔山，这你就不懂了。”稍停，他又说：“她说的这些资料，都属于国家机密，是不可以随便让人看的。”

梁配玉也笑着说道：“哥，什么国家机密？你就别拿鸡毛当令箭了。”

“可不是那么回事。”梁家庚说，“干我们这行有明文规定，他们想看的这些资料，出借必须报政务院批准才行。”

梁配玉惊讶地问道：“这么严格呀？！”

梁家庚说：“当然了。干我们这行，这是铁律！”

稻田芳子忙问道：“那么……我们在这儿看看可以不？”

“不可以。”梁家庚断然拒绝，“让上级知道了，这是要判刑的！”

梁配玉他们面面相觑，一时不知该说什么。

傍晚在红河湾州政府办公室，李海川正在批阅什么文件。朱汉臣兄弟俩押着鼻青脸肿的丰天亮进来了。他吃惊地站起身，问道：“朱、朱司令，这是怎么回事?”

朱三计说：“州长大人，前些日子，我们家深夜被抢就是他们干的，带头人是丰义群……”

“让他自己交代!”朱汉臣说着踹天亮一脚说，“跪下!”

丰天亮扑通一声跪在地上，龇着牙说：“我说，我全说……”

蓝长根家厢房里，傍晚时分。

蓝云朵脸色憔悴，目光呆滞地坐在窗前。

桌上摆着的饭菜看上去一筷子没动。朱月娥正柔声劝说道：“朵朵呀，你已经两天两夜汤水没进了，这怎么行呢?俗话说，人是铁饭是钢，把身体搞垮了，受罪的还不是你自个儿?”

蓝云朵不吭声。这时，外面传来丰义群的歌声：

乌云遮月黑了天，
不见阿妹在哪边。
三三见九不算多，
哥在树下等三年。

蓝云朵一听浑身颤抖，冲到窗前含泪唱道：

羊羔进圈鸟入笼，
不见哥哥心里痛。
等到七七四十九，
彩凤冲天陪大鹏。
……

就在这时，丰义群的歌声戛然而止，外面传来嘈杂的人声：“你们干、干什么？”“干什么？你进大牢去跟法官说吧！”……蓝云朵一惊，扑到窗口大声叫道：“义哥，义哥——”

无人回答。外面只有风声呼啸。蓝云朵大声哭喊、大声哭喊……回答她的，只有电闪雷鸣，暴雨咆哮。

过了一会儿，蓝云端浑身湿淋淋地冲进来说：“姐，义哥被警察抓走、走了！”

蓝云朵身子一软，摇晃着瘫倒在地上……

稻田森一住处，夜晚。

稻田芳子手提马鞭气喘吁吁，一脸焦急地望着父亲说：“爸爸，情况就是这样，我们该怎么办？”

稻田森一平静地说：“这情况，我早预料到了。”他为女儿倒上杯水，接着说：“好女儿，你先坐下，喝了这杯水。”

稻田芳子站着，咕咚咕咚一口气把水喝下去。

稻田森一这才说：“我们想要的东西，在哪个国家都属于一级机密，人家不让你看很正常。这次你们去，确实有点儿冒失，因为我们不可能把目的向少辉和他母亲说清楚。”稍停，他又补充一句，“就算是……预演吧。”

稻田芳子忙问道：“那下一步该怎么办？”

稻田森一没回答，仍按照自己的思路说：“而且，我今天刚接到家里发来的电报……咱们的时间已经不多了。”

“咱们的时间不多了？”稻田芳子不解地问，“什么意思？”

稻田森一看她一眼，说：“据我们国家情报部门的消息……”他停顿片刻，接着说：“这个国家的总统曹锟，因为执政不力和操控贿选，引起了好多进步人士的反对。估计他很快就有可能被替换下台。”

稻田芳子听着，神色显得有点迷茫。稻田森一又说：“你想，他要是下了台，李海川这个州长能当得成吗？他和梁配玉能在这儿待得下去？他们走了，我们两眼一抹黑，再找谁来协助我们？”

稻田芳子一脸焦急地问：“那可怎么办啊？”

“昨晚，我思虑良久，”稻田森一脸色阴沉地说，“面对此情况，我们只能……拼死一搏了。”

稻田芳子忙问：“拼死一搏？怎么个搏法？”

稻田森一没回答，却问：“你觉得……李海川对咱们日本……印象如何？”

稻田芳子想了想，说：“应该是很好的。这些日子言谈话语中，他一直回忆和讲述在日本的那段岁月，好像很是怀念和憧憬……还有，在我和李少辉这件事上，他希望我们能走到一起，少辉妈妈却是极力反对。”

稻田森一却高兴地说：“这就好！这就好！哪天你以我的名义请他单独来一趟，我要和他彻底谈一谈。”

稻田芳子问道：“你和他谈什么？”

“你不必多问，”稻田森一说，“到时候我会告诉你。”

稻田芳子目光疑惑地答应着……稻田森一忽然想起地问：“临行前，我要你画的那张图……”

“有，有。”稻田芳子说着，从随身包里掏出一张纸放在桌上。稻田森一凑上前观看着……稻田芳子指点着说：“这是红河大街……这是省政府，地矿厅就在旁边，紧挨着政府大院。进去后，拐过一条林荫路，就是厅长办公室……”

稻田森一看着，不时点点头。稻田芳子又说：“我一直注意观察……梁家庚在外屋办公，里屋就是资料室……里面光线很暗，摆满铁皮文件箱、小型保险柜什么的。”

稻田森一边看边说：“很好。很好。”

“可是……”稻田芳子问，“爸爸，你要这个干什么？”

稻田森一把地形图收起来，说：“没什么具体想法，总是……有备无患吧。”

稻田芳子满脸疑惑地看着他……

八

监狱审讯室，日。

丰义群戴着镣铐坐在被告席上。

李海川和高士亮坐在桌旁正在审问他。门里门外，不少警察戒备森严地站岗放哨。

李海川说：“丰义群，实话实说，我对你的印象还是不错的。但是，今天这事，人证物证俱在，你还有什么话说？”

“我当然有话说。”丰义群侃侃而谈，“我们去抢他家的粮食是有原因的。州长你想想，当时是因为他们假传圣旨，要圈地移民……为此，老百姓是怨声载道，上吊投河死了好几个人。这你是知道的。”

李海川点了点头说：“确有此事。”

丰义群接着说：“我们也是出于一时义愤，才想到抄他的后路，所以才出此下策。”

李海川用手指敲打着桌子说：“这是两码事，你纯粹是强词夺理嘛！”

“总算事出有因吧？”丰义群说，“为一方百姓，我们毫无私心，就是那些粮食，我们半点儿没要，全部分发给了村里揭不开锅的贫困人家。”

李海川意外地问：“有这事？”

丰义群微笑着说：“当然，你们可去调查嘛。充其量，我们这也算劫富济贫，替天行道吧！”

李海川沉吟着一时没开口……

蓝长根家厢房里，深夜静悄悄。

蓝云朵仍是一个姿势坐在灯下。她头发散乱，衣衫不整，明显消瘦了许多。

桌上，仍然摆着没动筷的饭菜。蓝长根心烦意乱，踱来踱去地说：“朵朵呵，你从小懂事，没让大人着急生过气，这回是怎么了？莫非要一条道走到黑？”

蓝云朵闷头望着窗外，不看他也不吭声。

“你已经几天几夜不吃不喝……”蓝长根说到此，眼里蒙上来一层雾水。他停顿片刻，声音沙哑地说：“朵朵，你这是逼爹爹去死啊？！”

蓝云朵仍然没吭声，只是眼里转出来泪花。

蓝长根吸了吸鼻子，又说：“你也知道，爹我一辈子不会说好听话，这回，就算爹我求、求你了行不行？！”

“爹——”蓝云朵声泪俱下地说，“女儿我……实在是心有不甘啊！”

蓝长根一时无语。他抹了把眼睛，走过去搂住了云朵。

蓝云朵伏在他怀里放声大哭。蓝长根抚摸着她的头发，说：“爹知道你心里委屈，知道你喜欢义群。可是，你这样做实际上是害了他啊。”

蓝云朵哭得缓不过气来。蓝长根又说："人家那头放话出来，说只要你答应了这门亲事，人家马上放人。"

蓝云朵强忍眼泪，抬头看着爹爹问道："他们……是这么说、说的？"

蓝长根叹息着说："是呵。那个高秘书专门过来了一趟，就是这么说的。"

蓝云朵思索着，一时没开口。蓝长根不无乞求地说："丫头啊，为了咱这个家，也为了那个义群，你就答应了吧！"

蓝云朵终于擦干了泪水，像是拿定了什么主意般咬着牙说："爹，你去告诉他们吧，我……答应了。"

蓝长根老泪纵横地说："这就好，这就好……"

李海川夫妇住室里，夜晚。

梁配玉坐在灯下正在看书。她显得心神不宁，看着看着目光便盯住某个地方久久不动，心里不知在想什么……良久，李海川被高士亮送了回来。

梁配玉站起身问道："怎么样？他承认不承认？"

李海川说："他倒是承认，只是强词夺理，一再申明他们这么做是为了百姓。"

梁配玉还想说什么……高士亮说："太太，我把话传过去了。"

"噢，"梁配玉答应一声说，"我知道了，你去吧。"

高士亮放下李海川的公文包出去了。梁配玉边帮丈夫脱外套边说："海川，我一直在想……咱们这么做是不是有点儿缺德呀？"

李海川坐在床边，低声说道："事出无奈，你就别想那么多了。"

梁配玉思索着没吭声。这时，李少辉进来说：“爸，芳子她爸爸说让你尽快去一趟。”

李海川迟疑片刻，点头答应着。梁配玉忙问：“他让你爸去干什么？”

李少辉说：“芳子没、没说。”

李海川忙说：“一个多月了……我也该去看看老师了。”

人生在世，谁都不可能一帆风顺，碰上不顺心的破事、糗事、麻烦事，有的能冷静对待，机智处理，巧妙地躲过风浪；有的却头脑发热，意气用事，孤注一掷，最后让自己走上了不归路。现在的蓝云朵就是这样，正在做着拼死一搏的准备。只见，昏暗的灯光下，她蹲在桌子腿旁，正脸色恼怒地磨着一把剪刀。

蓝云端在外面边敲门边喊道：“姐，你开门呀，我要睡觉了！”

蓝云朵忙把剪刀藏起来，慢慢走过去打开了房门。蓝云端打着哈欠进来问道：“姐，你在干吗？”

蓝云朵气喘吁吁地说：“我没、没干吗呀。”

蓝云端往里走，一下子绊在磨刀石上。她低头看了看，疑惑地问云朵：“姐，你这是在干啥？”

“没、没干啥。”蓝云朵回避着她的目光，转身往回走，却没想到把剪刀掉在了地上。蓝云端忙捡起剪刀，吃惊地问道：“姐姐，你这是……”

“我怎么了？”蓝云朵急忙打断她，迅速夺过剪刀掩饰地说，“钝得连布都绞不动，我磨磨不行？”

蓝云端疑惑地瞅着她迟疑片刻，说道：“姐，我不如你聪明，可也不傻，你心里怎么想的，我也能猜个八九不离十。”

“行了。”蓝云朵把剪刀收起来说，“不许告诉咱爹！”

蓝云端无言地坐在炕沿上，心里快速思索着什么……蓝云朵走过去拉开被子说：“你发什么呆？快睡吧！”

蓝云端却拉住她的手，轻声说：“姐，你这样蛮干肯定不行，我有个想法……你听听有没有道理。”

“听什么听！”蓝云朵不耐烦地甩开她的手说，“不是鱼死就是网破，你就甭管了！睡觉！”她说着，随手想解衣扣……蓝云端拉住她的手说：“不行。你必须听听！”

蓝云朵无奈地坐下来说：“好，好。你说吧。”

蓝云端却神色迟疑，好一会儿没开口。蓝云朵不耐烦地说：“你说不说，不说就睡！”

“我说，我说。”蓝云端又拉住她的手，诚恳地说，“姐，我知道你心里装着义哥，也很羡慕你们这种……感情。可是，我长这么大，从没有尝过爱的滋味，就是看到少辉那第一眼……怎么说呢？一颗心像小鹿一样怦怦跳。我不知道这是不是爱情，反正很喜欢他，睡梦里都忘不了。”

蓝云朵吃惊地看着妹妹。少顷，蓝云端眼里转出来泪花，轻声乞求地说：“姐，我有个想法，你必须答、答应。”

蓝云朵迟疑片刻，忙点着头说：“那好，你说、说吧。”

蓝云端仍拉着她的手说：“姐，我早就琢磨好了……咱们趁此机会，给他来个移花接木如何？”

“移花接木？”蓝云朵不解地眨巴着眼睛问道，“怎么叫移花接木？”

蓝云端口气坚定地说：“就是……还是那天说的，我替你嫁给李少辉。”

蓝云朵一时不理解地问道：“净瞎说八道，这种事谁能代替谁呀？！”

“怎么就不能？我觉得能！”蓝云端执拗地说，“咱姐妹俩长得一模一样，咱爹有时候都认错，外人就更看不出来了。”

蓝云朵这才开始思索她的话……蓝云端急切地说：“姐，你想想，要是这个想法能够成功，咱俩都遂了心愿……我嫁过去，义哥被放出来，你们不就可以远走高飞了？”

蓝云朵神色迟疑地说：“你说得容易，万一被人认出来算什么事啊！”

“你放心。”蓝云端说，“当天肯定乱乱哄哄，谁能认得出来？等、等生米煮成熟饭，他认出来又能怎么样？”

“可是……”蓝云朵仍拿不定主意地说，“咱们这样做……是不是太缺德了？”

蓝云端急了，忙说：“事到如今，缺德又怎么样？总比你以死相拼结果要好、好吧？”

蓝云朵沉吟着，一时没吭声。蓝云端一口气说下去：“假如像你想的，你和李少辉同归于尽，那义哥还能被放出来？！再说，你死了，咱爹和太爷爷怎么办？你不是逼他们上吊吗？！”

蓝云朵惊讶地看着她……蓝云端又说：“再说，干娘他们就这一个儿子，少辉要是死了，他们还能活吗？！”

蓝云朵终于松了口，说：“要真这么做，怎样才能不被人看出来？”

“这事，我早就琢磨好了。”蓝云端比比画画说着、说着……

稻田森一住处院子里阳光灿烂。他和李海川坐在榕树下，边喝茶边说道：“没事的时候，我经常回忆起你在日本求学的岁月。”

“可不是。”李海川说，“我也经常想起跟着老师你研究课题的日子。”

稻田森一说："咱们是师生，更是好朋友，可以说是无话不谈。"

李海川忙说："那是，那是。非常感谢老师那几年的栽培！"

"哈哈，栽培说不上。"稻田森一笑着说，"但截至目前，我仍为你的突然离开感到可惜。"

李海川感慨地说道："没办法。当时，家父病重，配玉也闹着要回来。"

稻田森一点点头，又说道："搞生命医学，应该说你很有天分，如果你当时能够坚持下去，说不定现在已是业内的佼佼者了！"

李海川陪着嘿嘿笑，说道："老师过奖了。"

"真的，"稻田森一认真地说，"要论搞科学研究，日本的客观条件中国是没法比的。就是现在，你们中国在这方面的研究仍然几乎等于零。"

"是，"李海川说，"我们中国太落后，任何科学研究都没办法和日本比。"

稻田森一叹息地说："而且，你现在是弃学从政，可惜，可惜啊！"

李海川无奈地摇头，说道："命该如此，实非我的本意。"

稻田森一环顾左右，压低声音说："海川啊，用你们中国的话说，一日为师，终身为父。我不敢自大，但对你的命运和前途……却是拳拳于心啊！"

李海川有点迷茫地点头说道："学生真是实心实意地谢谢老师了！"

稻田森一又说："我这并不是泛泛而谈，你就不想问问我为什么会这样说？"

"……"李海川愕然。稻田森一声音更低地说："昨晚，我接到从日本秘密部门发来的电报，说你们中国的当政者很快会发生变化。”

李海川惊愕地问道：“为、为什么呀？”

稻田森一卖着关子说道：“你知道，日本的情报部门应该是世界第一。他们的情报，百分之百是非常准确的。”

李海川点点头说：“这我知、知道。”

稻田森一声音更低地说：“据他们分析，你们中华民国的总统曹锟因为执政不力和贿选，很可能被新人替换。”

李海川一愣神儿，惊讶地问：“是、是吗？”

“这消息百分之百准确。”稻田森一说，“你想想，中国目前几乎是军阀割据，曹锟当然有自己的势力，肯轻易下台？”

李海川思索着没吭声……稻田森一又说：“双方要真闹起来，中国还不是天下大乱？那样一来，曹锟能支撑多久？”他停顿片刻，继续追问道：“他要是被赶下台，你的出路在哪里？”

李海川一时惊讶地闷头不语……稻田森一这才说：“你们夫妻和他的关系我是知道的。要真到那一步……按中国的传统习惯，你别说继续当官，能不能保全性命都是个未知数。”

李海川不语，脸上有汗水渗了出来……稻田森一继续威胁道：“一朝天子一朝臣，中国历朝历代概莫能外。你想想，后果真是不堪设想啊！”

李海川忙擦了把汗，问道：“如果确实如此，老师认为我该怎么办？”

“走，跟我回日本！”稻田森一口气坚定地说，“回去继续搞你的生命医学，躲进小楼成一统，管他冬夏与春秋！”

李海川思索着，一时没吭声……稻田森一又说道：“这事，我只能告诉你，连芳子我都没说。生死关头，你应该早拿主意。”

李海川仍在擦着汗，为难地说：“可是，配玉她……”

稻田森一打断他说：“你真是……她能跟咱们走是万幸，如果她执意不走，你只能放弃。”稍停，他又补充道，“夫妻本是同林鸟，大难临头各自飞嘛！”

李海川思索着久久不语……“你好好考虑考虑吧。”稻田森一嘱咐道，“目前，这还是个天大的秘密，你一个人知道就行了，千万别告诉任何人……包括你夫人。”

李海川迟疑地点点头。稻田森一说：“还有，过几天你一个人再来一趟，我们要好好商量商量，临行前我们应该做些什么，该怎么做。”

李海川答应着……稻田森一微微一笑，说：“你总不能两手空空去日本，总应该有个安身立命的资本不是？”

李海川不知所以地看着他……

李海川官邸张灯结彩，一片欢庆景象！彩绸、鲜花、鼓乐、炮仗……大红的双喜字格外显眼。高士亮指挥着手下士兵们，摆桌放凳、端茶倒水忙活不停。

李海川和夫人胸佩红花站在门口，迎接着一拨又一拨客人……大家说着祝福话、吉庆话、拍马屁的奉承话。其中有朱世章父子，以及前面出现过的大小官员和乡绅等。

突然，春红捧着一套新衣，神色慌张地从后院出来了……梁配玉意识到什么，连忙迎过去。春红忙凑到她耳边说：“太太，我去让少爷换衣服，可、可是，他人不见了！”

梁配玉惊愣片刻，小声命令道：“别声张，快派人去找！”

春红答应着快步离去……

官邸后花园里静悄悄。李少辉和稻田芳子躲在假山后，神情紧张地争论什么。

稻田芳子泪流满面地说：“我当是说说而已，你们还成真、真的了？！”

李少辉面红耳赤地说：“怎么是我来真的？还不是父母安排的。”

稻田芳子恼怒地问道：“那你就同意呀？”

李少辉烦恼地说：“我不同意有什么办法？妈妈一天天逼，锁着不让我出门。”

稻田芳子又问：“那……你真要拜天地，入洞房？！”

李少辉低头不语……“不行！”稻田芳子跺脚发狠地说，“今天的喜事不能办，更不能入洞房！”

李少辉好言劝解道：“芳子，你不能这样……在别人眼里，咱俩就是同学。你这样不管不顾，会让人笑话，弄得大家都下不来台。”

“我不管！”稻田芳子赌气地说，“你不能这样对待我，在日本你是怎样说、说的？！”

“我不是没办法嘛。”李少辉说，“要不这样吧，我保证入了洞房也不和她同床，你看怎么样？”

稻田芳子抬眼看着他问道：“真的？你说话算数？”

这时，春红脚步匆忙地从角门进来喊道：“少爷！少爷……”

山路弯弯，阳光烈烈。一支送亲的队伍蜿蜒前行……彩旗、花伞、红绣球、铜鼓队……一顶花轿颤悠悠行进在队伍中间。

山野静悄悄，送亲的队伍也偃旗息鼓，一路急行……忽然，轿里的云朵敲打着轿杆喊道：“停下！快停下！”

轿夫们不解何意，忙把轿子放在地上。蓝云朵出来，说道：“我要……方便一下。”

人们看着她，都没吭声。蓝云朵脚步匆忙，钻进路旁的密林中不见了。

大家坐下来，有的抽烟，有的擦汗，有的小声说着什么……

密林深处光线阴暗。一块巨石突兀地耸立，上面刻着三个红字：三生石。

蓝云朵钻进来，气喘吁吁轻声唤道：“端端，端端……”

蓝云端答应着从巨石后转出来叫道：“姐姐。”

蓝云朵边解衣扣边催促道：“快、快点儿！”

姐儿俩神情紧张，手忙脚乱地换衣服，换胸前和头上花花绿绿的金银饰品……

白帝岩山洞中，傍晚时分。

几根松明子把到处都照得亮亮堂堂，石凳石桌，最显眼的是几箱子崭新的枪炮子弹和手榴弹。十多名农民武装队员围在旁边，兴趣盎然地观看、议论着……丰义群坐在较远处的石凳上，弯腰低着头不知在想什么。

陈伯雄对大家说：“这是义哥卖掉了他家全部家产，从广东托人买来的。这不是，今天下午刚刚送到，义哥正好就回来了。”

“听说义哥爷爷气得要死？”“可不是。义哥还被他娘打了两巴掌。”……人们低声说着，不时看义群一眼。他却没吭没动，看样子心情很不好。

丰国明看他一眼，嘟囔着说道：“义哥回来了，云朵姐却被人家抬走了。”

他这么一说，全场的气氛立刻低落下来。片刻，有人又小声说："云朵是个烈性女子，这一去，还不知落个啥结果哩。""就是。我们一直担心，她会不会拼个鱼死网破？"

"难说，就云朵那性格，很有可能。"……

丰国明说："云朵是为义哥才答应这门亲事，真是个仗义女子！"

陈伯雄也看义群一眼，故意说："人家一个弱女子这么仗义，咱们都是男子汉，能见死不救？"

"就是，"丰国明说，"就是。传出去，咱们会被乡亲们瞧不起。"

陈伯雄提高声音问义群道："义哥，你倒是说句话呀！"

丰义群这才起身走过来说："我能说什么？事情因我而起，我自然不能袖手旁观。但是，我不想连累大家，你们都回家休息吧。"

丰国明一听就急了，说道："义哥，你这叫什么话？咱们都是生死弟兄，你的事，不就是我们大家的事？！"

"就是，义哥。"陈伯雄说，"你有什么想法说出来，弟兄们一定生死相随！"

丰义群不无感动地说："我谢谢弟兄们！可是，这件事我一直委决不下，十分为难。"

"为什么？"丰国明说，"去救云朵，弟兄们责无旁贷！"

丰义群却迟疑地摇了摇头，说："这件事非同小可，和去朱家抢粮不一样。"他停顿一下，又说："这是拿枪动棒冲击官府，死罪啊！大家想想，咱们要真这么干了，谁还能在家过太平日子？"

大家认真听着……丰义群又说："剩下的只有一条路，就是举旗造反，进山打游击。"

丰国明忙附和道："那又怎么样？反正现在是民无生路，官逼民反，咱们就学梁山好汉，反了吧！”

“就是，反了吧！”“反它个地覆天翻！”“反它个底朝天！”……大家义愤填膺，七嘴八舌喊个不停。

丰义群摆手让大家静下来，说：“我何尝不想如此？可大家毕竟不都是和国明一样，光棍一根，天不怕地不怕。多数弟兄上有老下有小，不得不做充分考虑。”

人们思索着，一时没人吭声。丰义群征询地看着大家说：“我看这样吧……每个弟兄都好好想想，是走是留早点儿拿主意。”

丰国明着急地说：“还想什么？都这个点儿了，新人应该是快入洞房了！”

傍晚，李海川官邸院子里的几桌喜宴已近尾声，剩下不多的客人都喝得差不多了，一个个红头涨脸地猜拳行令……李海川走来走去，热情地招待每位客人。

朱汉臣凑到他跟前，四顾没人注意，竖起拇指低声说：“李大人高明、高明啊！”

李海川稍愣神儿，问道：“朱司令何出此言？”

朱汉臣冷笑着说：“你不显山不露水，稳稳当当就把长寿秘方拿到手了。”

李海川又是一愣，心虚地问道：“你……凭什么这样想？”

“是我这样想吗？”朱汉臣仍冷笑着说，“明眼人谁不是看得明明白白！”

李海川支吾着说：“开玩笑，司令你喝多了，真是喝多了。”

朱汉臣心怀叵测地嘿嘿笑……

蓝长根家厢房里光线暗淡。蓝云朵神色紧张，正手忙脚乱地收拾行李。

老人蓝丰亭颤巍巍出现在屋门口。他老眼昏花，并没看清云朵在干什么，问道："二丫头，你在干、干吗？"

蓝云朵忙哄他说："没事，太爷爷，我在收拾该洗的衣服。"

蓝丰亭哼一声，又问道："你这孩子今儿是怎么了？犯啥牛脾气？你姐出门子，理应去送她。你前晌儿怎么死活不肯去？"

"我……当时身子不舒服。"蓝云朵说，"太爷爷，我忙着呢，你歇着去、去吧。"

蓝丰亭答应着转身走到门口，迟疑片刻像意识到有什么不对头，又忙回转身来……蓝云朵沉不住气，忙问道："太爷爷……你怎么了？"

蓝丰亭已走至她跟前，惊讶地说："怎么？你是大、大丫头哇！"

蓝云朵还想搪塞，便说道："太爷爷，你看、看错了。"

"不、不对。"蓝丰亭伸出手，"过来，让太爷爷摸摸。"

蓝云朵忙躲闪着叫道："太爷爷，太爷爷……"

蓝丰亭把她拉过来，边摸索着她的耳后边说："你就是大丫头！二丫头这儿有个痦、痦子，你没有……"

蓝云朵无奈地说："太爷爷……"

蓝丰亭打断她，大惊失色地问道："快告诉太爷爷，这是怎么回事？"

蓝云朵只得实话实说道："太爷爷，是……云端要这么做、做的。她说喜欢那个李少辉。"

蓝丰亭一听，一下子愣住了，好半天没说出话来。蓝云朵不放心地问道："太爷爷，你……没事吧？"

"我没事？我怎么能没事？！"蓝丰亭急得直跺脚，说道，

“这算嘛事呀？让人家看出来，不是惹大祸、祸了？！”

蓝云朵一时心慌意乱，急忙说：“太爷爷，你小声点儿！”

“我能小声啊？”蓝丰亭说，“你们怎么这么不知道深浅？这不是瞎胡闹吗？！”

“……”蓝云朵不知该怎么解释。蓝丰亭又说：“还有一层……义群那孩子，我也挺喜欢的。他有情有义，被放出来说不定会去救你。那、那不就一下子全乱套了？！”

蓝云朵被提醒，忙说：“爷爷，我这就去找、找他！”

蓝丰亭挥挥手，说道：“对，快去，快去吧！”

月色淡淡，山林莽莽。

丰义群、陈伯雄、丰国明等一路打马狂奔……

蹄声嗒嗒在山野间久久回荡，让人听上去胆战心惊。

官邸新房中红烛高照，红双喜字、红窗花、红色的被褥……触目一片喜庆！

李少辉像是喝多了，歪在大床上呼呼喘息。蓝云端看着他轻声说：“大喜的日子，你喝那么多酒干吗？又没人逼你。”

李少辉没吭声。蓝云端起身倒了杯茶，送到他面前说：“快喝点儿，浓茶解酒。”

李少辉听话地就着她的手把茶水喝了下去。蓝云端又倒上一杯：“来，再喝点儿。”

李少辉趁着酒兴抓住了她的手，嬉笑地说：“你……真好、好看！”

蓝云端不无羞涩地说：“庄稼闺女呗……不嫌弃让你看个够。”

李少辉看着她酥红、美丽的笑脸，再次就着她的手喝茶……

新房院子里，红灯笼照得一片血色朦胧。

这是个小单院，能听到隔壁客人们喝酒猜拳的哄闹声。稻田芳子悄悄进来……她环顾左右，蹑手蹑脚走到新房窗口，凝神倾听屋里的动静。

屋里传出云端和少辉含糊的嬉笑声。稻田芳子恨得咬牙切齿……这时，梁配玉出现在小院门口，厉声问道："你在这儿干什么？！"

稻田芳子一愣神儿，忙说："我来……看看少辉他们要不要喝茶。"

"去去去！"梁配玉厌恶地挥挥手说，"这儿没你什么事！"

稻田芳子悻悻地离去……

山间小路曲折蜿蜒，光线幽暗。

蓝云朵打马翻山岗、过小河、穿树林……一路狂奔。

嗒嗒的蹄声敲击石板，震荡着寂静的千山万壑。

蓝长根住室，初夜。

蓝长根坐在灯下，正在看一本什么医书……蓝丰亭出现在门口。他忙站起身问道："爷爷，你怎么还没睡？"

蓝丰亭气哼哼地说："我能睡得着哇！"

"怎么了？"蓝长根扶他坐下来问道，"出什么事了？"

"出大事、大事了！"蓝丰亭四下看了看，又问，"你媳妇呢？"

蓝长根说："她说回娘家看看。"

"那正好，"蓝丰亭说，"这事，咱爷儿俩得好好商量商量。"

蓝长根忙问道："怎么了？"

“怎么了？”蓝丰亭生气地反问，“你这个当爹的……混蛋呀！”

蓝长根一愣，忙赔笑问道：“爷爷，到底怎么了？你干吗发这么大脾气？”

“我发脾气……”蓝丰亭说，“你这当爹的，可知道今儿出嫁的是哪一个？”

蓝长根不解地说：“是朵朵呀。你糊涂了？”

“我糊涂？你才糊涂呢！”蓝丰亭说，“今儿嫁过去的是端端，不是朵朵！”

蓝长根当然不信，含笑说：“爷爷，你真糊涂了。怎么能是端端呢？”

蓝丰亭拍打着桌子，着急地说：“就是端端！她们姐儿俩用了个调包计，把大家都瞒过去了！”

“怎么会呀？”蓝长根说着冲门外喊道，“朵朵！朵朵！”

蓝丰亭忙说：“别喊了。她不在。”

蓝长根意外地问：“不在？她去哪儿了？”

蓝丰亭这才说：“去找丰义群那小子了。”

“……”蓝长根傻眼了。蓝丰亭又说：“这事……瞒了初一瞒不了十五，咱爷儿俩得商量个办法才行。”

“这俩臭妮子，怎么能这么瞎胡闹啊？”蓝长根急得转圈子，“真是……这不是要我的命、命么？！”

蓝丰亭训斥地说：“你就别瞎转悠了，快拿个主意吧！”

“这、这……”蓝长根急得直搓手，“事到如今，我能拿个什么主意？”

蓝丰亭着急地说：“要不你立马赶过去，跟人家说清楚？”

蓝长根急切地思索着……

山下大道夜色朦胧。

稻田芳子暴怒地挥鞭打着坐骑，一路狂奔、狂奔……她喊着“驾、驾”，并不时擦抹着泪水模糊的眼睛。

大道伸延、伸延，好像永远也没有尽头。

蹄声嗒嗒，蹄声嗒嗒……惊得山坡树林中的各种鸟儿扑棱棱乱飞。

九

李海川官邸院子里红灯高挂。他和朱汉臣等几个有头脸的客人坐在桌旁，边喝茶边聊天……一个胖子神秘兮兮地问："州长大人，你和曹大总统沾亲带故，有没有听到点儿什么消息？"

李海川反问道："什么消息呀？"

"我的一个好朋友在总统府做事……"胖子说，"他前天回来了，说北京所有学校的学生们都上街游行，呼吁曹锟下台哩。"

李海川含混地说："好、好像是有那么回事。"

"我也听说了。"朱汉臣说，"人们风言风语，说姓曹的执政不力，要求换掉他。"

正在这时，丰义群他们骑着马径直冲了进来。后面，几个士兵喊叫着追赶道："不能！你们干什么？！""快停、停下！"……全场人惊愕地纷纷站起身来。

白帝岩山洞中空无一人。蓝云朵牵着马进来，愣在了大门口……

静寂中，只有松明子冒着黑烟，发出呼呼的燃烧声。蓝云朵试探地轻声叫道："义哥！义哥！"

自然是无人回答。门口的一行大字格外显眼——要革命的走拢来，不革命的走开去。

蓝云朵迟疑了好一会儿，心里忽然意识到什么，忙牵着马匆匆离去。

李海川官邸院子里气氛紧张。丰义群等骑在马上，一个个端着大枪严阵以待。

朱汉臣见状，偷偷地把手放在了手枪把上。李海川色厉内荏地呵斥道："你们……干、干什么？"

丰义群冷着脸说："对不起，打扰了，我们是来找人的。"

李海川明知故问："找人？找什么人？"

陈伯雄说："你不用揣着明白装糊涂，快把云朵交出来！"

李海川依旧呵斥道："放肆！云朵是我家刚娶进门的新人，凭什么交给你们？"

"少废话！"丰国明哗啦啦地拉着枪栓说，"快把人交出来！"

"……"李海川刚想说什么，梁配玉从角门走出来，气定神闲地问道："这是谁呀？敢在这儿撒野？！"

丰义群一见，忙从马上跳了下来……

稻田森一住处，夜晚。

稻田芳子跳下马，哇哇大哭着往屋里走……稻田森一从屋里出来，急忙问道："好女儿，怎么了？你这是哭什么？"

稻田芳子不回答，只是哭声更高。稻田森一接过她手上的马缰绳劝慰道："好了，好了。深更半夜，别被人听见，快进屋吧！"

稻田芳子这才哽咽地说："李少辉……入洞房了！哇……"

李海川官邸院子里。丰义群跳下马，对梁配玉说："夫人，你最……开明，我们大家都信任你。这里面的事你最清楚。云朵她……"

"你不用说这么多。"梁配玉打断他说，"你就说说，你们凭什么要把云朵接走？她可是我家明媒正娶的儿媳妇。"

"可是……"丰义群说，"她是被逼无奈才同意的。"

"你怎么知道她是被逼的？"梁配玉说，"再说了，你算她的什么人？有什么资格这样……明火执仗地兴师问罪？"

丰义群迟疑片刻，说道："夫人，她是不是被逼一问便知。你敢不敢把她叫出来当面对质？"

"……"梁配玉神色迟疑，似乎一时不知该说什么……这时，蓝云端从角门闪身出来说道："不用叫，我已听多时了。"

丰义群惊讶地叫道："朵朵！"

蓝云端气定神闲地说："义哥，这没你什么事，你们走吧。"

丰义群一愣，更加吃惊地叫道："朵朵？！"

蓝云端又说："真的，你们快走吧。"

丰义群着急地说道："朵朵，你不能……"

"什么叫不能？"蓝云端打断他说，"我是心甘情愿嫁给李少辉的。"说罢，她款款地扭动着身子回去了。

丰义群等傻眼了……

稻田森一住室，夜晚。

稻田芳子仍在伤心地哭个不停。

稻田森一说："芳子，爸爸早说过，那个李少辉并不适合你，大可不必这么伤心。"

稻田芳子不吭声，只是不停地抹眼泪……稻田森一又说：“再说了，只要咱们把大事干成了，什么样的男孩儿不任你挑选？”

稻田芳子执拗地说：“我谁、谁都不要！”

稻田森一拉下脸来训斥道：“不许你这样！你不光是我的女儿，更是‘皇衣社’成员，一切必须以大局为重！”

稻田芳子这才停住哭声，抬眼看着他。

稻田森一继续说：“不记得你入社时的誓言吗？效忠天皇，唯此为上。肝脑涂地，在所不惜。赴汤蹈火，忠心不已……”

山林如泼墨，月牙如弯钩。

丰义群他们信马由缰，在月色斑驳的树林中行进、行进……他神情沮丧，阴沉着脸一路无语。静寂中，只有马蹄轻轻的脚步声。

陈伯雄看了看他，轻声说：“云朵不应当这样啊，怎么会翻脸不认人？”

丰义群没吭声。丰国明说：“唉……难说。常言说得好，女人心，孩子脸，一天不知变几变。”

“就是。”有人说，“她准是看人家有权有势又有钱，想攀高枝呗！”

“我看也是。”另一个人说，“人生在世，哪个不是扶竹竿不扶井绳？”

“你们都别说了！”丰义群大喝一声，打马往前冲去……

丰国明看着他的背影，唱起了调侃的歌：

乘兴而来败兴去，

孰知中人调包计。

英雄难过美女关，

凤是凤来鸡是鸡……

大家哈哈嬉笑着互相观望愣片刻，打马追了上去……

小桥弯弯，月色淡淡。丰义群冲出树林，一刻不停地冲上桥头。

就在此时，蓝云朵也正好打马从对面冲上来……两人的马头差点儿撞在一起。

丰义群愣住了。蓝云朵也愣住了……二人四目相对，一时都没开口。

世界刹那间好像凝固了，静寂中似乎能听到他们的心跳声。过了好一会儿，云朵微微一笑，问道："义哥……你怎么在这儿？"

丰义群没回答，却反问道："你是……谁？"

"我是谁？"蓝云朵眨巴着美丽的眼睛，奇怪地问，"你说我是谁呀？"

丰义群摇了摇头，说："我真……不敢认。"

"不敢认？"蓝云朵奇怪地问，"你什么意思？"

丰义群磕巴地说："怕再认错、错了呗。"

蓝云朵一听咯咯笑道："怎么会错？我是朵朵啊！"

"你是朵朵？"丰义群还是不敢贸然相认，问道，"那……李少辉家里那个是谁？"

蓝云朵嬉笑地说："是端端呀！"

丰义群惊讶地问道："你是说……是端端嫁给那个家伙了？"

"对呀！端端愿意。"云朵说，"是她想了这个调包计。"

丰义群又问道："是真、真的呀？"

蓝云朵咯咯笑着说："骗人是小狗儿！"

丰义群大喜过望地叫着"朵朵"跳下马来……这时，陈伯雄他们也赶到了，一个个不解何意地看着他们……少顷，丰义群大声说："这是朵朵，咱们在李海川家看到的是端端！"

大家惊喜地笑在了一起，拥在了一起。蓝云朵忽然想起地问道："你们去了，端端没……露馅儿吧？"

"没有，没有。"丰义群忙说，"只是把我们弄蒙了！哈哈……"

蓝云朵高兴地拍着手说："那就好！那就好！"

丰义群问道："你这是……准备去干什么？"

"我去白帝岩找你们了，"蓝云朵说，"可是一个人也没看到。"

"是、是啊？"丰义群又问，"那……现在你去哪儿？"

蓝云朵笑着说："我回家拿上东西，跟你们去到天涯海角！"

丰义群他们群情激奋，欢呼着差点儿把云朵抬起来……

丰国明趁机唱道：

草儿青青花儿黄，
原来虚惊又一场。
从此劳燕双双飞，
山高水低任翱翔。

稻田森一住室，夜晚。

稻田森一仍在苦口婆心地劝女儿说道："芳子啊，你必须面对现实，打起精神来，毕竟我们有那么重要的事情要做。"

稻田芳子答应着点头。

"从今往后，"稻田森一说，"对李少辉和他的家人，不仅不能疏远，而且要更加亲近才对。我们下一步的所有行动，没他们的配合是根本无法完成的。”

稻田芳子点点头说：“这我知道。”

稻田森一又说：“从做人的角度来说，你显得潇洒大度，别人倒会高看你一眼；反之，如果你深陷在这种痛苦之中，没完没了地纠缠、计较，甚至乞求，反倒被人看不起。”

稻田芳子羞涩地笑着：“爸爸，我明白了。”

“那就好。”稻田森一说，“中国有句俗话：儿女情长，英雄气短。你把它改过来：儿女情短，英雄不就气长了？”

稻田芳子被他的诙谐逗笑了……

李海川官邸后院新房中，深夜。

李少辉不无醋意地笑着说：“看来，那个丰义群对你真是一往情深呢！”

“烦人！”蓝云端装作生气地说，“深更半夜添乱，搅得人什么情绪都没了。”

李少辉说：“没事，不是都过去了？”

蓝云端进一步解释道：“我和他处得关系是不错，可从没许诺过什么。他不过是自作多情罢了。”

“我不计较这些。”李少辉把她拉进怀中，说，“你生气的样子更好看。嘻嘻……”

蓝云端羞涩地笑着，歪头吹灭了红蜡烛……

“老姨，你可是真……勇敢。”丰山姗笑着说，这是在蓝云端住室，天色已是傍晚。

“啥勇敢呀。”蓝云端不无羞涩地说，“年轻不懂事，任性瞎胡闹呗！嘿嘿……”

蓝云飞说："姐，那阵子家里乱哄哄，我还真不知道为什么事。"

"你一个小屁孩儿，成天就知道疯跑傻玩。"蓝云端说，"等你长大了，谁还说这些呀，又不是啥光彩的事。"

蓝云飞连连点头。丰山姗忽然想起地说："对了，凯忠叔说，祭拜烈士计划安排在清明节那天。"

"好哇。"蓝云飞说，"我也觉得安排在那天最合适了。"

蓝云端心里计算着时间说："今天是三月十八，也就十来天了。"

丰山姗仍想着原先的话题，又问道："老姨，你们结婚后，这一切就算没事了？"

"怎么能没事呀。"蓝云端叹了口气，说，"那阵子，就没一天安生过。"

蓝长根家院子里，深夜。

蓝丰亭心绪不宁，边咳嗽边蹒跚地走来走去……蓝云朵牵着马进门来，奇怪地问道："太爷爷，你怎么还没睡？"

蓝丰亭气哼哼地说："发生了这么大事，我能睡得着？！"

蓝云朵迟疑一下，轻声问："我爹他们没在家？"

蓝丰亭说："他们都去那个李什么辉、辉家了。"

"他们去李少辉家了？"蓝云朵吃惊地问道，"太爷爷，你把一切都、都告诉他们了？"

蓝丰亭反问道："这么大事，我能不告诉他们吗？"

"坏了，坏了。"蓝云朵急得直跺脚，"他们这一去，不是全露馅儿了？！"

"迟早不是这么回事？"蓝丰亭说，"瞒了初一瞒不过十五，早点儿告诉人家，说明我们这当老人的还不怎么糊涂，越晚麻烦越大。”

蓝云朵顾不上再说什么，撒腿就往外跑……蓝丰亭追问道：“朵朵……你又去干、干什么？”

小桥头夜色朦胧。丰义群他们散坐在山坡上，边抽烟边说着什么。

几匹马在河边悠闲地走来走去，啃吃着嫩嫩的青草。

蓝云朵打马急驰而来……丰义群他们忙站起身来。她冲至近前，大声说：“坏了坏了，要出大事了！”

丰义群一惊，忙问道：“怎、怎么了？”

蓝云朵急切地说：“我爹他们去李少辉家了！”

丰义群又问道：“是、是吗？”

蓝云朵说：“他们肯定是告诉人家真相，那样一来，不是全乱套了？！”

“就是。”陈伯雄吃惊地说，“李少辉和他的父母肯定不会善罢甘休。”

丰义群忙问：“那……应该怎么办？”

“事情都是因我而起，”蓝云朵说道，“我不能一走了之！”她一直没下马，说完这句话调转头打马飞奔而去……

丰义群他们一时都愣住了。丰国明忙问：“义哥，怎么办？”

丰义群去牵马说：“走，一块去看看。”

陈伯雄忙问：“这事……咱们去好不好？”

丰义群飞身上马说：“咱们可以不进去，在外面等着以防不测！”

几个弟兄没说什么，纷纷去找自己的马……

李海川夫妇住室，深夜。

李海川夫妇正准备休息，边脱衣服边说话。梁配玉问：“在吃饭的时候，我听到那个红岩村村长……是叫朱世章吧？就是朱汉臣的父亲。”

李海川说：“对，是叫朱世章。他说什么了？”

“他和那个胖子说什么……”梁配玉疑惑地说，“我表兄……因执政不力，有可能很快会被人替换，不知是真是假。”

“是吗？”李海川明知故问道，“他们是怎样说、说的？”

梁配玉说：“我也是只听到了些只言片语，说是从北京传来的消息。”

李海川阴沉片刻，说：“好像是有这么回事，我也听说过。”

梁配玉不无惊讶地问道：“是啊，那到底是怎么回事？”

李海川思索着说：“怎么说呢，派系间互相争斗呗。在咱们目前的中国，这种现象太正常了。”

这时，从外面突然传来嘈杂的人声。梁配玉一惊，不由问道：“老天爷，这又怎么了？”她说着，忙将脱了一半的衣服穿上，匆忙地出去了。

李海川已躺在了被窝里，也不得不坐起身，手忙脚乱地穿衣服……

院子里仍亮着大红灯笼，到处显得喜气洋洋。

在卫兵们的劝阻和追赶下，蓝长根夫妇硬闯了进来。梁配玉站在门口台阶上，惊讶地问道：“亲家，你们这是……”

蓝长根和朱月娥呼呼喘息着说不出话来……一名卫兵立正敬礼说：“夫人，我们实在拦、拦不住。”

梁配玉轻声说：“没事，你们去吧。”

卫兵们忙退了出去。梁配玉拉过把椅子让长根坐下，说道：“亲家。你别着急，有话慢慢说。”

蓝长根仍在喘息地喃喃道：“端端、端端……”

朱月娥忙接过话头，问道：“孩子们睡、睡了没有？”

“睡了啊。”梁配玉不解地说，“他们早睡了。怎么了？”

“……”蓝长根吃惊地张大了嘴巴。

朱月娥忙追问一句说：“在、在一个屋里睡、睡了？”

梁配玉心里好奇怪，忙说：“当然是在新房里睡了！”

朱月娥闻听，一屁股坐在地上叹息道：“老、老天爷！生米煮成熟饭了？！”

这时，李海川出现在屋门口，训斥地说道：“你这叫什么话？！”

蓝长根此时终于缓过口气来，说：“那不是云朵，是、是云端！”

梁配玉大惊失色地问：“亲家，你说什么胡、胡话？”

朱月娥忙说：“亲家，这不是胡话是实话，她们姐儿俩使了个调、调包计！”

“……”梁配玉惊愕得说不出话来。李海川却仍在训斥说：“什么乱七八糟的！”

“是、是这、这样……”蓝长根结结巴巴想解释……门口又传来卫兵们的阻拦和叫声。众人不由吃惊地望去——蓝云朵闯了进来。

朱月娥忙迎上去叫道：“朵朵！朵朵……”

蓝云朵没理她，径直冲到蓝长根面前，咚地跪在地上，说：“爹，这事都怪、怪我。”

蓝长根没说话，而是迟疑片刻，然后抡圆了胳膊，一巴掌打在她脸上……蓝云朵没防备，一下子被打倒在地。

梁配玉忙上前阻拦道："亲家，你这是干什么？"

"臭妮子，你这是逼我死呀？！"蓝长根训斥着，又踹了云朵一脚。

"蓝先生，你这是干什么？！"随着一声叫喊，丰义群他们打马冲了进来。

院子里的人一时都惊呆了。丰义群飞身下马，把云朵拉了起来。李海川愣怔片刻怒喝道："你们……又来干什么？！"

丰义群忙说："我们来，是想把事情说清楚。"

"放屁！"蓝长根大骂道，"什么说清楚？都是你这个王八蛋搅和的！"他说着，扑过去想揍义群。

"爹，你不能……"蓝云朵忙护住义群说，"这事和他没关系。要打要骂，你冲我、我来！"

梁配玉看着这一切，心里在快速思索着什么……李海川暴怒地喊叫道："什么乱七八糟？来人，都给我赶出去！"

卫兵们听到命令，忙冲进来驱赶众人……一时间，院子里又乱作了一团。

这时，蓝云端从角门出来了。她衣衫不整，头发散乱，却十分镇静地站在台阶上说："你们都住手吧。这事，只有我能说清楚。"

众人看着她，一个个都愣住了。蓝云端微微一笑，说："办法是我想的，主意是我出的……"

"不要脸的臭丫头！"蓝长根喊叫着欲往上冲……蓝云朵忙拉住了他。

只见蓝云端不急不恼，仍然含笑说："爹，你不用生那么大气，不用着那么大急，身体要紧。我这当闺女的不孝，一辈子就这一回。但我必须把话说清楚。”

蓝云朵欲阻拦，叫道：“云端，你……”

蓝云端淡定地说：“姐，没你的事。听我把话说完。”

众目睽睽下，蓝云端转脸对长根说：“爹，女儿知道，姐姐和弟弟是你的眼珠子，我是你的眼眶子。从小到大，你除了给我口饭吃，从没亲过我，爱过我……”她说着，眼里转出来泪花。

蓝云朵忙说：“端端，你瞎说什么啊？！”

“姐，我嫉妒你，恨你……”蓝云端看着云朵说，“我和你一样漂亮，但没你有才，你会唱歌、能跳舞，招那么多人喜欢你，疼你；到了什么年岁，你自然就有了该有的事。可我，活了这么大，从不知道情是啥滋味，爱是啥滋味，自从见到少辉，我才知道了什么叫情、什么叫爱，什么叫牵肠挂肚……”说到后来，她眼里已注满了泪水。

对她的这番倾诉，大家都听愣了，现场一时没人吭声。突然，蓝长根怒吼道：“臭丫头，你胡说八道什么，还不给我滚回去？！”

蓝云端大声说：“爹，你不用生那么大气。我既然已经嫁给了少辉，也……已经是他的人了，就不会回去。我活是李家的人，死是李家的鬼！你就当没生我这个女儿吧。”

“……”蓝长根手指着她，气得一句话说不出来，反倒是一阵剧烈的咳嗽，一口气差点缓不上来。朱月娥叫着长根，忙不迭地为他捶背。蓝云朵也扑了过去，急切地叫着：“爹！爹……”

蓝云端咚地跪在地上，声泪俱下地说：“爹，女儿不孝，给你丢人现眼了。你、你就当我死了吧！”她说罢，起身便往角门走去……

李海川似乎刚回过神来，不由跳着脚大喊道：“什么乱七八糟！快来人，把他们统统给我赶出去！”

高士亮和几名卫兵闻声冲了进来……丰义群等一下子又紧张起来，纷纷抄起了手中的刀枪。

梁配玉冲高士亮摆摆手说："没你们的事，都出去吧。"

高士亮神色迟疑地看着李海川没动身。梁配玉拉下脸来呵斥道："出去！没听见吗？！"

高士亮等这才退了出去。梁配玉走到蓝长根面前，说："亲家，这事……咱是不是该好好说说？"

蓝长根含混地问道："怎么说、说？"

蓝云朵忙上前说："这事都是我的主意，和俺爹没、没关系……"

梁配玉训斥地说："这是大人之间的事，你不必插嘴！"

"……"蓝云朵不知该怎么回答。梁配玉转向丰义群，和颜悦色地说："这事，似乎和你们也没关系。我们一家人商量商量，你们是不是该回避一下？"

"……"丰义群迟疑着，一时不知该怎么办。陈伯雄小声说："走、走吧。"

丰义群这才带人调转马头，慢慢往外退……蓝云朵看看义群又看看长根，有点儿发蒙地愣着，片刻，身不由己地想跟他走……梁配玉却说："云朵，你不能走。你走了这戏可怎么唱啊？"

蓝云朵神色迟疑地留了下来。梁配玉对蓝长根和朱月娥抬手相请："亲家，屋里坐。"

十

李海川官邸外大街上，深夜。

丰义群他们十多个人牵着马聚拢在一起。

对面，高士亮带领数十名卫兵严阵以待。丰国明低声问道：“义哥，咱们该怎么办？”

丰义群思索着看着旁边的陈伯雄问：“你看怎么办好呢？”

陈伯雄犹豫一下，说：“看李夫人的态度，不应该有什么事。”

丰义群点点头，说道：“这位夫人，倒是比她丈夫开明，而且遇事比较冷静。”

“再说了，”陈伯雄说，“咱们就算在这儿等一宿，里面发生什么也不知道呀。”

丰义群迟疑片刻，说道：“那咱们就先回去吧，等明天看情况再说。”

大家听他这样说，纷纷上马离去……对面的高士亮见状，小声向卫兵们吩咐几句什么，然后进门去了。

新房中微光朦胧。李少辉蒙着被子呼呼大睡……蓝云端轻轻进门来，轻轻点着了红蜡烛。李少辉毫无觉察，依旧没吭也没动。她俯下身去，久久地看着他、看着他……李少辉梦呓中嘟囔了句什么翻了个身，又沉沉睡去。

蓝云端坐在床边，思索着出神、出神……过了许久，她像拿定了什么主意，轻声唤：“少辉，少辉。你醒醒。”

李少辉动了动身子没睁眼，含混地问：“干、干什么？”

蓝云端忙说：“有几句话……我想和你说说。”

“这三更半夜的，”李少辉没好气地说，“有什么话，明天再、再说呗。”

蓝云端坚持道：“是很重要的话，必须现在说。”

李少辉这才睁开眼，坐起身含糊地问道：“怎、怎么了？”

蓝云端迟疑一下，问：“刚才外面闹嚷嚷的……你没听见？”

李少辉眯缝着眼，仍是含糊地说：“没有哇。怎么了？”

“你可真行……”蓝云端微笑着说，“那么热闹你竟然没听见？”

李少辉摇摇头说：“昨晚，我喝得太、太多了。”

蓝云端涩然一笑，话里有话地说：“喝多不喝多，什么也没耽误。”

李少辉看了看她，没说什么。蓝云端正色道：“我爹、我娘和云朵来过了，还有丰义群他们一伙子十多个人。”

李少辉惊讶地愣了片刻，奇怪地忙问道：“你说谁？云朵？错了吧？应该是云端呀！”

蓝云端摇摇头说：“我没说错，就是我姐云朵和爹娘。”

李少辉一笑，说道：“你是不是也喝多了？”

“没有哇。”蓝云端说，“就是云朵和我爹娘嘛。”

李少辉仍然不相信地问道：“那……你是谁？”

蓝云端淡定地说：“我是云端啊。”

李少辉一惊，急切地问道："没搞错吧？你是云端？那个喜欢说话的云端？"

"没错。"蓝云端说，"我就是那个话多屁稠的蓝云端。"

"……"李少辉一听猛然坐起身，吃惊地张大了嘴巴……蓝云端瞅着他问道："让你失望了是不是？"

"不是，不是……"李少辉着急地问，"你怎么会是蓝云端？白天嫁过来的不是云朵吗？当时介绍的也是云朵呀！"

蓝云端仍然淡定地说："没错。当时介绍的是云朵，白天嫁过来的确是我蓝云端，陪你睡过了的也是我蓝云端。"

李少辉怔怔地说："这、这是怎么回事？你把我都弄糊涂了！"

"你别急，听我慢慢说嘛。"蓝云端说，"刚介绍时云朵就不同意，因为她心里有那个丰义群。后来，你们把丰义群抓起来了，她为了救人，才假装同意了。可是，她把剪刀都准备好了，想嫁过来后以死相拼。"

李少辉吃惊地听着……蓝云端接着说："她是俺姐，我当然不能眼瞅着她走这一步。"她停顿片刻，又说："更主要的是……俺喜欢你，从头一眼看到你心里就放不下，也头一次知道什么叫牵肠挂肚。"

李少辉更是吃惊地瞪圆了眼睛……蓝云端继续说道："因此，我才想出来这么个'调包计'。"

李少辉坐着往后挪了挪身子，问道："这、这算怎么一回事啊？"

蓝云端扶住他的肩头说："就是这么一回事……反正，俺已经是你的人了。"她停顿片刻，又说："你要留，俺肯定死心塌地，好好伺候你一辈子；你要不留，俺马上走人，自己去想自己的办法。"她说完，双眸泪汪汪地紧盯着他的眼睛。

李少辉回避着她的目光，含混地问："你、你想什么办、办法？"

"这你就别管了。"蓝云端说，"是死是活，全由俺自个儿拿主意。"

李少辉神色迟疑，久久没开口……

官邸客房中，深夜。

李海川夫妇和蓝长根夫妇对面而坐，气氛显得很尴尬。少顷，梁配玉说："亲家，你这么老不说话也不是个办法呀！"

蓝长根不敢看她的眼睛，支支吾吾地说："你让、让我说啥、啥呀？"

"说啥？"梁配玉说，"事到如今，你总要想个解决的办法吧。"

"我想不出啥办法来。"蓝长根赌气地说，"要不，我把俩闺女都交给你，你们……看着办、办吧。"

"你这叫什么话？"李海川呵斥道，"你把两个女儿交给我，我算什么？仗势欺人呀？你这不是给我弄坏名声吗？"

"亲家，你千万别生气。"朱月娥忙说，"都怪她爹和我管教不好……"

"你说这个没用。"梁配玉打断她说，"咱们都面对现实，不急不气，商量一个解决的办法才是正理。"

蓝长根的倔脾气上来了，气哼哼地说："我没办法，你们想怎么办就怎么办吧！"

梁配玉和丈夫交流一下目光，说："你们看这样行不行……"她迟疑一下，又说："云端既然已经嫁过来了，她又是那么死心塌地地爱着少辉，我就把她留下来了。我儿子要能容留她当然好，他要不愿意容留，我就当个女儿养着。"

蓝长根认真听着。梁配玉接着说："但是，你给我们家造成这么大的……影响。"她停顿片刻，接着说："最起码，大家都知道我儿子结婚了，万一他俩不能在一起，我家少辉再结婚就算二婚，这名声当然不好。"

"那是，那是。"朱月娥忙说。蓝长根也闷声说道："我女儿还不是一样？往后怕是连婆家都不好找了。"

"是啊。"梁配玉说，"可这一切，还不都是你家造成的？"

蓝长根不吭声了。梁配玉又说："人生在世，名声最重要。你们给我家造成的坏影响，不该有所补偿？"

蓝长根看着她，意外地问道："补偿？怎么补？"

梁配玉看丈夫一眼，说："要不这样吧……你把你家保存的长寿秘方交出来，我从此什么话也不说，咱们就算两清了。"

"……"蓝长根更加意外地张了张嘴没出声。梁配玉忙说："你千万别说没有。"

"就是。"李海川也说，"这事，我在北京都听说了，更别说十里八村的老百姓……你们家也是声名在外啊！"

蓝长根哭笑不得地说："甭管在外在内，我家真的是没有这！"

梁配玉和丈夫面面相觑……

新房里，深夜。

李少辉躺在被窝里眯缝着眼睛……蓝云端坐在一旁，激动地说："我这是为了爱拼死一搏啊！能想出这个办法来，我自然是把前前后后都想好了。你要是不留，我立马走人！"

李少辉没吭声。蓝云端接着说："反正我已是你的人，往后也不可能再嫁人。你不留，我只有死路一条，可我并不后悔！"

李少辉这才支吾地说："你让我……想想，行、行不？"

“行，你想多久都行。”蓝云端说着扑过去，边亲吻边撕扯着他仅穿的小衣说，“我也不要脸了……反正现在我是你媳妇，咱们该干吗干吗吧！”

李少辉先是挣扎着，最后终于把持不住，猛地翻身把她压在身下……

深夜，待客厅里灯光幽幽。

李海川阴沉着脸，反剪双手走来走去地训斥蓝长根道：“蓝老大，你放明白，别敬酒不吃吃罚酒！”

蓝长根梗着脖子说：“你爱敬敬爱罚罚，反正我家是没有！”

朱月娥也说：“真的。我问过不到一百次也有九十九回，他一直是没有。”

“没有？”梁配玉连蒙带诈地说，“我早听云端说了……你家的大铁箱子里锁着的是什么？”

蓝长根一愣神儿，问道：“大铁箱？什么大铁箱？”

梁配玉说：“就是……你像保护眼睛一样珍藏的那个大铁箱呗！”

蓝长根“噢——”了一声，瞪着大眼说：“那、那里边都是钱、地契文书和几味值、值钱的中药，根本没、没有什么秘方。”

李海川嘿嘿冷笑着反问道：“这么说，你自己相信吗？”

“你爱信不信，”蓝长根赌气般地说，“要命有一条，要长寿秘方反正是没有！”

梁配玉稍愣神，含笑说道：“亲家，你还是好好想想吧……那秘方，你应该是早吃在心里、烂在肚里了，交出来你又不会损失什么，干吗这样……死猪不怕开水烫啊？”

“没有！就是没有！”蓝长根说罢干脆闭上眼睛，从此再也一声不吭了。

梁配玉见状叹了口气，只得冲丈夫点了点头……李海川站起身说：“今天就到这儿吧。亲家，我该说的都说了，你也好好想想，是死是活给句实话。”

蓝长根什么也没说，站起身就往外走……梁配玉忙拦住他说：“天已这么晚，你们就别回去了，在我家凑合着睡会儿吧。”

蓝长根收住脚问道：“你是想把俺们扣在这儿啊？”

“您想多了。”梁配玉忙说，“亲家亲，打断骨头连着筋。海川怎么能扣你们呀？我家条件虽说不怎么好，住一宿也冻不着你们。”而后，她冲门外喊道：“春红！春红……”

丫鬟春红忙答应着进门来。梁配玉说：“你去把客房收拾一下，好好伺候着亲家。”

李海川夫妇住室，黎明时分。

李海川坐在床沿上，边脱衣服边说：“这个老家伙看样子是王八吃秤砣——铁了心了。我看不如明天派人把他的铁箱子抬过来。”

“干吗要等到明天？”梁配玉说，“现在就派人去，赶早不赶晚。”

“行。”李海川答应着冲门外喊，“来人！”

也不知道什么原因，每天的黎明前确实有一段时间夜色格外黑暗，简直是伸手不见五指。蓝长根家院子里因有屋里的灯光从窗口透出来，便显得微光朦胧，寂静而阴沉。

蓝丰亭心神不安地踱来踱去，踱来踱去……外面鸡啼声声，间或伴随着几声狗吠、牛哞……他不时停住脚，倾听外边的动静。突然，一阵马蹄声由远而近，渐渐到了他家大门外。他连忙把耳朵凑在门扇上努力倾听、倾听……片刻，大门从外面被人重重地敲响了。他稍愣神儿，边问着“长根呀”边过去打开了大门。

高士亮带领着几名士兵牵着马出现在门口。蓝丰亭稍愣神，忙问道：“你们……干、干吗？”

“大爷，”高士亮满面含笑地说，“我们是州长大人派来的……你家的大铁箱子在哪儿啊？”

蓝丰亭又愣了片刻，下意识地问道：“什、什么大铁箱子？”

高士亮忙说：“蓝老大说了，就是那个盛地契文书什么的铁箱子。”

蓝丰亭“噢”了一声，指指长根的住室说：“就、就在他屋里床头上摆着哩。”

高士亮看了看锁着的屋门，说：“蓝先生说让我们搬、搬过去，你把门打开吧。”

蓝丰亭意外地问道：“搬过去？搬哪儿去呀？”

“搬州政府去……”高士亮说，“他说是要找件东西。”

“好，好。”蓝丰亭答应着去了上房，片刻，拿着一嘟噜铁钥匙往回走……高士亮一直紧紧注视着他。老人家正准备开门时似乎又多了个心眼，停住手问道：“长根怎么不回来拿？”

高士亮没防备，随口说：“他……有点儿事，一时回不来。”

蓝丰亭却退后一步，说道：“还是让他自个儿来拿吧。”

高士亮愣住了……一个士兵举枪托砸在蓝丰亭腰上呵斥道：“老家伙，快开门！”

蓝丰亭踉跄几步，一下子摔倒在地上。高士亮稍愣，顺手打那个士兵一巴掌，骂道：“混、混蛋！”

那名士兵站立不稳，一下子跌坐在蓝丰亭身上。蓝丰亭哼了一声就没有了动静。

高士亮低头看了看老人，从他手上把钥匙拿了过来……他从钥匙嘟噜上哗啦啦寻找着合适的钥匙，好半天才把门打开。几名士兵冲进去，抬出来一只沉甸甸、锈迹斑斑的大铁箱子……

官邸客房里，早晨。

大铁箱子摆在了蓝长根面前。他和妻子蹲在地上，因一夜没睡，两人显得双眸发红，神色憔悴。梁配玉和颜悦色地说："亲家，请你把箱子打开，有没有一看便知。"

蓝长根犯了牛脾气，生硬地说："没钥匙！"

梁配玉一愣，忙问："那钥匙呢？"

蓝长根别转脸不看她，气哼哼地说："早十年就找不见了！"

李海川一听就火了。他上前抽蓝长根一巴掌，怒斥道："你他妈找死啊？！"

蓝长根瞪着大眼珠子看看他，突然跳起身，一头把他撞得踉跄几步差点儿摔倒在地。

朱月娥忙扶住丈夫说："长根呀，你就把箱子打开吧！"

蓝长根斥责道："我不是告诉你，钥匙早丢了吗？！"

"亲、亲家……"梁配玉刚想说什么……高士亮进来，把一封信交给她说："太太，北京来的加急电报。"

梁配玉忙接过来低头看了看，给丈夫丢了个眼色便往外走……李海川连忙跟了出去。

夫妻二人急忙回到他们的住室后，梁配玉把电报递给丈夫说："我要立刻进京一趟。"

“进、进京？”李海川不解地问，“你现在进京干、干什么？”

“那上面不是写着吗？”梁配玉说，“我表嫂病了，表哥让我去伺候一段时间。”

“是吗？”李海川高兴地说，“这忙应该帮，你快去吧！”

梁配玉点点头，边收拾出门的东西边说：“这一家人不要放走，等我消息。”

李海川答应着……梁配玉对旁边的春红说：“你就别跟我去了，在家帮我照顾他们吧。”稍停，她又补充道：“记住，一定要好吃好喝好招待，就是不能放他们出门。”

春红忙答应道：“是。太太请放心。”

梁配玉又嘱咐丈夫说：“一定不要难为他们，等我的消息。”

李海川忙回答道：“行行行。你放心走吧！”

蓝长根家大门外晨光曦微。大门敞开着，院子里静悄悄。

从这里往街上望去，可看到不少早起的庄稼汉活动的身影，挑水的、垫圈的、打扫门前地的……丰义群和陈伯雄沿弯曲的山路走过来。他首先看到院里的情况，说：“这一家人好像起来了，开着大门哩。”

陈伯雄说：“好像是。”

这时，有人慌张地从院子里出来，大喊道：“快来人呀，出人命、命了！”

丰义群和陈伯雄一愣神儿，快步赶过去……他急声问道：“怎么回事？”

只听那人磕巴着说：“俺娘病、病了，我来找蓝先生……你们去、去看吧！”他说罢，急匆匆撒腿而去。

丰义群和陈伯雄忙迈进大门——院子里一片零乱，蓝丰亭躺在地上一动不动。他和陈伯雄交流一下目光，忙过去俯下身呼唤道：“爷爷，太爷爷……”

陈伯雄也问道：“老人家，你怎么了？”

蓝丰亭仍然没吭声。丰义群探了探老人的鼻息，说道：“好像没、没事。”

陈伯雄摸着老人的脉搏点了点头。两人四下看看，把老人抬到墙根下的木床上。

丰义群端来碗水，一点点喂老人……终于，蓝丰亭从喉咙深处呃了一声。他边呼唤边问道：“太爷爷，你怎么了？你能听见我说话吗？”

蓝丰亭慢慢睁开眼，一时间茫然地看着他们。陈伯雄又问道：“太爷爷，你怎么躺在院子里？你家的人呢？”

蓝丰亭没吭声，像是努力回忆着什么……丰义群说：“不急，你好好想想。”

过了好一会儿，蓝丰亭指着门口说了句“他、他们……”便又昏迷了过去。

丰义群和陈伯雄愣片刻，各屋看了看空无一人。他说：“你看着老人，我回家骑马，立刻去州里找蓝先生和云朵他们。”

陈伯雄连忙答应着……

李海川官邸大门紧闭。几名卫兵荷枪实弹，戒备森严。丰义群打马远远而来……卫兵们见状，一个个马上显得神情紧张。

丰义群至近前翻身下马，说：“我有急事要见李州长，麻烦你们通报一声。”

“你是谁？”卫兵头问道，“州长是你想见就见的吗？”

丰义群愣一下，忙说：“我叫丰义群……是来找蓝先生的。”

卫兵头又问道："你到底是找蓝先生还是找州长？"

"跟他废什么话？"一个卫兵不耐烦地说，"州长不是说了，这几天闭门谢客。"

丰义群忙又说："是……蓝先生家的老人快不行了。"

"人都快不行了你还在这儿干吗？"高士亮说着从角门出来说，"还不快去救人！"

丰义群一见，忙换上笑脸说："高秘书，是这么回事……蓝丰亭老爷子好像被人打、打了，只剩下一口气……"

高士亮打断他说："你算蓝家的什么人？用得着你跑来捣乱？"

丰义群一愣，争辩道："你这叫什么话？我怎么算是捣乱？"

高士亮讥讽地冷笑着说："行了。就算你是来做好事的，可州长大人说了，玉皇大帝来也不见！"他说罢，进去咣当当关上了角门。

丰义群傻眼了……

官邸后院，早晨。

一名马弁正收拾着一匹乌骓马……李海川待立一旁，看样子是要出门。

丫鬟春红走来说："老爷，有句话我不知该不该说。"

李海川显得有点儿不耐烦地问道："怎、怎么了？"

春红稍迟疑，鼓足勇气说："老爷，我是当地人……蓝先生是我们这里最好的医生，每天找他看病的人很多……如果老这么关着他，怕是病人会找上门来。"

李海川急着走，便训斥道："这是你该管的事吗？"

"……"春红张着嘴愣住了。李海川没再理她，牵马往后门走……春红忙又说："还有……他家老人一百多岁了，家里没人怎么行啊？！”

李海川说了句“狗拿耗子”，在马弁护送下径直出门而去。春红愣着、愣着……脸色变得越来越难看了。

蓝长根家院子里静悄悄，明媚的日光已经铺满了各个角落。

陈伯雄守护在老人身边，不时低声问老人什么。蓝丰亭像是睡着了，只是没反应。

一群麻雀从大榕树上飞下了，边警惕地用圆溜溜的小眼睛观察周围，边蹦蹦跳跳地找食吃……丰义群进来了，气哼哼地说：“真是……气死我了！”

麻雀们见状，扑棱棱飞上了枝头。陈伯雄笑了笑，问道：“不让你进门吧？”

丰义群意外地问：“你怎么知道？”

“你一走我就想到了，”陈伯雄说，“他们肯定不会让你进门。”

丰义群又问：“为、为什么呀？”

“名不正言不顺嘛。”陈伯雄说，“你想想，你算蓝家的什么人？没过门的女婿？他们怎么能让你进去？”

“这、这可怎么办？”丰义群嘟囔着说，“李海川尤其是他夫人，平时挺开明的。莫非咱们看错了？”

“人们不是常说：肚子两张皮，里外不相知吗？”陈伯雄说，“我一直在盘算，这事……咱们还得去求猪头三。”

丰义群更加意外地瞪圆了眼睛问道：“咱们去求、求他？！”

“没错。”陈伯雄说，“他进去找他姐，名正言顺。再者，仗着朱汉臣那块牌子，估计李海川会让他三分。”

丰义群思忖着说：“可是，要去求他……”

“有什么呀！”陈伯雄说，“你们俩不就小时候打过架，那算什么事啊？”

丰义群迟疑地说：“也不完全是，那小子……不是个东西。”

陈伯雄又说：“用不着，他就不是个东西；现在用着了，咱还得拿他当个东西呗。”

丰义群思索着他的话久久不语……小麻雀们见有机可乘，又纷纷飞落下来找食吃。

稻田森一住室里，日。

李海川擦抹着头脸上的汗水说：“我太太接到电报，一大早就走了。”

稻田森一问道：“电报告诉她去干什么？”

“是……曹锟的太太病了。”李海川说，“让她去帮忙照顾几天。”

“噢。”稻田森一思索片刻，说道，“看来，曹锟已经感觉到什么，把梁配玉叫过去帮他处理一些紧急事情。”

李海川意外地问：“老师为什么这么说？”

“我早看出来了，”稻田森一说，“你太太比你头脑清楚，处理问题果断而且得当。”

“……”李海川想说什么，却迟疑着没吭声。

“没错。“稻田森一说，“曹锟执政不力还搞贿选……根据日本情报部门的分析，他很可能挺不了多久就得下台。”

李海川一脸茫然地问：“那……咱们应该怎么办？”

“按照原来的计划，”稻田森一口气坚定地说，“我们要抓紧进行！”

李海川又问：“怎、怎么抓紧呀？”

稻田森一思索片刻，问道：“那个梁家庚……你认识不认识？”

李海川老实地说："认识，可接触不多。"

"趁你夫人不在，你带领少辉和芳子尽快去找他一趟。"稻田森一说，"到时候，我自有安排。"

李海川思索着他的话，一时不知道该怎么办。

朱世章家院子里阳光灿烂。朱三计敞胸袒怀坐在大树下，边喝茶边挥动着芭蕉扇。丰义群和陈伯雄出现在大门口。他含笑打招呼道："老三，真清闲呀！"

朱三计不无惊讶地站起身来问："你们……来干、干吗？"

"干吗？"丰义群仍笑着说，"来找你呀！怎么，不欢迎呀？"

朱三计迟疑片刻，冷冷一笑，说："找我？嘿嘿，夜猫子进宅——无事不来。"

"当然有事。"丰义群说，"我们是来给你通风报信的。"

"报、报信？"朱三计意外地说，"谅你也报不了什么好信儿。说吧，怎么了？"

陈伯雄说："你姐一家被李海川抓走了，你知道不？"

朱三计吃惊地坐起身，问道："官府抓他们干吗？"

"干吗？估计和什么长寿秘方有关。"丰义群说，"昨天就抓走了，到现在还没回来。还有，他们家的老爷子也不知被谁打伤了，一直昏迷不醒。"

朱三计思索着什么，一时没吭声。

陈伯雄从旁煽风点火地说："常言说得好，打狗还要看主人呢。李海川胆敢抓你姐，实际上是不把你们当回事。"

"就是。"丰义群更是火上添油地说道，"不说你哥是堂堂的三军司令，朱三计你也是社会上的头面人物，他李海川统统没放在眼里，也太欺负人了！"

朱三计果然跳起来说道：“这个王八蛋！我去找他！不给他点儿厉害，他就不知道马王爷三只眼！”

丰义群和陈伯雄相视而笑，又说：“就是。咱们朱老三生下来就是条好汉，从小到大，咱怕过哪个？哈哈……”

李海川官邸的关押室是个“斗”大的房屋，只见铁门紧闭，拳头大的窗口透进来一缕日光，大白天也是光线十分暗淡。室内没有任何家具，只有地上铺了些稻草什么的。

蓝长根圪蹴在角落里，合着眼不知是睡着了还是在思索什么……片刻，铁门被一士兵从外面打开了，李海川进屋来，皮笑肉不笑地问道：“亲家，你想明白了没有？是吃敬酒还是吃罚酒？”

“没什么好想的，”蓝长根闷头说，“没有就是没有！”

李海川冷冷一笑，说：“常言说得好，识时务者为俊杰。看来，你是想一条道走到黑了？”

蓝长根梗着脖子说：“黑就黑，白就白。你爱咋的咋的吧！”

李海川愣了片刻，冲外喊道：“来人！把他给我捆起来！”

几名士兵冲进来，动手撕撸着长根想把他捆起来……蓝长根暴怒地反抗，连连打倒了两名士兵。李海川大怒，顺手从门外拎进来根木棍，抡圆了狠狠打在他的头上。

蓝长根一阵晕眩，摇晃着被士兵们捆成了个“粽子”。这时，春红冲进来对李海川说：“老爷，您不能这样……太太走时说让好吃好喝好招待他！”

李海川抬手打她一巴掌，呵斥道：“有你什么事？！”

春红摸着脸看看他，含泪低头往外跑，正好和进门的高士亮撞个满怀。他也训斥道：“你、你没长眼睛啊？”

春红没吭声，流着泪水低头冲了出去……高士亮点头哈腰地说：“老爷，那个朱三计要见你。”

李海川恼怒地说：“我没告诉你谁都不见？说我不在不就得了？！”

“我说、说了。”高士亮低头说，“可他在门口大吵大闹，半天了就是不走。”

李海川训斥道：“他大吵大闹你就没办法了？”

高士亮愣了片刻，扭头出去了……

官邸大铁门紧紧关闭。岗哨林立，戒备森严。

朱三计和卫兵们推搡着想冲进去……高士亮从小角门出来，训斥道：“不是对你说了，州长没在，你怎么还在这儿胡搅蛮缠？！”

朱三计恶狠狠地说：“我怎么胡搅蛮缠了？我要找我姐姐！”

“你姐姐是哪个？”高士亮问道，“我怎么不知道？”

朱三计说：“就是蓝老大媳妇。不是被你们抓进来了？”

高士亮大声说：“你他娘净胡说八道！我们抓她干什么？”

“你才胡说八道！”朱三计说，“就是你们把她抓起来了。”稍停，他又补充道：

“你他娘才狗仗人势！”

高士亮恼羞成怒地命令卫兵：“给我揍他！”

卫兵们七手八脚，推搡拉扯着朱三计……朱三计拼命反抗，踢倒了一名卫兵。

卫兵们急眼了，拳头巴掌对他一阵狂揍。朱三计挣扎出来，跑开几步大喊道：“× 你们姥姥！你们给我等、等着！”

十一

蓝长根家院子里，傍晚。

蓝丰亭已经醒了过来，丰义群正给他喂水……陈伯雄问道："太爷爷，你这是怎么回事啊？"

蓝丰亭迷惘地反问道："什么怎、怎么回事？"

丰义群忙又问："你怎么躺在地上？是谁把你打伤了？"

蓝丰亭瞪着昏花的老眼想了一会儿，摇着头说："没有哇。我挺好、好的。"

丰义群还想问什么……陈伯雄说："别问了，老人家是糊涂了。"

这时，十多个男女闹嚷嚷地进门来。丰义群惊讶地问道："你们干、干什么？"

"我们是来找蓝先生看病的。"一位长者说，"从前晌儿等到这会儿，他家药铺怎么一直关着门呀？"

丰义群和陈伯雄交流一下目光，说："蓝先生被官府抓走了。"

长者意外地问："蓝先生一向乐善好施，治病救人，官府抓他干吗？"

丰义群说："估计是逼他要什么长寿秘方。"

众人迟疑片刻，纷纷议论道："这也忒不讲理了！""就是。当官也不能不讲理呀！""当官的没有一个好东西！"……

丰义群灵机一动，挑唆地说："大家可以去州里找他呀。"

"对，咱们去找他。""当官的不让咱们好过，他们也甭想安生！""走，说去就去！"人们嚷嚷着往外走……陈伯雄叮嘱道："别忘了多叫些人！"

那些人轰隆隆出去了。丰义群思索片刻，说："要不，咱们也去吧？"

"好啊。"陈伯雄说，"我给老人做口饭吃咱们就去。"

丰义群笑着说："到时候把铜鼓队带上，让他李海川不得安宁！嘿嘿……"

山路弯弯，夜色淡淡。

朱三计鼻青脸肿，打马一路狂奔……

李海川官邸某房间，初夜。

这里看上去是个闺房，窗明几净，陈设简洁考究，红被绿褥显得很温馨。

蓝云朵脸色憔悴，头发有点散乱地面灯而坐。她目光盯着窗外，久久地一动不动，心里不知在想什么。

桌上，摆放着早已凉了的饭菜、茶水和几盘小点心。

春红端着新的饭菜进来了。她看着桌上的东西，长长地叹口气说："大小姐，两天两夜了，你老这样不吃不喝怎么受得了啊？"

蓝云朵没吭、没动。春红放下手上的托盘，继续说："人是铁饭是钢，不吃不喝身受伤。咱有事说事，为吗糟蹋自个的身子啊！”

蓝云朵没吭，只是深深地叹了口气。春红又说：“再说了，俺们不难为你，你也不能让俺们为难呀。”

蓝云朵这才闷闷地说：“跟你没关系。”

“怎么没关系？”春红说，“你搞坏了身体，夫人回来肯定埋怨我们没伺候好你。”

蓝云朵又说：“没事，她回来我会当面说清楚的。”

“……”春红还想说什么……一身新娘子打扮的云端进来了。只见她脸色红扑扑，双眸水汪汪，脸上洋溢着满满的幸福感，显示着她刚得到了某个方面的空前满足。春红忙退后一步，轻声叫道：“少、少奶奶。”

蓝云端没理她，径直走到云朵面前说：“姐，春红对我说了……你这样怎么行呢？”

蓝云朵看了她一眼，仍然没吭声。蓝云端劝慰地说：“事情已到了这一步，你着急上火管什么用？天塌下来有地接着。咱该吃吃，该喝喝才对，干吗和自己过不去？”

蓝云朵沮丧地说：“你倒能想得开！”

蓝云端笑了笑，说：“你不是老说我少心没肺吗？我看这样也没什么不好。”

蓝云朵抬头问道：“咱爹怎么样了？”

“他们不让我去看，”蓝云端说，“估计也应该没事。再怎么说，还是亲家嘛。”

蓝云朵鼻子里哼一声，说：“亲家？我看他们是黄鼠狼给鸡拜年——从头到尾就没安好心！”

春红忙小声说：“我们太太人还是挺好的。”

蓝云朵又哼了一声，没再说什么。

深夜静寂，弯弯的月牙儿悬挂在中天。清淡的月色普照着莽莽群山，普照着茫茫层林，也普照着建在大山谷中的一座兵营。这是数排简易平房，或横或竖很是中规中矩。这里那里，不时有卫兵们游荡的身影闪过。

靠近铁丝网编织的大门口，一个窗口透出来明亮的灯光。这是朱汉臣的住室，他坐在灯下，正在看一本线装书——《孙子兵法》。

通讯员进来，立正报告道："司令，三少爷来了。"

朱汉臣抬起头，不无意外地问："天这么晚了，他来干什么？"

"他没说，"通讯员回答道，"只是鼻青脸肿的像被人打过。"

朱汉臣更加意外地说："是吗？快让他进来。"

通讯员答应着出去了……少顷，朱三计汗水淋漓地进来，气喘吁吁地说："哥，有人骑着咱的脖子拉屎哩！"

朱汉臣忙问道："谁呀？怎么回事？"

"李海川那个王八蛋！"朱三计咬牙切齿地说，"他把咱姐一家都抓走了，我去找他交涉，还被打了一顿。真他娘不是东西，敢在太岁头上动土！"

朱汉臣意外地又问："他为什么要抓他们？昨天不是那个云朵刚嫁过去吗？"

"具体情况不知道，"朱三计说，"大家都说他是为了拿到长寿秘方。"

朱汉臣思索片刻，冷笑着说："果然让我猜对了，那老小子是蓄谋已久啊！"

朱三计说："真他娘是只老狐狸。哥，咱们得不到的东西，决不能让他的阴谋得逞！"

朱汉臣迟疑一下，冲外大声喊道："通讯员！"

通讯员答应着急忙进来了。朱汉臣命令道："命令侦察班把马备好，随时待命！"

李海川官邸某房间，深夜。

李海川和高士亮正在审问朱月娥。他逼视着对方说："你老公都交代了，你还嘴硬？"

朱月娥微笑着说："亲家，你不能这样说，我怎么就嘴硬了？"

李海川说："你不是嘴硬，怎么一问三不知啊？"

"我就是不知道嘛！"朱月娥说，"既然他交代了，你还来问我干吗？"

"……"李海川一时语塞。高士亮忙说："就看你态度老不老实，看你说不说实话！"

"我有什么不老实的？"朱月娥笑着说，"我进蓝家门这些年，问多少次他都说没有。我也在柜里箱里翻腾过，反正是没找到。"

李海川疑惑地问："你真的到处都找过？"

"找过呀。"朱月娥说，"要是有，也只能在大铁箱子里。"

高士亮闻听对李海川说："那就简单了，把箱子砸开，一看不就明白了？"

李海川问道："那箱子看样子很结实，能砸开？"

高士亮笑了笑，说："好锁子禁不住三板斧嘛。"

李海川忙站起身来说："走，咱们去试试。"

小黑屋里，高士亮端着蜡烛进来了……李海川提着把大板斧，兴奋地跟在他身后。

大铁箱微光浮泛，静静地摆在角落里的墙根下。高士亮四顾片刻，把蜡烛滴了点儿油粘在墙洞中。李海川围着箱子转了一圈，看到那把沉甸甸的大铁锁不知该怎么下手。

“老爷，我来吧。”高士亮说着接过板斧，摸索地打量着锁子……正在这时，外面突然传来惊天动地的铜鼓声。

李海川和高士亮一下子都愣住了……紧接着，嘈杂的人喊马叫声更加强烈地传进来。他吃惊地问道：“怎、怎么回事？！”

“我去看看。”高士亮说着，扔下板斧出去了。李海川怔怔地倾听着外面的动静……突然，一阵小风吹进来，蜡烛摇晃一下摔在地上，倏地熄灭了。

李海川惊叫一声，慌忙往外走……脚在门槛上绊了一下，踉踉跄跄差点儿摔倒。

李海川官邸大门外一片嘈杂。数百名群众敲锣打鼓围了个水泄不通。

卫兵们增加了力量，荷枪实弹，如临大敌。在丰义群和陈伯雄等带领下，大家高喊：“李海川，狗官！”“李海川放人！放人！”“我们要看病！”“我们要活命！”……

深夜，蓝云朵临时住室里灯光暗淡。她木然呆坐、呆坐……不知道心里在想什么。

突然，嘈杂的喊叫声一阵阵传进来。蓝云朵一惊，起身走至窗前倾听……外面飘来丰义群的歌声：

> 大鹏展翅飞天外，
> 绳牵线扯难起来。
> 一日不见妹妹面，

三秋四夏永等待。

蓝云朵思索片刻，回唱道：

彩凤今日入牢笼，
有翅也难飞起来。
只要哥哥情坚定，
地老天荒心不改。

丰义群再唱道：

天若有情天亦老，
地若有意地也荒。
妹妹耐心且等待，
打破牢笼齐飞翔！

蓝云朵激动地冲到门口，拍打着门扇大声喊道："放我出去！快放我出去……"

高士亮正好从门外走过，停住脚呵斥道："你喊叫什么?！"

蓝云朵跺着脚说："快放我出去！"

"放你出去?"高士亮微微冷笑着说，"没那么容易。都是你惹的这场事，老爷还没来找你算账哩！"

这小子说罢，冷笑着扬长而去……任凭蓝云朵再怎么喊叫，已没人理她了。

大门外的人越聚越多，喊声更加响亮。不少人举起来松明火把，照得夜色一片通红。

高士亮从小角门出来，惊讶地打量着闹嚷嚷的人群。人们见状喊声更高："我们要看病！""我们要活命！""快放蓝老大出来！"……

铜鼓声铿锵，震得大地像在颤动。高士亮愣怔片刻，大声呵斥道："干什么？干什么？你们想造反呀？！"

"干什么跟你说不着。"丰义群说，"叫李海川出来！"

群众呼应喊叫道："李海川出来！""快滚出来！""别在里面装孙子！"……

高士亮还想说什么，却被人投来的臭鸡蛋打在了脸上。这时，李海川出现在角门口，静静地注视着人群。

在丰义群示意下，大家停住了喊叫，铜鼓队也不再敲打。一时间，全场死一般沉寂、沉寂……只有松明火把呼呼的燃烧声格外响亮。

过了好一会儿，李海川恼怒地冲丰义群问道："又是你带的头？"

丰义群说："是啊。怎么了？"

"你可知道，"李海川说，"冲击官府是犯法的，要蹲大牢的。"

"你吓唬胆小的呀？"丰义群哈哈笑着说，"你们的大牢我又不是没蹲过，把牢底坐穿又怎么样？"

李海川迟疑一下，又问道："可是……你们这是想干什么？"

"干什么？"丰义群反问一句，又大声说，"你们还有没有点儿人味？这么多人等着看病，你们却把蓝先生抓了起来；更何况，他家的老爷子人都快不行了，你都不放人回去……"

"谁说我把人抓了？"李海川打断他说，"我们是……亲家聚会，把他们请、请来的。你们管得着吗？"

“你骗吃屎的孩子吗?”丰义群说,“什么聚会?两天两夜不让人回去,你分明是别有用心。”

“少在这儿胡搅蛮缠!”李海川大声呵斥道,“我有什么用心,你怎么知道?”

丰义群冷笑着说:“秃子头上的虱子——明摆着。乡亲们心知肚明,谁不知道你在打长寿秘方的主意?!”

李海川恼羞成怒地说:“胡说八道!”他回头命令卫兵们:“把他给我抓起来!”

卫兵们在高士亮带领下向丰义群冲过去……这一来犯了众怒,人们呼啦啦上前围住了丰义群。

李海川大声喊:“乡亲们,乡亲们……他是乱党,迟早会被杀头的!”

“你是狗官!”“你是王八蛋!”“你才会被砍头!”人们叫喊着,乱纷纷往上冲。李海川连连后退,并惊慌地命令卫兵:“挡住!快给我挡住!”

卫兵们冲过来,和群众撕扯在一起……一时间,全场大乱,呼喊声、铜鼓声、刀枪碰撞声响成了一片。任凭李海川和高士亮摆手、跺脚、扯破嗓子喊叫,都无济于事。难分难舍之际,突然一声清脆的枪响凌空传来。

人们一愣神儿,现场所有的声响戛然而止,霎时间变得坟地般死寂。少顷,一阵急促的马蹄声传来。众人扭头望去——朱汉臣带领着侦察班拐过街角,十多匹马旋风般奔腾而来……众目睽睽之下,朱汉臣飞身下马,淡然一笑说:“这里……真热闹啊!”

十多名侦察兵都拔出了手枪,一个个虎视眈眈。李海川缓过一口气来,上前一步问:“你……怎么来了?”

朱汉臣没理他,冲大家喊道:“乡亲们都散了吧!”

人们面面相觑，看着丰义群没吭声。朱汉臣一笑，对他说：“让大家散了吧，有什么事，咱弟兄们还不能解决？”

丰义群思索片刻，对众人说道：“大家散了吧，回家等待我们的消息。”

“这事不算完。”“就是。不放人我们再来！”“不让人活，谁都安生不了！”……人们乱纷纷说着，呼兄唤弟散去了。

李海川官邸议事厅，夜晚。

李海川没好气地对朱汉臣说：“你怎么也来凑热闹？”

朱汉臣笑着说：“你真是狗咬吕洞宾——不识好人心。我不是来为你解围的嘛。”

李海川哼一声，说：“解围？我看你是看热闹不怕事大。”

朱汉臣迟疑片刻，拍案而起恼怒地问道：“你这叫什么话？！”

“州长大人，这就是你的不对了。”丰义群说，“你关押蓝老大，确实是犯了众怒，乡亲们看病无门，被逼不过……”

李海川打断他，说道：“我没有关押任何人，我们是亲家聚会，招谁惹谁了？”

朱汉臣忙说：“姓李的，你不用强词夺理！你这样做是什么目的，大家心知肚明，难道非让我说出来？！”

李海川色厉内荏地问道：“我做事堂堂正正，你说出来又怎么样？”

朱汉臣冷冷一笑，说：“那你实话实说，你做这一切，是不是为了长寿秘方？”

李海川被击中要害，支吾着说：“我、我什么都不为，就、就是亲家聚会嘛！”

“你……”朱汉臣还想说什么，丰义群用目光制止他说：“现在讨论这个问题毫无意义……你就说面对目前情况该怎么办吧？”

李海川迟疑着，一时没开口……丰义群又说：“百姓看病无门，你再不放人，大家肯定还会来闹的。”

朱汉臣附和道：“就是。放人，马上放人，让蓝老大回去！”

李海川神色迟疑，仍没吭声……丰义群又说：“再说了，蓝老爷子要死要活的，你再不让蓝先生回去，是不是太过分了？！”

李海川终于表态说道：“那就……让他回去两天吧。”

朱汉臣忙问：“那……我姐姐呢？”

“她不能回去。”李海川口气坚定地说，“我太太走时交代过，一定要让亲家们多待几天等她回来。”

正在这时，朱月娥出现在门口，面对朱汉臣问道：“你怎么来了？”

朱汉臣叫了声“姐”。朱月娥含笑说：“你不用担心，我在这儿挺好的。亲家好吃好喝好招待，大家玩得很开心哩。”

朱汉臣说：“是吗？那弟弟就放心了。”

“真的挺好。你告诉咱爹放心吧。”朱月娥说罢，告辞一声出去了。李海川问道：“怎么样？这回你放心了吧？”

丰义群忙问：“那……云朵呢？”

李海川冷笑一声说：“我知道你小子是假公济私，狐狸尾巴露出来了吧？”

“……”丰义群面红耳赤，一时无语……李海川拍拍他的肩头说：“放心吧，过几天，我会让她们平安无事地回去。”

蓝长根被关押的小黑屋，夜晚。

李海川恶狠狠地说：“回去封住你的嘴，敢胡说八道我饶不了你！”

蓝长根闷头不语……李海川又说：“你的老婆孩子都在我手中，我不相信你敢不回来！”

蓝长根仍没吭声，阴沉着脸出去了。高士亮进来，看了看蓝长根的背影问道：“那个朱月娥进去没胡说吧？”

李海川笑了笑，说：“没有，她进去得正是时候。”

高士亮也笑了……

蓝云飞和蓝云端的新家距离敬老院不过几十米。这是个独门小院的二层楼，规模虽说小了点儿，但建筑风格差不多，也是花草繁茂，到处干净整洁，让人看上去赏心悦目。

二楼房间里陈设齐备，窗明几净。蓝云飞站在桌旁，思索着研墨、试笔，铺开一张大大的宣纸，写下“英烈祭”三个字……

忽然，丰山姗在楼下喊道：“老舅，你在家吗？”

“在、在、在。”蓝云飞答应着放下笔，出门迎到楼梯口。少顷，丰山姗和丰凯忠上楼来……丰凯忠笑着问道：“老舅，这新家怎么样啊？我去市里开了十天会，这不，刚刚回来。”

“挺好！挺好的！”蓝云飞笑着，边请他们进屋边说，“太麻烦你们了！”

“老舅真客气。”丰凯忠说，“一家人不说两家话嘛。再说，这也是我们的工作呀！”

丰山姗说：“就是，老舅你太客气就见外了。”

说话间，三人客气着进屋落座。蓝云飞想起身倒茶……丰山姗忙接过茶壶说：“老舅，你坐着吧。”

丰凯忠打量着室内，最后看着宣纸上的“英烈祭”问道：“老舅，你喜欢书法呀？”

“是、是、是。”蓝云飞说，“从小养成的习惯……那时候，一天写不够二百个字，我爹要打屁股哩。”

丰凯忠哈哈笑着说：“这是好习惯，修身养性嘛，对身体有好处。”

蓝云飞忙说：“这不快清明了，我心里有些话想说……”

“好，好。”丰凯忠说，“我已通知下去，到时候咱们一定好好组织组织。”

丰山姗说：“老舅，你的墨宝，可一定给我留几份。”

“说不上，说不上。”蓝云飞谦虚地说，“我从小就喜欢书法，尽管写了这么多年，仍然是涂鸦，涂鸦。嘿嘿。”

丰凯忠又问道：“老舅，你住二楼，老姨住一楼呀？”

“对呀。”蓝云飞说，“我年轻嘛，腿脚比她利索。哈哈……”

丰山姗风趣地说：“就是，一百岁的年轻人！哈哈……”

丰凯忠也笑着问：“怎么，老姨没在家？”

蓝云飞说：“她说出去走走，一会儿就回来了。”

“我知道老姨去哪儿了。”丰山姗边倒茶边说，“离这儿不远有一面山坡，老姨说是当年少辉老姨夫和那个稻田芳子常来玩的地方。”稍停，她又补充道，“老姨没事时，经常一个人坐在草丛中发呆。”

山坡上阳光明媚，鲜花盛开。李少辉和稻田芳子信步走来……稻田芳子说：“我爸爸说，让你父亲带着咱们再去找你那个舅舅一趟。”

李少辉说：“还找他干什么？那家伙不是把咱们拒绝了？”

“爸爸说了，”稻田芳子说，“那两份资料对我们今后从业太重要了……他有办法让你那个什么舅舅交出来。”

李少辉没再说什么。两人闷头走着、走着……稻田芳子突然嘻嘻一笑，说："祝你新婚快乐！"

李少辉脸红了，望着她问道："你……真的不介意？"

稻田芳子说："刚开始，我想死的心都有了……现在，我想开了。"

李少辉忙说："谢谢！谢谢！"

稻田芳子摇了摇头说："不就是这段时间吗？等回到日本……"她说着，忽然想起地问道："你不会……带她去日本吧？"

"绝对不会！"李少辉说，"她虽说人不错，但我和她没有任何共同语言。"

稻田芳子笑了，拉住他的手说："到时候，你不还是我一个人的？"

李少辉看着芳子美丽的笑脸，忍不住把她搂进怀中。两人急切地亲吻、亲吻……同时倒在了草丛中。

稻田森一住处秘密房间里，阴日。

室内门窗紧闭，光线十分暗淡。稻田森一戴着耳机，正在聚精会神拍发电报。

四周静悄悄。嘀嘀的拍报声在崇山峻岭间回荡、回荡……

李海川办公室门口外，傍晚。

春红端着茶水正要进屋，听到李海川在打电话忙停住脚步倾听……李海川的声音："什么什么，今天晚上？现在就快黑了……把人和箱子都送到北平去？是是，好……你什么时候回来？"

春红听到此犹豫片刻，悄悄退了回去。

李海川仍在说："没、没事。你放心吧。"

傍晚时分，新房里光线暗淡。蓝云端坐在床头，正一个人生闷气。春红端着茶水进门来说："少奶奶，您喝茶。"

蓝云端没好气地说："我不渴。"

春红忙说："这是前几天刚摘的明前茶，质量很好，您尝尝呗。"

蓝云端叹了口气，接过茶杯轻轻抿了一小口。春红四顾左右，问道："少爷……没在家？"

蓝云端气呼呼地说："都一天了，不知死哪儿去了！"

春红说："早起听他说了一句，好像去找那个什么芳子，说他们返校的事。"

"我就是气这个……"蓝云端说，"还有一个多月，着哪门子急呀？"

"就是。"春红讨好地附和道，"等回来我劝劝他。"稍停，她又说："太太最看不上那个女孩儿了。"

"什么女孩儿？"蓝云端说，"听说她都快三十了，一个嫁不出去的货！"

春红笑了笑，神色迟疑地说："少奶奶，有句话……我不知该不该说。"

蓝云端看看她，含笑说："啥话呀？你说呗。"

春红往门口看一眼，低声说："刚才，我去给老爷送茶，听见他正在接电话就没进去……"稍停，她又补充道："听那意思，电话是太太打回来的。"

蓝云端不高兴地问："那有什么奇怪的？"

春红又看了看门口，更放低声音说："我听他的话头……好像是要把蓝先生和那个大铁箱子送到北平去呢。"

"什么什么？"蓝云端急声问道，"把我爹和箱子送到北平去？！”

“应该是这意思。”春红说，“我不知道这是好事还是坏事，忙来给您报个信儿。”

蓝云端思索片刻，说：“我也说不好……这样吧，我姐的房间钥匙是不是在你手里？”

春红点点头说：“在、在呀。”

蓝云端站起身说：“走，咱们去和她商量商量。”

蓝云朵住室，傍晚。

蓝云端像是刚把话说完，和春红不无紧张地看着云朵。

蓝云朵思忖着说：“肯定不是好事。必须想办法阻止他们！”

“想什么办法呀？”蓝云端说，“夫人的决定，谁敢违抗？”

蓝云朵忙肯定地说：“现在不是夫人不夫人的事……咱们必须想办法阻止他们！”

蓝云端说：“姐，你说吧，我听你的。”

“你马上去找义哥，”云朵说，“尽快告诉他们！”

蓝云端为难地说：“可是……老爷说了，这几天不让我出门，那些卫兵肯定知道。”

春红忙说：“没事，我可以把您从后门送出去。”稍停，她又补充道：“后门只有一个小兵站岗，我认识他。”

蓝云朵催促道：“那你们就快去吧！”

“嗯。”蓝云端答应着往外走，到门口又忽然想起地问道，“可是……我去哪儿找义哥他们呀？”

蓝云朵忙说：“去白帝岩，他们经常在那儿活动。”

蓝云端答应着出去了……蓝云朵忽然想起地追到门口，叮嘱道：“告诉咱爹躲起来，千万别让他们找到！”

李海川官邸后门口，傍晚。

春红牵着马送蓝云端往外走……一小卫兵横枪拦住了她们说：“老爷有命令，少奶奶您不能出去。”

春红忙说：“这我知道。少奶奶只是想回家看看太爷爷，一会儿就回来。”

小兵说：“那、那也不行！”

“得了。”春红笑着说，“小弟弟，老爷要怪罪，你就说我让她出去的。”

小兵神色迟疑着……春红又说：“你怕老爷怪罪，就不怕太太不高兴了？”

“就是。”蓝云端威胁道，“你不怕少爷抽你嘴巴子？！”

小兵这才犹犹豫豫地让开了门口……

十二

李海川办公室，傍晚。

李海川正给高士亮下命令说：“你马上带人去，把蓝老大抓回来！”

高士亮答应着往外走……李海川忙又嘱咐道：“不能说抓，是请他回来……行动要快，尽量不要惊动任何人！”

高士亮答应着出去了。李海川坐下来，表情沉重地思索着什么……墙上的大挂钟当当响着，让人听上去有点儿胆战心惊。过了一会儿，他冲门外喊道：“来人！”

一小兵应声而进，低头叫道：“老爷。”

李海川挥手命令道：“你去通知后勤部门，把卡车准备好！”

小兵答应着，快速出去了。李海川坐下来，久久地出神、出神……

白帝岩山洞中火把熊熊燃烧。

丰义群、陈伯雄和丰国明正商量什么……外面突然传来急促的马蹄声。三人凝神倾听片刻，机警地四散躲开来。

少顷，蓝云端气喘吁吁牵马出现在洞口。她四下观望片刻，惊讶地说："我娘，怎么没人呀？！"

丰义群他们这才闪身出来……他不无意外地问道："端端，你怎么这会儿来了？"

蓝云端惊喜地说："义哥，你们在呀？"

丰义群催促道："快说，出什么事了？"

蓝云端松了口气，才说："他、他们，要把我爹送、送北平去！"

丰义群意外地反问道："把蓝先生送北平去？"

"是、是啊。"蓝云端说，"还有那个大铁箱子。"

丰义群思索着，一时没吭声。蓝云端着急地说："这、这可怎么办呀？"

"别急。"丰义群说，"你先回去，我们想想办法。"

"可要快点儿！"蓝云端说着就往外走……丰义群忽然想起地说："去告诉蓝先生，一定让他先躲起来！"

蓝云端答应着出去了。丰义群看看陈伯雄，问道："怎么办？"

陈伯雄说："尽快通知咱们的弟兄们集合，想办法拦截他们的汽车。"

丰义群神色迟疑地说："咱们就十多个人，怕力量不够。"

丰国明问道："那怎么办？"

"你马上去找朱汉臣，"丰义群果断地说，"跟他说明情况，争取他们的配合！"

丰国明答应着往外走……丰义群迟疑一下，又说："还是我去吧……情况紧急，刻不容缓！"

"你俩一起去吧。"陈伯雄说，"我在家组织弟兄们。"

"好！"丰义群答应着，和丰国明快速走了出去。

山路弯弯，夜色淡淡。

蓝云端打马一路狂奔、狂奔……

狂风呼啸，松涛怒吼。

嗒嗒的马蹄声像重锤扣击着人的心扉。

蓝长根家屋里，初夜。

烛光摇曳中，蓝长根端着碗，正在一勺一勺地给老人喂饭……蓝丰亭看着他，不时发出怪异的嘿嘿笑声。蓝长根问道："爷爷，你笑什么哩?"

蓝丰亭说："你小时候，我也是这样喂、喂你。"

"那是。"蓝长根说罢又问，"他们把咱家的箱子弄走，你知道不?"

"没有哇。"蓝丰亭瞪着眼睛认真地说，"那天，来了一群天兵天将……我和他们打了一架，后来就啥事也不知道了。"

蓝长根明白老人是糊涂了，苦笑着继续喂饭……突然，高士亮带着几个士兵出现在门口。他一愣神，把饭都撒了出来。

高士亮嘿嘿一笑，不无讥讽地说："真是个大孝子啊!"

蓝长根努力镇静片刻，闷声说："你看老人这样……我怎么能回去?"

高士亮仍是嘿嘿笑着说道："怎么回去你说了不算，我们必须执行命令。"

蓝长根犯了牛脾气，不由提高了声音说："我就不回去，你看着办吧!"

高士亮愣住了……片刻，他耐着性子劝道："蓝先生，我们是奉命来请你，希望你不要敬酒不吃吃罚酒，老老实实跟我们走，这样大家都留个面子。”

蓝长根也缓和了口气，说：“你也看着呢，老人都成这样了，我能走吗？他已经糊涂了，有一会儿没一会儿的，我实在放心不下。”

高士亮想了想，说：“这样吧，把老人带上一块走行不行？”

蓝长根思索着，一时没吭声……高士亮又说：“州里条件好，照顾老人更方便不是？”

蓝长根迟疑着……高士亮边帮着他把老人扶起来边说：“请给我个面子，咱们还是走、走吧。”

蓝长根无可奈何，只得和他搀扶着老人走出大门，反手关好并上了锁。

少顷，蓝云端牵着马走至近前，一下子愣住了——大梢门紧紧关闭，铁锁还在微微晃动着。她急声叫道：“爹！爹！”

自然是没人回答。蓝云端上前去，用手摸着锁子四下观望……

夜色淡淡。村子里传来声声狗吠。

“爹爹——”蓝云端大叫一声，嘤嘤地哭了起来。

深山兵营，朱汉臣住室。

丰义群呼呼喘息着说：“汉臣兄，情况就是这样……我担心力量不够，所以来求助于你！”

朱汉臣思索着，一时没作声……丰义群又说：“再怎么说，咱们都是老乡亲，不能眼瞅着外人把蓝老大和东西弄走吧？”

“就是嘛。”丰国明说，“便宜不出当家，肥水不流外人田嘛！”

朱汉臣笑了笑，说：“你小子嘴挺好使，干脆跟我来当兵吧。”

丰义群忙说：“行、行啊。等这件事过去，我们都来投奔你。哈哈……”

“我这儿庙小，盛不下你这尊大神。”朱汉臣说罢冲门外喊道：“来人！”

通讯员应声而进……朱汉臣说：“命令侦察班马上集合！”

李海川官邸大门口，深夜。

几名士兵把大铁门咣当当打开来……一辆卡车出门冲下斜坡，慢慢行驶一段停住了……车上蒙着帆布篷，不知道里面装着什么。

高士亮带领一队士兵出来，大声命令他们上车。

士兵们背枪携弹，乱纷纷往上攀……高士亮坐进了副驾驶位置。

卡车轰隆隆驶去，弯过街头不见了。

稻田森一住室，深夜。

稻田森一坐在密室内，又在聚精会神地拍发电报。

微光朦胧。电报声嘀嘀、嘀嘀，格外响亮。

画外：沉雷隐隐。

夜色浓浓，山影憧憧。山前大道蜿蜒向前。

卡车轰鸣着全速行驶、行驶……车厢里的士兵们抱着枪，一个个眯缝着眼睛打盹。

高士亮没睡，不时警觉地观察着窗外。乱石、野树、荆丛……乱纷纷掠过。几只受惊的鸟儿从树枝间飞起，哇哇怪叫着没入了夜空。

山前大道某交接处。陈伯雄带领几个弟兄从小路上拐出来，打马紧紧向前……

山前大道另一交接处。一辆吉普车急驰，后面紧跟着十多名骑兵。

朱汉臣坐在后排位置上，闭着眼像是睡着了。

丰义群和丰国明骑马冲在骑兵队伍最前面。他目光炯炯地注视着前方……

车声轰隆，蹄声急促。

大路弯转，夜色更浓。

卡车冲出山口，因道路平坦，车速更快……后面，远远看到陈伯雄他们急速追了上来……高士亮听到隐隐的马蹄声，惊讶地探出车窗往后张望。

陈伯雄带领弟兄们旋风般扑上来、扑上来……

高士亮大惊，冲车厢中喊道："注意，做好战斗准备！"

车厢内有人答应着。高士亮命令司机："快！再快点儿！"

司机目视前方，脚下增加了力量……车速突增，眼瞅着渐渐拉大了和后面追赶马队的距离。

山口弯路，夜雾弥漫。朱汉臣的吉普车和侦察班全速拐了出来。

丰义群举目张望，前面雾蒙蒙什么也看不见。他思索片刻，对丰国明说："快！跟我来，咱们走小路！"

丰国明答应着，和义群冲上了一条岔路。

侦察班看了看他们，继续跟在吉普车后奔驰。

朱汉臣命令司机道："快！全速前进！"

大路伸延，卡车急驶。

高士亮思索片刻，探出头冲车厢内喊道：“大家听好了。有人追上来可以开枪，但尽量不要伤人，出了人命事就大了！”

车厢里的士兵们答应着……高士亮又说：“可以冲天上打，吓唬他们不敢追就行了！”

说话间，陈伯雄他们已经隐隐可见……高士亮催促司机道：“快！再快点儿！”

司机的脚边往下踩边说：“油门已踩到底、底了。”

陈伯雄他们越追越近、越追越近……高士亮命令道：“开枪，注意尽量不要伤人！”

车厢里的士兵们乱纷纷朝空中开枪……啪啪的枪声震荡着夜空，让人听上去胆战心惊。

陈伯雄一愣神儿，忙命令弟兄们多加小心。

大家躲闪着，速度自然慢了下来，眼瞅着距离又拉大了。

陈伯雄恨恨地说：“他娘的……他们还真敢开枪呀？！”

吉普车全速行驶。

朱汉臣听到枪声，大声命令道：“情况紧急，大家注意了！”

骑兵们答应着……朱汉臣再次命令司机：“再、再快点儿！”

大路朝天，夜雾漫漫。卡车行驶间突然来了个急刹车。

高士亮的脑袋碰在风挡玻璃上，不由恼怒地说：“混蛋！为什么刹车？”

司机手指着前方，惊慌地说：“你、你看前、前边。”

高士亮抬眼望去——夜雾弥漫中，丰义群和丰国明骑马站在了道路中间……他愣了片刻，命令道：“冲、冲过去！”

司机慌乱地发动汽车……丰义群不急不慌啪啪两枪打中了卡

车的前轮胎。

卡车往前冲了一下，歪在了路旁。这时，陈伯雄和朱汉臣他们也都赶到了。

朱汉臣命令大家散开，迅速地把卡车团团围住了。

高士亮傻眼了，呆坐着一时不知该怎么办。朱汉臣走过去，冷笑着说："高秘书，下车吧，还等我请你呀？"

高士亮无奈地跳下车，色厉内荏地问道："你们，你们想干什么？"

朱汉臣冷笑着说："干什么，还需要我回答吗？"

说话间，丰义群和丰国明已跳上车去，不顾士兵们阻拦把捆住手脚、堵住嘴巴的蓝长根扶下车来。

朱汉臣对高士亮说道："这是我姐夫，你他妈装什么混蛋？！"

高士亮喃喃地说："我不过是执行命、命令。"

丰义群和丰国明忙着为蓝长根松绑……朱汉臣又说："高秘书，我当然知道你是执行命令。咱弟兄们也别伤了和气，你把人和箱子放下，咱一拍两散，各走各的路。"

"……"高士亮欲言又止，神色迟疑……朱汉臣冲自己的侦察班使了个眼色。

侦察班的士兵们哗啦啦上了枪栓……这时，陈伯雄他们已经把大铁箱搬了下来。

朱汉臣命令道："放我车上去！"

陈伯雄神色迟疑地看着丰义群……丰义群忙说："我看……还是把蓝先生送回家吧。"

"送回家？"朱汉臣说，"李海川再把他抓走怎么办？"稍停，他又说："他是我姐夫，你有什么不放心的？再说了，谁敢去我的兵营里抓人？"

丰义群迟疑着没吭声……

李海川住室，黎明时分。

“真是笨蛋！一群笨蛋！”李海川神色沮丧，正在训斥高士亮。他衣衫不整，气急败坏地走来走去。

高士亮忙说：“没、没办法。他们两班五六十个人，要真打起来我们也不行。再说了，要死几口子事情更不好收拾不是？”

李海川恶狠狠地说：“这两个王八蛋老是和我作对，迟早要收拾他们！”

高士亮忙附和道：“那个丰义群好说，随便找个理由就可以把他抓起来。”

李海川说：“就是，上次就不该放了他！”

高士亮说：“还不是太太好心肠嘛。”

李海川无奈地说：“好心肠坏自家的大事。真是……”

“要对付朱汉臣，”高士亮说，“只能让太太去找她表哥曹锟。曹总统要能给白崇禧司令打个电话，朱汉臣还不是吃不了兜着走？”

李海川思索片刻，咬牙发狠地说：“反正，这事不能算完！”

兵营，朱汉臣住室外间屋里，日。

一桌丰盛的酒席摆在正中央。朱汉臣正给蓝长根压惊洗尘，一杯杯劝他喝酒。

勤务兵忙活着上菜、端酒、倒茶……那只铁箱子完好无损地放在屋子角落里。

朱汉臣笑着说：“姐夫，常言说，放屁砸脚后跟，喝凉水塞牙。你这阵子可是走背运了！哈哈……”

蓝长根喝了酒，话也多了。他说道："唉……都怪我自个儿，图一时高兴，上贼人当了。"

朱汉臣忙问道："此话怎讲？"

蓝长根说："李海川刚来时，几次找上门要给老爷子办什么寿庆。我是觉得这个官挺开明，人也不错，就答应了他……"稍停，他又说："如果我不答应，也不会和他走近，不就没有这么多事、事了？"他摇头叹息着说："真是，自找倒霉背兴。"

"也不能这么说。"朱汉臣说，"人家是蓄谋已久，早安下祸心了。你不答应祝寿，他们也会想别的办法。"

蓝长根仍摇头叹气地喝酒……朱汉臣又说："这主意，肯定是那个娘们儿出的。李海川怕老婆，她后台硬嘛。"

蓝长根闷声说："谁知道呀。那个娘们儿看上去挺好的，人很亲切，说话和和气气。"

朱汉臣笑着说："嘿嘿……咬人的狗不露齿嘛。"

白帝岩山洞中虽然是大白天，仍有几把松明子在呼呼燃烧。丰义群和陈伯雄对面相坐，边抽烟边商量什么。

"我看你是想多了。"陈伯雄说，"把蓝老大弄回来，咱们能把他藏在哪儿？我觉得他在兵营里倒安全多了。"

丰义群点点头，说道："你说得也有道理。可我心里老是不踏实。那个姓朱的也不是什么好鸟。"

陈伯雄说："再怎么说，蓝老大是他的亲姐夫，他不至于太过分吧？"

丰义群摇着头说："这事……难、难说。"

陈伯雄又说："你要不放心，回头咱们去看看不就行了。"

丰义群思索着久久不语……静寂中，松明子呼呼的燃烧声更加响亮。

兵营，朱汉臣住室外屋，日。

蓝长根蹲在墙根下闷头抽烟……朱汉臣进来说：“姐夫，你怎么蹲在地上啊？这不是有凳子吗？快坐上去吧。”

“没、没事。”蓝长根说，“习惯了，圪蹴着倒得劲儿，嘿嘿……”

“你真是……”朱汉臣边说边把他拉起来安放在凳子上问道，“姐夫，现在屋里就咱们兄弟俩，你实话实说，那长寿秘方……到底有没有哇？”

蓝长根摇着头说：“我说过一百回了，真的没、没有。”

朱汉臣嘿嘿笑着说：“那怎么……满世界人都说你家有啊？”

“谁也没有我心里清楚啊！”蓝长根说罢又思索着问道，“真、真是……那句话是怎么说来着？众口什么金？”

朱汉臣忙说：“众口铄金。”

“对，众口铄金。”蓝长根点头叹息着说，“瞎话说一千遍就成真的了。我对你还不说实话呀？是、是真的没有嘛。”

朱汉臣指着墙角放的大铁箱子，半开玩笑般问道：“姐夫，你敢不敢让我把它打开？”

蓝长根马上说：“敢呀，有什么不敢的？你打开吧。”

朱汉臣逼问一句道：“真、真的？”

“当然是真的。”蓝长根说，“可钥匙我没带在身上。”

朱汉臣说：“那太简单了。”而后，他冲门外喊道：“来人！”

勤务兵应声而进，叫了声“司令”待立一旁……朱汉臣命令道：“去，找把板斧来！”

勤务兵答应着出去了……蓝长根吃惊地问道：“干吗？你要

砸锁子？”

朱汉臣含笑问：“怎么着？你害怕了吧？”

“我怕什么呀？”蓝长根说，“我是怕弄坏了箱子。要不这样吧……我回去把钥匙拿来，你随便怎么开都行。”

“没事。”朱汉臣说，“没那必要。锁子弄坏了我赔你个更结实的。”

说话间，勤务兵提着把板斧进来了。朱汉臣命令地说：“把锁子砸、砸开。”

“……”蓝长根张了张嘴，想说什么又忍住了。勤务兵走过去，打量片刻举起板斧砸锁子：咣、咣……

蓝长根眼瞅着，神情显得很紧张。勤务兵每砸一下，他的身子就颤抖一下，好像板斧是砸在了他的身上。

“咣、咣……”勤务兵砸了半天，锁子却仍然岿然不动。朱汉臣急了，说道：“我 ×！有这么结实的锁子？”他说着，走过去接过板斧继续砸……蓝长根忙说：“算了，算了。等我回去拿钥匙吧。”

朱汉臣不甘心，挥手命令勤务兵：“去，找铁钎子和撬杠来！”

蓝长根一听就傻眼了……勤务兵答应一声，转身出去了。他着急地对汉臣说：“你怎么不相信呀？这里面真的没、没什么长寿秘方。”

朱汉臣笑着说：“那你着什么急呀？不就是个破箱子吗？回头我给你买个新的。”

说话间，勤务兵带着几名士兵扛来铁钎子、撬杠什么的，想动手弄开箱子……蓝长根急忙扑过去说：“不、不能！你们不能这么干！”

朱汉臣边拉他边说：“快闪开！小心弄伤了你的手！”

蓝长根却扑在箱子上不肯撒开……朱汉臣观望片刻，冷笑着问道："怎么样？你害怕了吧？"

"不、不是。"蓝长根急赤白脸地分辩道，"这箱子是我老爷爷从南洋带回来的，是我家的传家宝啊！你们不能弄坏了！"

"少跟我胡说八道！"朱汉臣急切间说话也就没了分寸，呵斥着又命令士兵道："快，把他给我拉开！"

士兵们七手八脚上前拉长根……他叫喊、哀求，抱着箱子就是不肯松手。就在这难分难开之际，外面突然传来啪一声枪响。

大家一下子都愣住了……少顷，朱汉臣不无惊慌地问："怎、怎么回事？"

士兵们大眼瞪小眼，一时间没人回答。朱汉臣忙命令道："走，去看看。"

这时，李海川和高士亮出现在门口外……朱汉臣一愣神儿，忙问："你、你们怎、怎么来了？！"

李海川冷冷一笑说："你逼我来我能不来吗？"

"……"朱汉臣一时不知该说什么……李海川进屋来，边打量着他边说："你这个小小的司令胆量可不小哇，竟敢一次次和我唱对台戏？！"

朱汉臣看上去并无惧色，也冷笑着说："路不平，有人铲；事不平，有人管嘛。"

李海川鼻子里哼哼两声，突然啪地一拍桌子，说："你都捅破天了你知道吗？！真是吃了熊心豹子胆，不知道天高地厚了！"

朱汉臣也说："少在我这儿连蒙带诈，你吓唬吃屎的孩子呀？"

李海川仍在冷笑着说："你真是，望乡台上唱小曲儿——不知死的鬼！"

朱汉臣不解何意，一时没吭声。李海川指着蓝长根，问道：

“他是谁，你知道吗？”

“……”朱汉臣懵懂地张着嘴没吭声。李海川接着说：“他是袁大总统……现在应该叫袁世凯大帝请的客人，你竟敢劫皇纲啊？！”

朱汉臣果然被震住了。他迟疑一下，色厉内荏地说：“你、你少来拉、拉大旗作、作虎皮，吓唬吃屎的孩子啊？”

“我拉大旗作虎皮？哼……”李海川冷笑着说，“实话说出来吓死你……我夫人从北平打来电话，说袁大帝传圣旨，命令我迅速把蓝老大和箱子送去。你这样做，还不是把天捅了个大窟窿？！”

朱汉臣惊慌地问：“真、真的？”

李海川仍是冷笑着说：“我堂堂一个州长，还能说瞎话？”

“我看不尽然。”丰义群他们不知何时出现在门外。他接过话头说：“既然是皇帝相请，哪有把客人捆住手脚，堵嘴蒙眼的？”

“……”李海川一时说不上话了。

朱汉臣一见又来了精神，冷笑着说：“就是。姓李的，你少在这儿连蒙带诈。我看你到我们这里一来就没安好心！”

“我看也差不多。”丰义群说，“什么为老人祝寿、拜干亲、结湿亲，都是一个目的——长寿秘方。”

李海川被击中要害，恼羞成怒地跳了起来吼道：“你们……血口喷人，污蔑本官！”

“行了，州长大人。”丰义群连讽带刺地说，“你这叫做贼心虚，别忘了有理走遍天下，无理寸步难行。”

李海川愣了片刻，冲外大声喊道：“来人！把人和箱子都给我带走！”

他的几名随行护兵们应声而进，七手八脚就要动手……朱汉臣急了，边掏枪边高声说：“谁敢在我这一亩三分地里撒野？

来人！”

侦察班的士兵也应声而进……双方拉扯吵叫，局面有点失控。高士亮看形势不妙，忙从中调解道：“大家都冷静、冷静……有话好好说，都是一方要员，千万别伤了和气！”

“就是嘛。”丰义群挡在两群人中间说，“这样解决不了问题……大家暂时都回去，咱们商量商量再说。”

李海川知道再闹下去也没什么好结果，便趁机下台。他边往外走边说：“这事，不算完。你们等、等着！”

李海川万万没想到的是，此时的中华大地已经是风雷激荡，“讨袁”的声浪遍布全国。以蔡锷将军为首的“反复辟”大军揭竿而起，正浩浩荡荡地在崇山峻岭间往北挺进……北京、上海、天津等大城市里，学生们上街游行，高举着“袁世凯倒行逆施没有好下场！”“恢复帝制就是复辟倒退！”等横幅，群情激昂地高呼口号，展示着国人“反袁”的决心高涨，任何力量也不可阻挡。

傍晚时分，李海川办公室里空无一人，电话铃声却“丁零零”响个不停。

春红正在旁边的小房间里整理衣物，听见铃声急忙跑了出来。她在办公室门口朝里看了一眼，大声喊道：“老爷！电话！老爷……”

此时，李海川骑着马刚从大门进来，听到春红喊叫急匆匆跑过来说道：“来了！来了！”他跳下马，把缰绳扔给高士亮，大步流星朝办公室走来……

春红忙进屋拿起电话递给他，并说：“今天电话响好几遍了。”

李海川没理她，气喘吁吁接电话说：“是、是我。”

“你干吗去了？”梁配玉的声音传出来，“我打一天的电话了。”

李海川不想说实话，支吾道：“我去兵营……有点儿事。”

梁配玉没再多问，说道：“把蓝老大一家都放了吧。”

“放了？”李海川意外地问，“为什么？”

梁配玉显得不高兴，生硬地说：“不必多问，让你放你就放吧！”

“可是……”李海川迟疑地问，“你什么时候回来？”

梁配玉没回答，咔地挂了电话。李海川拿着话筒，思索着久久发呆……而后，他冲外喊道：“春红！春红！”

官邸大门口，傍晚。

蓝云朵和朱月娥扶着蓝丰亭往外走……蓝丰亭看上去身体已经基本复原，只是脸上还带着块块青紫。春红跟在他们身后相送，说：“这你们要走到什么时候呀？等等，我去要个车！”

“不坐！”蓝云朵赌气地说着，背转身弯腰对蓝丰亭说：“太爷爷。来，我背你吧。”

这时，蓝云端从后面匆匆跑过来问：“姐，你们就这样走呀？”

蓝云朵没吭声，把老人背了起来……朱月娥问云端道：“你走不走？”

“我不走。”蓝云端说，“我去哪儿啊？这儿就是我的家。”

说话间，高士亮从里面出来了。蓝云端颐指气使地说：“高秘书。快给派个车！”

高士亮却平心静气地说：“少奶奶，对不起！现在没车，一辆撞坏了，另一辆也派出去了。”

蓝云端生气地问道：“那……你让他们走到什么时候？！”

春红也忙从旁说：“太太电话中交代，一定要好好把他们送回去。”

高士亮稍愣神儿，忙说：“那……我去想想办法。”

蓝云朵已背着老人下了台阶……

蓝长根家大门外，夜色茫茫。一辆老式的嘎斯轿车慢慢停住了。蓝云朵和朱月娥搀扶着蓝丰亭下车来。朱月娥摸索着掏出钥匙打开了紧闭的大门。

蓝云朵连忙问道：“我爹呢？我爹去哪儿了？”

“就是。不知道呀！”朱月娥说着，走进院子里左顾右盼，却不见丈夫的身影。

蓝云朵放开蓝丰亭，冲进院大声喊道：“爹！爹……”

自然没人回答。蓝丰亭却自顾嘟嘟囔囔地说：“你爹去搬天兵天将了，玉皇大帝请他喝酒哩。”

“太爷爷，你净瞎说。”蓝云朵又反身到门口外，大声喊道：“爹爹！爹爹……”

朱月娥进屋点了盏风雨灯出来，院子里亮堂了许多。这时，丰义群和陈伯雄骑着马出现在大门口……蓝云朵愣了片刻，高兴地问道：“义哥！你们怎么来了？”

丰义群飞身下马，说：“我们不放心，经常过来看看。”

“义哥！”蓝云朵叫着，一时冲动扑进他的怀中……丰义群似乎有点儿不习惯，忙握住她的手问道：“你们……回来了？”

蓝云朵高兴地说：“回来了！回来了！”

陈伯雄笑着说：“回来了就好！”

丰义群问道：“太爷爷……身体怎么样？”

蓝云朵看着被朱月娥扶着往屋里走的蓝丰亭的背影说：“好像没什么事。”

丰义群不无高兴地说："那就好，那就好。"

蓝云朵却又愁眉苦脸地说："可是……我爹不见了。"

"没、没事。"丰义群说，"蓝先生在兵营里。"

朱月娥意外地问："在我弟弟那儿？"

"对呀。"陈伯雄说，"蓝先生和你们家的大箱子都在兵营里。"

朱月娥稍愣了一下，什么也没说，拉过丰义群的马出了大门……蓝云朵见状，也从陈伯雄手中把马接过来，边喊着"等等我"，没出大门便飞身上了马。

丰义群和陈伯雄不无惊讶地注视着她们……朱月娥和蓝云朵连连挥鞭打马，很快便消失在了茫茫夜色之中。

夜晚，朱汉臣正在自己住室里独斟独饮……外面突然传来一阵嘈杂的人喊马叫声。

朱汉臣一惊，忙起身冲外喝问道："外边怎么回事？"

无人回答。朱汉臣放下酒杯，边往外走边喊道："勤务兵！小李子！"

大门口，蓝云朵和朱月娥正不顾卫兵们阻拦往里闯……朱汉臣急忙走出来，意外地问道："姐，你们怎么这会儿来了？"

朱月娥气喘吁吁反问："你姐、姐夫呢？"

朱汉臣稍迟疑，忙说："在、在我这、这儿啊。"

朱月娥着急地说："快让他出来，我们要回家！"

朱汉臣噢了一声，又问道："李海川放、放你们出来了？"

"废话！他不放俺们怎么出来？"朱月娥边说着跳下马边又问道，"你姐夫在哪儿？"

朱汉臣迟疑地说："在、在……"他到底没说出蓝长根在哪儿，直接带她们进了后院的禁闭室……一名卫兵见状，忙打开了上锁的屋门。

借着外面投进来的光亮，可看到蓝长根伏在铁箱子上睡着了。朱月娥看到这一切，不由怒视着弟弟……朱汉臣忙解释道："我姐夫脾气倔……"

朱月娥愣了片刻，啪一巴掌打在他脸上呵斥道："再倔，他也是你亲姐夫！"

朱汉臣摸着面颊没敢吭声。朱月娥边呼唤着"老大！老大！"边扑过去……朱汉臣跟在她的身后还在解释说："姐，你不知道……我姐夫的脾气真别扭，房间、被褥，连勤务兵都准备好了，他就是不去住，非守着他这破箱子不可。"

朱月娥生气地怒斥道："你还穷叨叨个啥？还不去派车把他送回去！"

蓝云朵冲进来，扑在蓝长根身上急叫道："爹！爹！"

蓝长根睁开眼，声音含混地说："你们怎么来了？我没事。"

朱月娥含着泪花笑了，说道："没事就好！没事就好！回去，咱庆祝庆祝！"

蓝长根家院子里，午日。

长桌宴从上房门一直摆到了大门口。数十人聚在一起，谈笑、吃喝，说着吉庆话。

蓝长根站起身，大声说："谢谢众位乡亲！我蓝长根大难不死，全靠了大家的帮助。从今往后，我一定更加努力地救死扶伤，为乡亲们服务。"

人们鼓掌叫好。朱三计喊道："不客气，一家人不说两家话嘛！"

蓝云朵趁机唱道：

多谢了……

多谢远亲和近邻，

救我全家出牢门。

我家有酒也有饭，

好歌一曲敬乡亲。

朱三计接唱：

不客气，莫上心，

光腚串门没外人。

小妹再有灾和难，

不怕油炸火烧身。

陈伯雄含笑讥讽地唱道：

混球一个假斯文，

大小辈分都不分。

外甥女儿叫小妹，

不怕喷饭笑死人？

丰义群也唱道：

粗和细，理不分，

大家都是好乡亲。

齐心合力团结起，

砸烂世界换乾坤。

众人合唱：

齐心合力团结起，
砸烂世界换乾坤！

十三

这是一个干净的春天，离敬老院不远的一面山坡上阳光明媚。叫不上名字的鸟儿们在枝头鸣叫着蹦蹦跳跳。

蓝云端双手抱膝坐在绿草红花间。她脸上洋溢着笑意，眸子中泪光闪闪，荡漾着憧憬和迷茫，久久地一动不动。几只花蝴蝶不知从何处而来，在她身旁绕来绕去地翩翩飞舞。山风劲吹，尽情抚弄她银丝般的头发。丰山姗远远走来，高声喊道："老姨！老姨！"

蓝云端好像没听见，仍在自顾自地出神……丰山姗走近了些，又喊道："老姨，咱们该回家吃饭了！"

蓝云端还是没吭声，却独自咯咯笑了起来……丰山姗心里有点儿发毛，急步登上山坡，眼看已走到了她跟前。蓝云端视而不见，仍兀自笑个不停。丰山姗再次提高了声音说："老姨，该吃饭了！"

蓝云端像是回过神儿来，目光迷惘地看了她一眼，还是没作声。丰山姗只得重复道："老姨，该吃饭了。"

蓝云端这才问道："山姗呀，怎么了？"

丰山姗笑着扶她起来说："老姨，你怎么也没带手机？"

蓝云端想了想，说道："带那玩意儿干吗？反正也没人找我。"

说话间，丰山姗忙把她扶起来，两人慢慢往山下走……她问道："老姨，你刚才笑什么？样子怪吓人的。"

蓝云端看着她反问道："我笑什么了？"

"我哪里知道哇，"丰山姗说，"只见你笑得那么开心。"

蓝云端停顿片刻，才说："我瞎想呗，忽然想起我爹被救回来那天晚上，三里五乡的老百姓都赶来了……"

夜晚，蓝长根家门前山坡上人山人海。只见月色朦胧，篝火熊熊，铜鼓队敲击出惊天动地的铿锵节律。乡亲们兴致勃勃地观看、指点、说笑着。

蓝长根夫妇被大家簇拥着坐在正当中。蓝云飞和一群孩子疯狂地喊叫着跑来跑去。

在鼓声稍停的瞬间，丰义群高唱道：

要想擒龙下大海，
要想打虎上高山。
穷人要想得解放，
革命一步一层天！

蓝云朵接唱：

阿哥生就英雄汉，
不怕地来不怕天。
敢把老虎当马骑，

剥下龙皮做成船！

丰义群又唱：

男儿有志干革命，
不怕坎坷路艰难。
流汗流血何所惧？
山做腰来地做胆！

蓝云朵接唱：

砍头只当风吹帽，
流血只当水花溅。
阿哥生就英雄胆，
不怕地来不怕天！

众人合唱：

要想擒龙下大海，
要想打虎上高山。
穷人要想得解放，
敢叫地覆天也翻！

丰山姗扶着蓝云端，已经走到了新家的大门口。她说："老姨。你记性真好，这么多年过去了，那些唱词你还记得呀？"

"记得，记得。"蓝云端点头说，"我虽说唱不好，但那么多歌词我一句也忘不了。”稍停，她又补充道：“当时，大家都夸我记性好呢！”

丰山姗由衷地说：“老姨，你可真行。”

两人进门时，却看到蓝云飞站在院子里，举着张写满毛笔字的纸正在独自欣赏。丰山姗问道：“老舅，那是什么呀？”

蓝云飞看了看她们，说道：“后天是清明节，不是要祭奠英烈嘛，我胡乱写了几句，你们看行不行。”

丰山姗忙接过来看了看，念道：“英烈祭……天苍苍，地茫茫，百年风雨祭国殇。中华自古多壮士，前仆后继保家邦。抛头颅，洒热血，只为民族早兴旺。英烈忠魂传千古，万代子孙永发扬。呜呼……亲人们，我敬仰！”

蓝云端听罢，不由高兴地说：“真好！云飞写得真好！”

“就是。”丰山姗擦了一把眼睛说，“我的眼泪都快流出来了。”

“你们觉得好就行。”蓝云飞说，“明天早晨我来朗诵。”

“天苍苍，地茫茫，百年风雨祭国殇。中华自古多壮士……”蓝云飞神情激动，声情并茂地大声朗读着。

这是在丰义群墓前，祭奠仪式正在进行。数百名群众队列整齐，表情凝重；丰氏家族的成员们在丰凯忠带领下站在最前面；铜鼓队、炮仗队、祭旗队等分列在人群之后。

从这里往上是个不大的广场，四周耸立着丰国清等革命英烈的塑像和碑文；广场另一端，是庄严恢宏的“丰义群烈士纪念馆”。

随着蓝云飞的朗读，只见丰义群墓前香烟缭绕，猪头、鸡、鱼、水果、点心……各种祭品排列整齐，有的还冒着丝丝热气。

蓝云飞双眸中泪光闪闪，朗读完最后一句：“……呜呼！亲人们，我敬仰！”

丰凯忠大声宣布道：“英烈祭奠仪式开始——”

一时间，祭旗猎猎，铜鼓震天，鞭炮声响成了一片。

“姐、姐夫。我看你们来了！”蓝云飞大叫一声，咚地跪倒在地。

紧接着，蓝云端、丰凯忠、丰山姗和丰氏家族子弟们呼啦啦跪下一大片。后面的群众见状，也纷纷跪了下去。

蓝云飞声泪俱下地说：“姐、姐夫，弟弟我不孝，至今不知道咱爹和咱娘的坟在哪里，他们魂归何处……我不孝啊！”

蓝云端也是泪流满面地念叨道：“姐、姐夫，你们一定是和咱爹娘在一起……你照顾好他们，替我和弟弟多尽孝吧！”

“姐、姐夫。弟弟谢谢你们了！等我和二姐过去咱们一家就团圆了！爹、娘，原谅云飞不、不孝吧……”蓝云飞痛苦万分，说着说着突然昏厥了过去。

丰凯忠和丰山姗等大惊，愣了片刻，呼唤着急忙抢救……一时间，全场显得有点儿混乱，也更增加了几分悲怆的气氛，让人不由得心头发热，鼻子发酸。

夜晚，蓝云飞住室里台灯光暗淡。他歪靠在床头，目光呆定地思索着什么……外面雷电交加，雨声淅沥。不时有闪电光划过，照亮了他紧锁在一起的双眉。

蓝云端上楼来说：“今儿是清明节，老天爷在为亲人们掉泪哩！”

蓝云飞忙坐起身说：“姐，你坐。”

蓝云端问道：“你怎么还没睡？还在想白天的事呀？”

“没、没有。”蓝云飞说，“在想过去的事……姐，那时候我小，好多事弄不明白，尤其是我姐夫少辉和他爹最后是不是去日本了？”

“是、是去日本了。”蓝云端说，“少辉是去继续他的学业；那个李海川……最不是东西，现在看来，他应该是投敌叛国了！”

又是一个阴森的夜晚。在李海川办公室里，他和稻田森一神色紧张，正急切地商量着什么……外面的大榕树上，一只猫头鹰像婴儿啼哭般哇哇怪叫着，让人听上去头皮发麻，浑身起鸡皮疙瘩，似乎有种不祥的预感。

只听李海川问道：“老师，你的意思，是说我们必须马上行动？”

“没错。”稻田森一说，“从日本反馈回来的信息，估计曹锟撑不了多久。我们再不行动，各级人事变更，我们就更没机会了！”

李海川为难地说：“可上次我夫人带他们去过……配玉那个堂哥态度坚决，说那两份东西是一级保密，谁也不能看的。”

“这我知道。”稻田森一说，“但是，现在情况紧急，已不容我们再犹豫，不管想什么办法，必须尽快拿到东西，尽快离开这里，离开中国！”

李海川迟疑地又说：“可是，我原本就和他不怎么熟悉……担心他不给这个面子。”

“没事呀，我有办法。”稻田森一说，“到时候，你只管带少辉他们去就行了。”

李海川思索着，一时没吭声。稻田森一说：“到时候，你就这样讲……”他用手指指点点，一直絮絮叨叨说着什么。

山前大道，天低云暗。李少辉驾驶着嘎斯轿车，轰鸣着一路急速前进……

李海川坐在前排座位上，心神不定地左顾右盼。稻田森一和女儿坐在后排。他把头伸到李海川耳旁说：“你必须想明白，袁世凯如果真倒了台，你的出路在哪里？”

李海川摇头不语。稻田森一接着说：“我早就说过……按你们中国历来的习惯，你这个官肯定保不住，性命有没有危险都难说……株连九族嘛，你们中国历朝历代都是如此。事情已迫在眉睫，你还在等什么？”

李海川听着，不由打了个冷战，张口结舌说不出话来……稻田森一又说：“我这绝不是危言耸听。所以，你不能再犹豫，必须下定决心，越早离开越好！”

李海川思索着久久不语。稻田森一一脸诡秘地说着、说着……

第二天也是个阴日，天低云暗，风不动树不摇，整个苍穹看不见一点儿亮光。

梁家庚坐在办公室的桌前，正低头写着什么……李海川、李少辉和稻田芳子进门来了。他们手中提着大包小包的礼品，一个个显得神情紧张，惴惴不安。李少辉轻轻叫了一声“舅舅”。

梁家庚猛然抬头，惊讶地问道：“你们……怎么来、来了？”

李海川忙回答道：“来看看大哥您呀！哈哈……我早就该来，只是一直穷忙，对不起大哥您了！”

“没事，没事。”梁家庚忙站起身，客气地说，“快坐！快坐吧！”

李海川他们坐在沙发中。他抬眼打量着室内的一切：简单的办公用品，墙上贴着各种地形图，最显眼的是那堆砌满满的大书架；通往内室的小门半开着，隐隐可看到里面的文件柜、保险箱什么的。

梁家庚忙不迭地倒水沏茶……李少辉指着那些大包小包说："舅舅，这是都匀毛尖、明前茶、黄金叶和海参什么的，希望您喜欢。"

"真是……"梁家庚说，"你们来就来呗，还带那么多东西干吗！"

"应该的。"李海川说罢又问道，"大哥，配玉去北平好多天了。你怎么没去呀？"

梁家庚一脸不屑地说："袁大头瞎胡闹，我才不去给他捧那个场哩！"

李海川嘿嘿笑着，不知该怎么表态。梁家庚忙活完，坐下来后问道："你们……还是为那两份资料？"

李海川迟疑一下，忙笑着说："是，大哥……我知道配玉来、来过，也知道这样做您有一定的难处。但是，这些资料对这两个孩子太重要了。我不得不带着他们再来求、求您帮忙。"

梁家庚笑了笑，问道："我就不明白了，那么多地质系的学生，怎么就他俩这么看重这两方面的资料啊？"

"舅舅，是这么回事。"李少辉忙说，"地质学也分好多学科，我们学的这个科情况确实有所不同。怎么说呢？就像医学一样，分内科、外科，还有什么妇科、儿科。我们学的专业，就是针对地矿和地脉做极致的研究。"

稻田芳子接过话头说："我们学了三年，就是从书本到书本，能看到这方面的第一手资料，对我们进一步的研究和将来的从业，都会有非常大的帮助。"

"就是啊。"李海川含笑说，"您这个当舅舅的，为此担点儿风险也值得嘛！"

梁家庚也笑着说："话不能这么说……这两份东西就在里面保险柜里锁着呢。"他指了指里屋，接着说："让他们看看是不难。但是，上次配玉来我也说清楚了……这样做不是一般的风险，我有可能被判刑坐牢……"

"我知道，我知道。"李海川忙打断他说，"配玉回去都说了。但是，现在社会混乱，各行各业像一盘散沙。您这样做了，神不知鬼不觉，谁会知道呢？"

"话不能这么说……"梁家庚想进一步解释时，稻田森一推门进来了。他不由愣住了。李海川也有点儿意外，忙起身介绍道："这是我的老师，稻田森一先生。"

稻田森一伸出手，含笑说："你好！梁厅长。"

梁家庚迟疑一下，忙伸手和他相握，脸上却露出一种疑虑的神色……稻田森一对李少辉说："你和芳子出去一下，我和海川跟厅长先生谈谈。"

李少辉和芳子对视一眼，不明何意地答应着出去了。稻田森一一时却没谈正事，看着墙上那些地形地貌图说道："这么多地理图，我真是第一次看到。麻烦厅长大人给解释解释呗。"

梁家庚不知是计，走过去指点着想做介绍……就在这一瞬间，稻田森一从袖子里甩出一支无声手枪，噗一声打在他后胸上。

李海川没想到，被吓了一大跳。梁家庚身子一挺，想回转身已来不及。他摇晃两下，平身落地倒下去……李海川下意识地叫了一声"大哥"！

梁家庚没回答，身下的鲜血大片漫延开来，很快染红了地板。李海川愣了、傻了……稻田森一顺手把手枪交给了他，阴险地嘿嘿笑着脱下来肉色的手套。

李海川怔怔地拿着手枪……片刻，他突然意识到什么，咣一声把枪扔在了地上。

稻田森一冷冷一笑，说："你扔也白扔……"

"……"李海川张了张嘴想说什么，但没出声。

稻田森一从口袋里掏出来一串钥匙，晃了晃说："你们中国所有的锁子，对我来说都是聋子的耳朵——摆设。"

李海川没吭声，看着地上的手枪和家庚的尸体浑身哆嗦，片刻后瘫坐在地上。稻田森一没理他，径直开门进了里屋……

山前大道上杳无人影。李少辉驾驶着嘎斯轿车，轰鸣着一路急驶。

李海川坐在前排。他脸色煞白，神色痴呆，像是还没从恐怖中回过神来。稻田森一和女儿坐在后排，他把一个沉甸甸的文件包交给芳子，吩咐道："一定要保存好，丢了性命也不能丢了这些宝贝！"

稻田芳子忙说："爸爸，你就放心吧。"

李少辉歪头看着李海川，奇怪地问："爸爸，你怎么了？"

李海川像是没听见……李少辉提高声音叫道："爸爸，爸爸！"

李海川这才回过头来，一脸茫然地问道："怎、怎么了？"

李少辉笑着说："我是说……你怎么一路上没吭声啊？"

李海川不知该怎么回答，随口说："是、是吗？"

稻田森一冷冷一笑，调侃地说："李州长正在考虑国家大事呢。"

李海川不自然地嘿嘿一笑，仍没说什么……稻田森一拉下脸命令李少辉说道："直接往红水河红石渡口开！"

李少辉意外地扭头看看他，问道："为、为什么？"

稻田森一不高兴地说："不要问为什么，让你开你就开！"

李少辉看李海川一眼，疑惑地叫了一声“爸爸”?

李海川迟疑着没回答……稻田芳子看父亲一眼，说道：“我爸爸的意思是……咱们不是很快就开学了吗？正好这两天有一艘日本军舰要过来，咱们可以搭便船回去。”

“那怎么行啊？”李少辉一听就急了，说道，“我妈还没回来，怎么能不见她就走呢？”稍停，他又说：“再说了，我什么也没带，身上一分钱没有，怎么走哇？！”

稻田森一冷冷地说：“你什么都不用带，到了日本一切不用你操心。”

李少辉坚持说：“那也不行，我要回家一趟！”

稻田芳子醋意十足地说：“你是不是惦记着那个新娘子啊？！”

李少辉迟疑一下，说道：“我不是惦记，但总应该对她说一声吧？”

稻田芳子鼻子里哼一声，生气地别转脸不再理他……李少辉看李海川一眼，大声地叫道：“爸爸！爸爸……”

李海川终于缓过神来，开口说道：“回去一下也行、行啊。”稍停，他又用商量的口气对稻田森一说：“反正……家里也没人，我们回去一下拿些贵重东西和生活用品，然后再去找你们。”

稻田森一思索片刻，说：“那你们越快越好。我们就在红石渡口等你们。”

“好、好吧。”李海川答应着，又对儿子说：“先把他们送到渡口咱们再回家。”

李少辉没吭声，思索着驾车前行……稻田森一话外有音地说：“人这辈子，说不清碰上什么事……在某种情况下，有时也迫不得已采取一些过激行动。”稍停，他又补充道：“但是，从大局和个人前途考虑，有些手段也是必需的。”

李少辉和稻田芳子不知所以地听着……稻田森一笑了笑，又说：“你们中国不是有句话，人不为己，天诛地灭嘛。哈哈……”

嘎斯车停在一座绿油油的山脚下。大家都下车来，纷纷观察着周围的情况。

稻田森一说：“这地方我早就看好了，可以说是进可攻退可守，山后有条路，直通红水河最大的码头。”

“是、是啊？”李海川问道，“那……军舰什么时候到呀？”

“最迟明天下午，”稻田森一说，“要是海上风平浪静，明天上午就能到。”

李少辉疑惑地问道：“还有一个晚上的时间，为什么不去家里住？”

“去家里来回耽误时间，”稻田森一说，“也更容易发生意外。”

李海川仍是迟疑地说：“可是……就在山上过夜？”

“对呀。”稻田森一用手往山上一指，说道，“你看，那上面有个小木屋，是猎人们打猎留下的……我进去看过，里面家具一应俱全。”

大家抬头往上望去——绿树掩映中，果然有座木屋隐约可见。稻田森一催促道：“你们快去快回，天黑前必须赶回来！”

李海川神色迟疑地答应着……稻田森一不放心地又说：“你们不管遇到什么情况，必须尽快赶回来！”

“行，行。”李海川连忙点头答应着。稻田森一从车的后备厢里取下只箱子，和抱着厚厚文件包的芳子往山上走去……

午日，山前大路上杳无人影，只有两侧的山坡层林间，千万只知了噪叫不停。

李少辉驾驶着嘎斯车，一路急速行驶……李海川显得心力交瘁，眯缝着双眸歪在车座上。

李少辉聚精会神地驾驶着车……突然，一支什么部队迎面而来，他忙把车放慢了速度。李海川像是受到了惊吓，瞪圆了眼睛注视着：急行的士兵、闪闪的枪刺、隆隆的炮车……这仍然是“讨袁”的队伍，正源源不断地往北挺进。

李少辉小心驾驶，尽量靠边前进……李海川少气无力地说：“儿子，停一会儿吧。我有点儿累了。”

李少辉答应着把车停在了路旁。李海川下车观望片刻，指着不远处山坡上的一棵大榕树说：“走吧，上去休息会儿。”

李少辉没吭声，锁好车门跟在他身后……父子二人来到榕树下，找了块大石头坐下来。李海川闷头坐了一会儿，忽然问道：“儿子，带烟了没有？”

李少辉意外地问：“爸，你不是不抽烟吗？”

李海川却说：“可这会儿，我很想抽一根。”

李少辉忙掏出烟来递过去，并帮他点燃……山下，那支队伍仍过个没完没了。过了一会儿，李少辉问道：“爸，你是怎么了？一路上心神不定、闷头不语的。”

李海川没回答，却看着行进的部队说：“这些部队都是去北平的。”

李少辉惊讶地问：“他们去北平干什么？”

李海川嘿嘿一笑，说：“去……讨伐你的那个表舅舅，你不知道啊？”

“我听说了。”李少辉点头说，“袁舅舅也是，搞什么帝制呀，找不着的麻烦！”

“不是麻不麻烦。”李海川低声说，“你知道……这对咱们家意味着什么吗？”

李少辉迟疑片刻，说：“这个……我倒没深想。”

“这可是要命的大事！”李海川表情沉重地说，“意味着咱们肯定会被驱逐，甚至被流放、被杀戮！”

李少辉吃惊地瞪大眼睛问道：“有那么……严、严重？！”

“没、没错。”李海川说罢久久不语……少顷，李少辉又问：“爸，你就是因为这事忧心忡忡吗？”

李海川迟疑一下，说道：“也不完全是。”

李少辉又问：“那……还有什么？”

李海川又不吭声了。李少辉不由有点儿着急地问：“爸爸，你怎么不说了？对儿子不放心呀？”

李海川这才迟疑地低声说：“稻田森一……开、开枪把你梁舅舅打、打死了。”

“啊？！”李少辉惊骇地问道，“他为什么把舅舅打死呀？”

李海川抽了口烟说：“当然是为了那两份资料。”

李少辉思索着，一时没吭声……李海川又说：“最要命的是……枪把上留下了我的手印。”

李少辉意外地问：“怎么会有你的手印呀？”

李海川心烦意乱地说：“你就别问了！反正咱们现在是走投无路了！”

李少辉沉默片刻，说道：“那不正好？你和妈都跟我去日本呗。”

李海川迟疑地看着他问：“你认为……你妈会跟我们走吗？”

李少辉思索着说：“也是，我估计……很难。”

“不是难，”李海川皱着眉头说，“是根本就没有那种可能。”

“那怎么办呀？”李少辉问道，“咱们总不能扔下妈妈不管吧？”

李海川一脸惆怅地说："所以，我真的不知该怎么办了。"

李少辉抽着烟，思索着久久不语……沉默中，知了的噪叫声更让人心烦意乱。

山顶上的小木屋静静兀立。因为这里的树荫浓密如织，一切都显得阴暗而晦涩，给人的感觉神秘中还带着几分恐慌。

稻田芳子和父亲沿着羊肠小路走上来……她到底年轻，并没感觉怎么样。稻田森一已经是气喘吁吁了。她推开虚掩着的屋门，站住脚观察着屋里的一切——地铺、石桌、烧火的地坑……甚至连锅碗都有。稻田森一喘息着问道："怎么样？"

稻田芳子高兴地说："这小地方，真是太棒了！"

稻田森一拍拍她的肩头，用手指着旁边说："你再往这儿看！"

稻田芳子顺着他手指的方向望去——后山蜿蜒的小路，山脚下莽莽的红水河，人影晃动的红石码头……她不由赞叹道："真是个进能攻退能守的好地方！"

稻田森一不无得意地笑着。稻田芳子突然想起地问："爸爸，你说少辉的父母会跟咱们走吗？"

"不是会不会，"稻田森一仍然笑着说，"而是非跟我们走不可。"稍停，他又补充道："他们现在已经是走投无路了！"

稻田芳子稍愣神，眨巴着眼睛意外地问："他们……怎么走投无路了？"

"这个……"稻田森一迟疑一下却说，"咱们先吃点儿东西，回头我再告诉你。"

红河湾市街头正赶上大集，只见人群熙攘，商贩的叫卖声此起彼伏。

李少辉驾车缓缓行驶，说道："我妈是个明白人。咱们只要晓之以理，动之以情，把实际情况都告诉她，我觉得她应该会跟我们走。"

李海川摇头说："你还不了解你妈。"他停顿一下，又说，"再说了，你妈还在北平，咱们也没办法说服她呀！"

李少辉思索片刻，说道："要不，咱们先不走了，等妈妈回来怎么样？"

"那样肯定不行。"李海川说，"到时候，只怕咱们也失去走的机会了。"

李少辉不由着急地说："这不行那不行，到底该怎么办呀？！"

李海川沉吟片刻，像是下定了决心般说："夫妻本是同林鸟，大难临头各自飞吧。"

李少辉看他一眼，思索着一时没开口……李海川自嘲地微微一笑，说："说不定是天意如此，你妈妈要是在，我们很可能都走不了呢！"

山腰间的小路上日影斑驳。丰义群和陈伯雄骑在马上，边走边说着什么……从这里望去，隐约可看到山顶上的小木屋和站在一起说话的稻田森一父女。

陈伯雄和丰义群开头并没有看到他们。他仰头想打喷嚏，无意间看到了父女俩的身影，结果张着大嘴愣住了……丰义群看他一眼，奇怪地问道："怎么了？"

陈伯雄把喷嚏打出来，才指着上面说："小木屋那里……有人。"

丰义群抬眼看了看，说道："说不定是有人上去打猎了。"

陈伯雄摇着头说："现在也不是打猎的季节呀。"

丰义群仔细观察了一会儿，说道："好像是一男一女……那个女的，像是跟李少辉回来的那个女同学。"

"是吗？"陈伯雄仔细看了看，也说，"没错，就是那个日本女人。"

丰义群又仔细查看片刻，说道："那个男的不是李少辉，好像岁数大。"

"就是。"陈伯雄说，"那个男的没见过……他们在这儿干吗呀？"

丰义群说："走，上去看看。"

"算了吧。"陈伯雄说，"快去办你的正经事吧，管那闲事干吗？"

丰义群笑了笑，说："也是。走、走吧。"

李海川官邸，日。

李少辉把汽车停在前院，和父亲说着什么从二门口往里走……梁配玉站在上房门口，静静地看着他们。李海川抬眼看到她，像是不相信自己眼睛似的又看了一眼，不由吃惊地愣住了。李少辉同样吃惊，下意识询问地叫道："妈妈？！"

梁配玉答应一声，不无奇怪地问："你们……这是怎么了？"

李少辉看父亲一眼，张着大嘴没吭声。李海川却有点儿惊慌失措地问道："你、你……怎么回来了？"

梁配玉更加奇怪地说："咋了？我怎么就不能回来呀？"

李海川自知失言，忙尴尬地笑着说："我是说……你什么时候回来的？"

"刚到家没多会儿。"梁配玉说罢又问道，"你们这是去哪儿了？"

李海川没正面回答，却岔开话题问道："你怎么……去这么长时间？"

"本来，参加完庆典我就想回来，"梁配玉说，"结果我表嫂病了，表哥又忙，我帮他照顾了一段日子。"

"是、是啊？"李海川边说边擦着脸上的汗水……梁配玉又问道："你们这是去哪儿了，干吗大汗淋漓的？"

"我们……去看了看稻田森一老、老师。"李海川支吾着说，"回来走得急了点儿。"

李少辉趁机说："妈，我去、去后院了。"

梁配玉看看他，说："去吧。"

李少辉边擦汗边往后院走去……梁配玉不无狐疑地注视着他的背影。这时，春红端着茶盘过来说："老爷回来了？快进屋喝点儿茶吧。"

新房里仍显得很温馨。蓝云端坐在床头，正精心绣一副花花绿绿的鞋垫……李少辉神色慌张地进屋来。蓝云端见状忙跳下床，高兴地问道："你回来了？"

李少辉鼻子里哼了一声，呼呼喘息着一屁股坐在椅子上。

"看你那一脑门子汗水。"蓝云端说着，边往外走边又说，"我去打水你洗把脸吧。"

李少辉没吭声，双眸发直地呆坐……春红端茶进来说："少爷，你喝茶。"

李少辉仍没吭声，只是呆坐、呆坐……春红看他一眼，放下茶盘出去了。少顷，蓝云端端着盆洗脸水进来说："快，洗把脸！"

李少辉仍然没开口……蓝云端奇怪地看看他，问道："你怎么了？像丢了魂儿一样。"

李少辉擦抹着汗水，还是没说话。蓝云端又问："怎么？不舒服啊？"她说着，伸手想摸他的额头……李少辉受惊般地推她一把，怒斥道："你、你干、干什么？！"

蓝云端被推了个趔趄，不由吃惊地看着他……

李海川夫妇住室里的场面同样尴尬。他坐在椅子上喝茶，梁配玉坐在床边，不动声色地注视着他……李海川低头回避着她的目光，脸上的汗水滴个不停。

"……"梁配玉正想开口说什么，春红端着脸盆进来说："老爷，你洗把脸吧。"

李海川仍低着头，鼻子里哼了一声。梁配玉却说："春红，你出去吧，不叫你就别进来。"

春红答应着退了出去。梁配玉沉默片刻，拧了条湿毛巾递给丈夫："擦把脸吧。"

李海川勉强咧了咧嘴，说道："谢谢夫人！"他用毛巾捂住脸，久久不想拿开……梁配玉平静地问道："说吧，你们到底去哪儿了？"

李海川走到脸盆前，佯装低头洗毛巾说："不、不是说了？去看稻田老师了。"

"是吗？"梁配玉仍然不露声色地问道，"那怎么去这么久呀？"

"没、没有哇。"李海川还想抵赖说，"我们上午去、去的……"

梁配玉啪地一拍桌子，说道："胡说八道！春红早告诉我了，你们天不亮就出发了，说是去省城了！"

"……"李海川张着嘴愣怔片刻，慌忙解释道，"我们是、是想去省城……见稻田老师不舒服，就、就没去成。"

"是吗？"梁配玉放缓了口气问道，"你们老师怎么了？"

李海川只得硬着头皮编下去说："老、老师说头、头痛，可能是有点儿中、中暑了。"

"是吗？"梁配玉又问，"那……你们想去省城干什么？"

"想……"李海川本想说实话，转念一想又改口道，"也没什么事……老师说没去过省城，芳子也想跟着去玩。"他说话时，一直不敢看夫人的眼睛。

梁配玉冷冷一笑，冲外喊道："春红，去后院把少爷喊来！"

李海川一下子傻了……

山顶小木屋中光线更加暗淡了。稻田森一父女相对而坐，久久无语。只听见外面风啸林涛，红水河的咆哮声一阵阵传来。终于，稻田芳子心神不宁地问道："爸爸，天不早了，他们怎么还不回来呀？"

稻田森一拧着眉头没吭声。稻田芳子又问："他们……不会碰到什么意外吧？"

"应当不会。"稻田森一安慰地说，"他们说不定已到山下了。不急，再等等。"

稻田芳子叹了口气，起身到门口，伸头往山下张望……稻田森一忙提醒道："小心被人看见，还是回来坐吧。"

稻田芳子往回去，又问："爸爸，他们要不回来怎么办？"

稻田森一思索片刻，笑着说："他们不回来我们就走呗。"稍停又补充道："反正该拿的咱们已经拿到了。"

稻田芳子不高兴地说："我……还是愿意少辉跟我们走。"

"放心吧。"稻田森一安慰地说，"他们会回来的，生死关头，李海川不会拿他和儿子的生命开玩笑。"

稻田芳子皱着好看的眉头，久久不语……

李少辉他们的新房里光线也很暗淡。他坐在桌旁，双手捂住脸弯着腰不吭不动。

“少辉，”蓝云端显得十分着急，站在一旁不住声地问，“你到底是怎么了？是哪里不得劲儿吗……你倒是说话呀！想急死我呀？”

李少辉身体微微颤抖，只是不开口。蓝云端还想说什么……春红出现在门口说道：“少爷，太太让你过去一下。”

李少辉的身子哆嗦了一下，仍然是那副窝囊模样。春红不由提高了声音说：“少爷，你怎么了？太太让你立马过去呢！”

蓝云端着急，边伸手拉他边叫道：“少辉，少辉……”

突然，李少辉哇的一声大哭起来。蓝云端和春红一下子都愣住了……只听他边哭边胡乱喊叫着：“我不走！我不过去！就不过去、打死也不过去……”

傍晚，蓝长根家的院子里摆下了一桌还算丰盛的宴席。他们一家人和丰义群、陈伯雄等围桌边吃边谈笑着。只听蓝长根说：“义群啊，多亏你们帮忙，事情总算是过去了。我也看明白了……朵朵你们的事，咱就这么定了吧。”

丰义群此时却显得有点儿不好意思，忙说道：“谢谢蓝先生！”

陈伯雄笑着问：“还叫蓝先生啊？”

大家都笑了。蓝云朵一直忙着给太爷爷喂饭，这时候脸都红了。丰义群忙改了口道：“谢谢……爹。”

大家哈哈笑得更欢。蓝长根又正色道：“作为老人，我也没别的要求，不求你们一辈子大富大贵，只是希望你们幸福、平安。”

丰义群连忙点头称是。蓝长根又说：“我什么也不说了，只是希望你往后好好过日子，别老是打打杀杀的再闹什么革、革命。”

“……”丰义群欲言又止……蓝云朵低声说：“不革命怎么过好日子？”

蓝长根立刻拉下脸来训斥道：“又瞎说！爹我这辈子没革什么命，饿着你了还是冻着你了？！”

蓝云朵嘿嘿笑。丰义群忙冲她使眼色……

就在同一时间，在李海川夫妇住室里。

梁配玉阴沉着脸，反剪双手踱来踱去地说：“夫妻这么多年，你心里有事没事我还看不出来？非要把孩子叫来和你当面对质吗？”

李海川擦抹着脸上的汗水低头不语。梁配玉张口还想说什么……春红不无惊慌地进来说：“太太，少爷不知怎么了，大哭着死活不肯过来！”

“这孩子！”梁配玉嘟囔一句，起身往外走。春红连忙跟在她身后……梁配玉暗中给她丢了个眼色，迈出了门槛。春红会意地留在了门口外……

新房里的光线已暗淡了许多。李少辉伏在桌上，呜呜地哭个不停。蓝云端手足无措地站在一旁。少顷，梁配玉进门来，叫道：“少辉！”

李少辉没吭声，只是哭声低了下来。梁配玉上前抚摸着他的脑袋，连声问道：“你这是怎么了？哭什么呀？是身体不舒服吗？还是心里有什么事？”

李少辉擦抹着眼睛，仍然没吭声。梁配玉终于不耐烦了，厉声训斥道：“快起来！别这么没出息！你也是个二十多的男子汉了，不管有什么事要敢作敢当！”

李少辉仍然没开口，哭声却又高了起来……梁配玉拍他一巴掌，说道：“快说！还让我把你爸叫来呀？”

李少辉这才低声嘟囔道：“他们……他们把我家庚舅打、打死了。呜……”

梁配玉一惊，像是不相信自己耳朵似的反问道：“你说什么？他们把谁打死了？！”

“是……那个稻、稻田森一，”李少辉磕巴着说，“把、把我家庚舅舅打、打死了。”

梁配玉吃惊地愣怔片刻，急声问道：“怎么回事？你快告诉妈！”

“我说，我全说。”李少辉擦干泪水，讲述着他们去省地矿厅的全过程……

李海川夫妇住室。

李海川一脸焦急，不安地走来走去。春红端了盆水进来说：“老爷，再洗把脸吧，看那一头汗水。”

李海川闷头说：“没事，你出去吧。”

春红又说：“你还是洗洗吧，衣服都汗湿了。”

李海川瞪眼训斥道：“你少管闲事！”

春红愣了片刻，放下水盆退到屋门口。李海川急切地思索片刻，突然冲外喊道：“高、高秘书！高士亮！”

高士亮答应着出现在门口。李海川命令道：“去让人把汽车准备好！”

高士亮迟疑片刻，说道：“赵师傅的娘病得不轻，已经回家好几天了。眼下除了少爷没人会开车。”

李海川心烦意乱地说："真是……那你通知卫兵队，把马匹准备好！"

高士亮答应着想走……李海川又说："你也是，准备和我出去办点儿事！"

春红忙说："太太去了后院……说让你等她回来。"

"滚一边去！"李海川说着，开立柜急切地寻找什么……春红见状，急忙转身往后院走去。

蓝长根家院子里。

桌上已是杯盘狼藉，酒瓶也已见底。蓝云朵和朱月娥开始收拾碗筷、酒具什么的……丰义群看样子喝了不少，含笑说："爹，有件事我想问问你。"

蓝长根看看他说："什么事呀？你说吧。"

"我没别的意思，"丰义群忙说，"只是……好奇罢了。"

蓝长根又问道："到底是什么事啊？"

丰义群看陈伯雄一眼，问道："那……长寿秘方，咱家到底有没有哇？"

蓝长根迟疑片刻，苦笑着说："这事啊？我早被人问烦了，咱家是真的没有。"

蓝云朵插言道："爹，不对吧？"

蓝长根歪头看看她，问道："有什么不对？"

"你那宝贝箱子里，"蓝云朵又问道，"那用黄绸子布包着的东西是什么？"

蓝长根一时想不起来，反问她说："什么黄绸子布呀？"

"就是……"蓝云朵说，"那个像书本一样的东西。"

蓝长根仍然一脸茫然地问："什么书、书本啊？"

“真是……”朱月娥从旁说，“你打开箱子，拿出来让大家看看不就知道了？”

蓝云朵又激将道：“就是。爹，你敢把箱子打开不？”

蓝长根迟疑着，好像一时拿不定主意……

李海川官邸院子里。

高士亮带领着几个卫兵，牵着马等在二门口。李海川手提一只公文包，急匆匆从上房出来往外走……梁配玉和春红从后院角门赶了出来。李海川扫她们一眼，稍迟疑，下台阶走出了二门。

梁配玉大声喊道：“李海川，你给我站住！”

李海川着急地边上马边说：“我、我有……重要公务要办！”他因为慌乱，竟然两次都没能爬上马背。高士亮忙过去帮他……梁配玉再次命令地说：“你给我回来！”

李海川终于上了马，挥鞭打马就往外冲……高士亮忙说：“夫、夫人……”

“不用管她！”李海川催促道，“你跟我快走！”

高士亮神色迟疑地骑上马背……梁配玉更急了，大声呵斥道：“高士亮，他要出国叛逃……你敢为虎作伥？！”

高士亮一听便把马缰收住了……李海川大声命令道：“别听她胡说八道，快走！”

春红一直瞪眼瞅着，忽然想起什么回屋去了。高士亮对海川说：“大人，咱们还是把事情说清楚再走吧？”

“来不及了！”李海川说着，挥鞭打马冲到了大门口……这时，梁配玉已从春红手上接过了手枪。她瞄准了丈夫，威胁道：“李海川，你给我走走试试？！”

李海川回头扫一眼，手忙脚乱打马往外冲……没想到他收缰不对，马头咣一声撞在了门扇上。

乌骓马直立而起，把李海川重重摔在了地上……

蓝长根家院子里，傍晚。

众目睽睽之下，蓝长根终于打开了他的宝贝箱子。蓝云朵把那件包裹着黄绸子的、书本样的东西取出来问：“爹，这是什么？”

蓝长根愣一下，说道：“那是咱们老蓝家的家训呀，是我老爷爷的爷爷连同箱子一块传下来的。”

“是吗？”丰义群好奇地说，“传家宝哇，快打开看看！”

蓝云朵小心翼翼慢慢打开绸子包……朱月娥回屋把风雨灯提了出来。蓝云朵打开一层又一层，最后终于拿出来一本发黄的线装书交给了义群。

丰义群小心翼翼把书翻开来……陈伯雄把头伸过来，急切地想看里面的内容。

丰义群干脆把书递给他说：“你念念吧。”

陈伯雄正中下怀，笑着说：“我念就我念。哈哈……”

朱月娥忙把灯递到他眼前。陈伯雄郑重其事地清了清嗓子，念道：“人人都说长寿好，其实长寿无奥妙。明山净水洁自身，更有仁者福寿高。莫懒惰，勤操劳，心胸开阔乐逍遥。不欺心，要敬老，老人才是家中宝。养孩子，莫娇惯，常说棒打出孝子，娇惯养儿准不肖……”

蓝云朵笑着说：“这是什么呀？说的都是大实话。”

丰义群忙说：“尽管是大实话，可不是人人都能做到，仔细琢磨琢磨，这真能算是长寿秘方呢！”

“对！”陈伯雄说，“这就是长寿秘方嘛！”

蓝长根说：“接着念，接着往下念！”

陈伯雄再次把书举到灯下……

李海川夫妇住室灯光明亮。夫妻二人表情严肃，正在进行一场艰难的谈话。

梁配玉的表情严肃，却尽量平静地说："儿子把一切都告诉我了……你说吧，你心里到底是怎么想的？"

李海川被摔得鼻青脸肿，阴沉着不吭声……梁配玉目光犀利地逼视着他催促道："说话呀！你到底想干什么？"

李海川这才非常抵触地说："你既然什么都知道了，我还说、说啥？"

梁配玉稍愣神，连珠炮似的问道："难道你真的想跟着那个什么稻田逃亡日本？！难道你真的想就这么不言不语、一走了之？！"

李海川像是铁了心，干脆地回答道："没、没错。"而后，他也反问道："难道说咱们面临的什么情况你心里不清楚？！难道非要在这贫穷的国家里等死？！"

梁配玉被他问得一愣神，忙说："你……什么意思？"

"我的意思非常明白。"李海川显得理直气壮，继续反问道，"目前全中国人民是种什么情绪？你表哥还能撑多久？这些你都清楚吗？"

梁配玉瞪眼瞅着他没回答……李海川一迭声说下去："万一哪天你表哥被赶下台，咱们的出路在哪里？中国历朝历代的传统，就是株连九族，到那时候，别说前途，能不能保命都难说，莫非咱们要伸着脖子等死吗？！"

梁配玉底气不足地说："他是他，咱们是咱们……"

李海川嘿嘿冷笑着说道："你又不是吃屎的孩子，干吗这么掩耳盗铃，自己欺骗自己？！”

梁配玉没吭声。李海川接着说：“再说了，这个国家又有什么值得留恋的地方？这个民族的希望又在哪里？你我都是眼看着走过来的。清政府几十万军队，愣是让八国联军不足一万人从天津打到北平，烧杀掠抢，死了多少人？”

梁配玉低声说：“现在，清朝不是被推翻了吗？不是中华民国了吗？”

“民国又怎么样？”李海川说，“多年军阀混战，民不聊生，现在袁世凯又恢复帝制，将来能有什么好下场？”

梁配玉重新又理直气壮地说：“儿不嫌母丑，狗不嫌家贫，难道你连狗都不如吗？”

“……”李海川张了张嘴说不出话来。梁配玉接着说：“可是，你想没想过……我们中华民族五千年文明，难道能永远没有翻身那一天？人类历史的发展就是起伏跌宕，风水轮流转，我相信，总有一天，中华民族一定会复兴、会雄起，重新恢复大唐盛世，站在引领世界的潮头上！”

李海川不以为然地冷笑着说：“嘿嘿……那要等到猴年马月，你能看得到吗？”

“能不能等到是两回事，不管到什么时候，做人的根本也不能丢。”梁配玉继续说，“只要我们中华民族一代一代不屈不挠、努力奋斗下去，我相信总有那一天！”

李海川仍是冷笑着说：“你等吧，我可不想像傻瓜一样在没有希望中死去。”

“哼哼……”梁配玉也冷笑了一声，说道，“再说了，难道日本就是天堂？值得你死乞白赖梦寐以求？！”

李海川嘴硬地说：“反正……日本比中国好一千倍、一万倍。”

"放狗屁！"梁配玉一拍桌子站起身，大声说，"日本人都是些什么东西，你就那么相信他们？"

李海川回避着她的目光说："反正……日本人比中国人好多了。"

"胡说八道！"梁配玉像被捅了心尖子，激动地说，"日本的大和民族，历来就是羊性和狼性并存，表面看温顺柔弱，骨子里却是冷酷残忍，一个个道貌岸然，满口仁义道德，满肚子男盗女娼，没一个好东西！"

"你不能这么说，日本人也是中国种。"李海川争辩道，"当年，秦始皇为寻找长生不老药方，派三千童男三千童女去东瀛……人们都说，日本人就是那些人的后代。"

"那仅仅是传说而已。"梁配玉说，"即便是真的，这些人也因为生存环境所迫，从品质上发生了根本的变异。"

李海川质问道："你凭什么这么说？"

"凭什么？"梁配玉说，"凭我的亲身经历，凭世界各国对他们的评价。"她停顿一下，又问道："你知道当初我为什么嫁给你吗？"

李海川愣了一下，说："你不是去日本寻亲没找到流落街头吗？"

"……"梁配玉稍迟疑片刻，说道："当初我是那样告诉你的……现在我向你道歉，不该欺骗你。"她说着，向他深深鞠了一躬。

李海川结巴地问道："怎、怎么回、回事啊？"

"话说到这份上，我也不怕丑了。"梁配玉说，"当初，我是被学校的一位老师骗到日本去的。她是个日本人，经常向我宣传日本怎么怎么好。我年幼无知，相信了她的话……谁知道，到日本的头一晚，她就帮助自己的丈夫把我……糟蹋了。”

李海川愣愣地看着她……梁配玉眼里含着泪花，哽咽一下又说：“他们抢劫了我所有的钱财，把我从她家赶了出来……我求天天不应，求地地不灵，走投无路想跳河自尽时正好碰上了你。”

李海川一头雾水地问道：“怎么会是、是这样？”

“就、就是这样，对不起！”梁配玉说着，又深深鞠了一躬……李海川沉默良久，又说道：“你说的仅仅是个例，哪个国家都有好有坏……总体上说，我还是认为在日本比在中国有前途。”

“……”梁配玉被气得喘息着不知说什么好了。李海川却振振有词地说：“所以，我还是想去日本继续研究我的专业……躲进小楼成一统，管他春夏与秋冬。”

梁配玉看着他的眼睛问道：“学成之后还回来吗？”

李海川思索片刻，说道：“那要……看情况再、再说。”

梁配玉眼望着窗外久久不语……李海川不无乞求地说：“配玉。跟我一块走、走吧。”

梁配玉没回答，只是坚定地摇了摇头。李海川无奈地说：“那……咱们人各有志吧。”

沉默，久久的沉默。梁配玉眼望着窗外，两滴泪水慢慢流下来。

正在这时，李少辉和蓝云端进来了。梁配玉赶紧掩饰地擦了把泪水……李少辉说：“妈，我也想回日本完成我的学业。”

梁配玉难过地问道：“儿子，你也想走？”

李少辉忙说：“我大学毕业就回来。”

“妈，我们说好了，你就让他去吧。”蓝云端忙说，“我在家里陪你等他回来。”

梁配玉点点头，眼睛红红地叮嘱道：“儿子……你可一定要回来啊。”

“一定。”李少辉说，“妈，我给你写保证书。”

梁配玉苦涩地一笑，说：“保证书就不用写了，妈相信你。”

蓝云端：“我也相信你。”

“好女儿，谢谢你。“梁配玉说着把她搂进怀中，泪水再次流了下来……

蓝云飞住室里灯光明亮。蓝云端停止讲述，低头擦抹着眼睛。蓝云飞劝说道：“姐，看你，这么多年都过去了……”

蓝云端勉强笑了笑，说：“虽说这么多年过去了，我每想起这些事心里就发酸。”

“我理解。”蓝云飞说罢又问道，“少辉娘对你挺好是吧？”

“真的挺好。”蓝云端点点头说，“她这个人真是挺好的，虽说脾气急了点儿，但对谁都没坏心眼儿。”

蓝云飞点点头，说：“关键是明辨是非，深明大义！”

蓝云端也点了点头，感慨地说：“要不是后面发生那么多事，我肯定会陪她到老。”稍停，她又补充道：“哪怕少辉不回来，我也会这样做。”

蓝云飞忙说：“姐，我相信你肯定会那么做。”

这时，丰山姗进来说：“老舅，你不是说想去看看命字河吗？我都联系好了，咱们明一早就出发行不？”

“行，行。”蓝云飞笑着说，“在国外，我梦见过对面的壮王山，梦见过村头的大榕树，更是多次梦见过命字河！”

丰山姗哈哈笑说：“你叫作绕梦萦怀！”

“对，绕梦萦怀。”蓝云飞喃喃地说，“绕梦萦怀，就是绕梦萦怀！”

这里的山更青，这里的水更绿，这里姑娘们的笑声更加响亮！

只见命字河从深山老林中奔涌而出，银色飘带般弯弯曲曲写出了生命的全部意义。蓝云飞、蓝云端和丰山姗站在怪石嶙峋的河边，怀着敬畏的心情凝望着清澈的流水。

水面上波光粼粼，小漩涡排着长队争前恐后飞泻而下；河底处流沙细细、卵石累累，透明般的小鱼、小虾自由自在地穿梭其间。

丰山姗的“宝马”停在不远处的红花草地上。三人久久地凝视着、凝视着……

四周鸟声婉转，不知从何处传来天籁般的轻轻乐声……忽然，蓝云飞大声说：“有了！有了！”

蓝云端被吓了一跳，忙问：“怎么了？看你一惊一乍的。”

蓝云飞哈哈笑着说：“我一路而归，飞机、火车、轮船，心里一直在琢磨……自己这个不肖子孙，到底应该为家乡做点儿什么呢？”

丰山姗忙说：“老舅，你可不能算不肖子孙。”

蓝云飞仍沉浸在自己的思路中，说道：“看到这命河，我突然有了个想法……”

蓝云端问道：“你有什么想法呀？”

“我想……”蓝云飞又迟疑了片刻，才说，“在这儿投资建一座水厂。”

丰山姗忙问：“建一座水厂？”

“就是。”蓝云飞说，“建一座超大的水厂。”稍停，他又说：“我要把咱们这命河里的水加工装瓶，送往全中国，送往世界各地！”

"这主意真的不错！"丰山姗说，"那你应该和王总他们合作，他们公司是做天然气的，全国各地有一百五十多座城市用他们的气呢。"

蓝云端随口问道："是吗？"

"可不是。"丰山姗说，"你想想，一百五十多个城市，涉及的用户可不仅是成千上万！"

"就是。"蓝云飞说，"要把水送往全中国、全世界，让所有人都喝上咱这儿的水，都健康长寿！"

这时，几辆高级轿车远远驶来，徐徐停在了"宝马"处。蓝云飞他们正在说笑，并没注意到这些车的到来。只见，新奥集团的总裁王玉锁在丰凯忠等的陪同下，正慢慢往这里走来……丰山姗继续着刚才的话题说："老舅，你快一百岁了还要创业呀？"

"我创什么业呀？"蓝云飞笑着说，"我投资，你们经营呗，如果挣了钱，就拿来修路、建学校，为家乡做慈善事业！"

丰山姗咯咯笑着说："老舅，你的思想境界，真是高呢！"

丰山姗又说："王总，这不，我们正在说……老舅计划在这里建座水厂，把命河里的长寿水送往世界各地。"

"是吗？"王总意外地说："真是不谋而合。我早就想建座水厂，一直没抽出时间来，这不，我们就是来考察的。哈哈……"

"你们可以合作嘛。""就是。中外合资企业，名声更大。""好事，好事。"……大家纷纷议论着往上游走去。

就在他们谈话间，蓝云端在山姗搀扶下慢慢走着……她不知想起什么，抬眼往远处张望——目光所及的山顶上，那座当年的小木屋仍隐隐可见。

丰山姗不无奇怪地问道："老姨，你在看什么？"

蓝云端迟疑片刻，喃喃地说："这多少年了……那小木屋还在呢！”

蓝云飞意识到什么，忙问：“姐，你说什么小木屋啊？”

蓝云端用手一指，说：“最后那天晚上，就在这小木屋里……那真是惊天动地啊！”

山顶木屋内，深夜。

天有点儿凉了，从敞开的门口，可见黑森森的山林凝住了似的一动不动。死一般的静寂中，不时传来不知是什么鸟的怪叫声。

稻田芳子披了件外衣，抱膝伏在自己腿上，看样子好像是睡着了。稻田森一却显得格外精神，大瞪着双眸倾听外面的动静……山脚下，隐隐传来红水河愤怒的咆哮声。

过了好一会儿，稻田森一起身走到门外，努力张目四下观望。

沉寂，沉寂……突然，旁边大树上有几只鸟儿像受到什么惊吓哇哇叫着腾空飞起来。稻田森一被吓一跳，忙转回屋里唤醒了女儿。

稻田芳子眯瞪着双眸问：“少辉他们来、来了？”

稻田森一摇摇头，说：“走吧，这儿不能待了。”

稻田芳子疑惑地问道：“爸爸，怎么了？”

“没、没怎么。”稻田森一说，“他们这么久不回来，我担心会发生意外，我们必须挪个地方。”

稻田芳子思索片刻，问道：“那……他们回来找不到我们怎么办？”

稻田森一边弯腰拿行李边说：“我们就近找个山洞，不会离开多远。”

稻田芳子这才伸腰打着哈欠站起身来……

李海川官邸大门口，深夜。

梁配玉和蓝云端正为李海川父子送行……高士亮待立一旁。

李少辉拉着个大行李箱下了台阶，回头说："妈，你们回去吧。"

梁配玉没吭声。李海川提着文件夹，也说："你们回去吧。"

梁配玉仍然没吭声。这时候，一阵风毫无来由地突然而起，满世界枯枝败叶旋来荡去，显得十分凄凉。梁配玉像是有什么不好的预感，边用手挡着风边颤声说："儿子，你可一定要回、回来啊。"

李少辉信誓旦旦地说："妈，放心吧。只要一毕业我马上回来！"

梁配玉再次嘱咐道："你们……多保重！"

李少辉答应着和李海川走去、走去……寂静中，只有风声凄厉。突然，蓝云端哇的一声大哭了起来。梁配玉忙把她搂进怀中，两人慢慢往回走去……

黎明时分，天光微曦。远处近处，鸡啼声此起彼伏，偶尔有几声疯狂的狗吠传来，让人听上去一阵阵胆战心惊。

李海川他们住室里微光朦胧，梁配玉孤单地走来走去……她看看丈夫放在桌上的剃须刀，摸摸他的衣服，又拿起来闻了闻味道，忽然哇一声大哭起来。她忙捂住了嘴巴，倒在床上蒙住被子，颤动着身子哭、哭……直哭得气哽声噎，浑身哆嗦。

外面风声凄厉，狗吠声像是受到什么惊吓，一瞬间变得更加疯狂了起来。猝然，梁配玉像是想起什么止住了哭声，瞪着红肿的眼睛急剧思索着……片刻，她猛地站起身，冲外喊道："云端，快、快来！"

高士亮忙冲进来问道：“夫人，怎么了？”

梁配玉挥着手说：“快把云端叫来！”

高士亮答应着出去了。梁配玉急切地思索着什么……过了一会儿，蓝云端衣衫不整地急匆匆进来问道：“妈，你叫我？”

“是、是啊。”梁配玉急切地说，“少辉他们走时又忙又乱……咱们好像忽略了点儿什么事。”

蓝云端疑惑地问：“妈，你说什么事啊？”

梁配玉看着她问道：“少辉是不是说……那个日本人抢走了什么资料？”

“好、好像是……”蓝云端回忆着说，“什么地矿、地脉图。”

梁配玉着急地说：“这可不行。那都是国家重要机密，不能让他们抢走！”

蓝云端一愣神儿，忙问：“那可怎么办？”

梁配玉思索片刻，冲外喊道：“高秘书！高秘书！”

高士亮应声而进，问道：“夫人，怎么了？”

“快去！”梁配玉急忙挥着手说，“那个稻田森一抢走了十分重要的国家机密，咱们必须夺回来！”

“可是……”高士亮面露难色，说道，“他们去哪儿了咱们不知道啊！”

梁配玉说：“他们肯定是在红石码头不远的山上，马上派人去搜！”

高士亮答应着扭头欲往外走，旋即又转回头说：“夫人，咱们就这十来个卫兵，在那茫茫大山中怎么搜呀？”

梁配玉急剧思索着说：“反正……不能让他们把东西带走！”

“去找义哥呀，”蓝云端说，“他们人多，肯定有办法！”

梁配玉忙说：“对，丰义群非常有正义感，快去找他们！”

高士亮为难地说：“可他这会儿在哪儿我也不知道呀。”

“我去找姐姐。”蓝云端说，“她肯定知道义哥在哪儿！”

“对对对！”梁配玉挥着手说，“快去！快去！”

蓝云端急匆匆往外走……高士亮忙跟了出去，到门口喊道：“全体卫兵，马上集合！”

山顶小木屋中晨光朦胧。

李少辉和李海川拎着大包小包，气喘吁吁出现在门口。

屋里自然是空无一人，父子俩一下子傻眼了。李少辉着急地说：“爸爸，他们是不是扔下我们不管了？！”

李海川思索片刻，说道：“不应当啊，我老师从来就是说话算数的。”

李少辉着急地说：“那怎么这儿没人了？”

李海川忙说：“别急，让我想想。”

李少辉扔下箱子，丧气地喘息着一屁股坐在地上。李海川四下观望片刻，啪啪啪地三击掌……

不远处的山洞中光线暗淡。稻田森一戴着耳机，正在嘀嘀嘀地拍发电报。

稻田芳子倾听片刻，不无高兴地说：“爸爸，外面好像有人拍巴掌，是不是他们回来了？”

“去看看。”稻田森一说，“一定要慎重，千万不能贸然上前！”

“我知道。”稻田芳子答应着出去了。

梁配玉住室，拂晓。

几个人正在急切地商量办法。她说：“大体情况就是这样……咱们无论如何也要把东西追回来！”

“找到他们不难，”丰义群说，“我们昨天从山上路过，看到他们父女就在山顶小木屋中。”

陈伯雄也说：“就是。那个女人叫什么稻田芳子？我们见过几次。”

蓝云朵说：“就是。咱们可以发动群众搜山嘛。”

丰义群思索片刻，说道：“搜山倒也不难，难的是不知日本来多少人，咱们能不能对付得了。”

梁配玉迟疑一下，忙说：“哦……这我倒没想到。”

“这很重要。”丰义群说，“因为日本人的武器比我们精良，咱们不能拿老百姓的命去冒险。我们那些人的武器不行，要真正打仗，也……够呛。”

梁配玉思索着没吭声……陈伯雄也思索着说：“这确实是个问题。”

蓝云端不无着急地说：“那可怎么办呀？”

丰义群也思索了片刻，说道：“我的意思……咱们是不是请朱汉臣来帮忙？”

梁配玉沉吟片刻，说：“请他帮忙，行、行吗？”

“他们毕竟是正规军队呀。”丰义群说，“朱汉臣这个人虽说不怎么样，但在关系国家的大是大非问题上，他应当还是有正义感的。”

梁配玉终于下了决心，说道：“好，咱们这就去找他。”

拂晓时分，山洞中的光线亮堂了许多。

稻田森一收起了电报机，面带笑容地说：“顺风顺水，咱们的军舰已行驶到红水河口，预计中午前就能到达！”

李海川高兴地说：“那太好了！”

李少辉和芳子坐在一起，两人的手偷偷相握。李少辉问道：“船如果返回日本需要多久？”

稻田森一说：“差不多需要四五天吧。”

稻田芳子笑着说：“正好赶上我们开学。”

李海川也笑着说：“你看……这两个孩子光惦记着学习呢。”

“很好。”稻田森一话外有音地说，“青年人嘛，当然以学习为重，其他的事还是尽量少考虑。”

李少辉闻听，忙松开了芳子的手。稻田芳子不干，再次紧握住了他的手。

稻田森一看了他们一眼，没再说什么……少顷，他感慨地说道：“真不容易啊！我在中国整整待了六年，总算干成了一件大事！”

李海川附和着说：“可不是不容易。”

片刻，稻田森一又哈哈笑着说：“这一回去，肯定会轰动整个日本！”

李海川点着头说：“说不定，天皇还会接见老师你呢！”

“那是当然！”稻田森一说，“当初我来你们国家时，天皇便亲自接见了我，这任务是他拉着我的手当面交代的。”

李海川由衷地感慨道：“老师真是太了不起了！哈哈……”

早晨，兵营的院子里一片忙碌景象，战士们正在操练，喊杀声此起彼伏，震撼着整个山谷。办公室里，朱汉臣吃惊地看着梁配玉问道：“你说的这些都是真的？”

“当然了。”梁配玉说，“他们目前就躲在红水河码头附近，等待着日本的船来接呢！”

丰义群也说：“这事很大，关系国家机密……夫人说你非常有民族正义，一定会鼎力相助！”

“这没说的。”朱汉臣果然吃将，拍着胸脯说，“国家兴亡，匹夫有责。更何况我是堂堂国军司令，责无旁贷，责无旁贷！”

丰义群又说：“大家都知道司令你是个深明大义的热血汉子，国难当头，肯定不会袖手旁观。”

朱汉臣笑着说：“别给我上眼药了，你们说怎么干吧。”

丰义群看梁配玉一眼，说：“来的路上我们商量着……是不是让你们的士兵悄悄包围红石码头，只进不出，不允许任何人下河？”

“当然可以。”朱汉臣说罢又问道，“是不是找个什么借口，让战士们化装把住渡口？”

“那样当然好。”梁配玉说，“以免打草惊蛇。”

朱汉臣又忽然想起地说：“日本舰船进入我国领海，应当有外交部门的批准函件呀。”

丰义群说：“这点我们也分析过，估计也可能有也可能没有。”

梁配玉点点头，说道：“实话说吧。现在，全国要求换曹锟的呼声很高……尽管他是我表哥，我也得面对现实。我离开北平时，他可以说是惶惶不可终日。那些政府部门也一片混乱，根本没办法正常工作。日本人也可能趁此机会，制作个假公函什么的。”

“那就这样……”朱汉臣终于下定了决心，说道，“不管他有没有公函，咱们一律相待，来一个消灭一个！”

梁配玉忙说：“看情况吧。尽量还是避免大动干戈，减少伤亡为好。”

丰义群也说：“咱们再好好商量商量，看怎么着合适。”

三个人聚在一起，你一言我一语地说着、说着……院子里的士兵们已结束了训练，乱纷纷围在一起开始吃早饭。朱汉臣站起身往外看了一眼，说道："走吧。咱们先去吃饭，回来好好筹划一下，一定要做到万无一失。"

天色尚早，淡淡的雾霾弥漫，像是给整个世界蒙上了一层神秘的面纱。

红水河码头旁是一片开阔的平地，三面环山，一面临水。远望去，河两岸一座座村庄依次序而建，茅屋草舍掩映在绿树红花之间，显得宁静而温馨。

红水河静静地流淌，不时有船舶开来开去。一队穿制服的工作人员站在河边，认真地检查着每个下船上岸的路人。

仔细看去，在这里那里的草丛里、树林中，化了装的士兵们一动不动，严阵以待。

山洞中的光线仍然暗淡。几个人疲惫地歪躺横坐，不知是睡着了还是在闭目养神。李少辉和芳子紧紧依偎在一起。

远处不时隐隐传来鸡啼、狗吠、女人吆喝孩子的声音……忽然，稻田森一像是受到什么惊吓。他睁开双眸，慌乱地茫然四顾……静悄悄之中，能听到山洞深处的滴水声。

稻田森一努力让自己平静下来，伸腰打了个哈欠，起身走出了山洞……李海川此时也睁开了眼睛，他放下手中的东西，走过去站在稻田森一身后……

只见稻田森一闪身在一棵大树后，偷偷往山下张望……片刻，他突然吃惊地瞪大了眼睛。李海川感觉到有什么不对头，忙问道："怎、怎么了？有什么不对头吗？"

稻田森一没回答，只是用手指了指码头——只见，工作人员正在认真检查着每一位下山和上岸的农人。李海川惊讶地问道：

"这是怎么回、回事啊?"

稻田森一目光犀利地看着他，也问道:"是不是你老婆出卖了我们?!"

"不、不可能。"李海川忙说，"她从来说话算数，绝不会出尔反尔。"

稻田森一思索片刻，把女儿叫了起来。稻田芳子擦抹着眼睛问:"爸爸，怎么了?"

稻田森一用手一指洞外说:"你下去看一看，那些人在干什么。"

稻田芳子走到洞口，不无紧张地观望着码头……稻田森一又在她的背后说:"我担心咱们被发现了，你一个女孩儿不引人注意，下去问问情况。"

稻田芳子答应着往下走……稻田森一忙嘱咐道:"不要慌张，要大胆、淡定，以免让人看出破绽。"

稻田芳子答应着，闪身进了树林，悄悄往山下走去……没多会儿她又返回来，气喘吁吁地说:"没、没事。那是工商局的人在例行公事。"少顷，她接着说:"我早就听人说，这山上有种什么长、长寿草，由于过度采摘已几乎灭绝。政府发了公告严禁采摘，仍有人不、不听，才每天派遣工作人员进行监督检查。"

李海川松了口气，也说:"这事我知道，据说那种草每斤能卖到一百多块呢!"

稻田森一听着，脸上露出半信半疑的神色，但并没说什么。

阳光烈烈，红水河奔腾咆哮，一泻千里。

一艘舰船逆流而上……船头挂着中华民国的青天白日太阳旗，驾船者和水手也穿着中国服装。船体的侧面印有"中山 88"

的字样。

突然，蓝云朵和蓝云端驾着木船和它相擦而过……旁边船上的汉子看她们一眼，随机喊着号子唱道：

小小船儿两头翘，
驾船妹子好细腰。
自打去年抱一抱，
直到如今没摸着。

哈哈哈……水手们豪放地仰天大笑。蓝云朵和妹妹驾着木船顺流而下，或许因为紧张，她们一时顾不上吭声。汉子们的笑声更加响亮……片刻，蓝云朵回唱：

大大船儿中间低，
驾船汉子没出息。
妹子轻轻一声喝，
龙王接你赴宴席。

一时间，歌声、喊声、笑声满河扑荡。

山洞中透进来一缕日光，显得亮堂了许多。

稻田森一收拾起电报机，说道："咱们的舰艇马上就到了，快准备下山！"

李海川忙拍拍正在沉睡的儿子说："少辉，快起来吧，船来了！"

李少辉迷迷糊糊睁开眼睛，懒懒地躺着发呆……稻田芳子忙拉拉他说："小懒虫，快点儿吧。"

李少辉这才哈欠连天地站起来。稻田森一在门口催促道："你们都快点儿吧，舰艇马上就到码头了！"

这几个人提着行李、拎着箱子，沿着坎坷的羊肠小路快速地往山下走去……

渡口上人来人往显得有点儿混乱。陈伯雄、丰国明和高士亮他们化装的工商人员，正在认真地检查着每位上船的行人。

在一侧的小房间内，丰义群和梁配玉边往外观察着边说着什么……从门口望去，可看到在不远处，那艘冒牌的舰船正慢慢靠近……他们两人忙从屋子里走出来。

李海川他们一个个心怀忐忑，随着排队的农人接近了检查站。这时，蓝云朵和妹妹把船靠岸，趁没人注意登上了码头的台阶。

准备上船的队伍慢慢缩短，终于轮到了李海川他们……丰国明看陈伯雄一眼，伸胳膊相拦，说道："你们几位……请留步。"

李海川看看他，满脸疑惑地问："干、干什么？"

丰国明说："我们的长官……请你们去谈谈。"

李海川一愣神，忙问道："你们的长官是、是哪个？"

陈伯雄笑着说："你过去不就知道了。"

李海川脸色都变了，色厉内荏地说："我是这里最大的长官，难道你不认识？"

在他身后，稻田森一紧盯着已经靠岸边的日本舰船……陈伯雄一副公事公办的样子对李海川说："不认识。你们快请吧！"

李海川不知所以地回头看着稻田森一……李少辉忙说："我们不违规不犯法，也没有采摘长寿草，你们凭什么不让走？"

“没说不让你们走，”丰国明耐心地说，“是我们长官要和你们谈谈。”

几个人神色迟疑，互相观望着……陈伯雄催促道：“诸位快请吧！”

这时，所有的假工作人员已把他们团团围住了……忽然，稻田森一挥着胳膊冲舰船上大喊了句什么……眼看着日本船上有几位日本浪人已经跳上了岸。

稻田森一见状，挣扎着想从检查站闯过去……丰国明他们已把他紧紧控制住了。

这时，隐蔽在暗处的士兵们一拥而上，在河边形成了一道封锁线，又有数十名日本浪人跳上了岸……双方剑拔弩张，战争看样子一触即发。

李海川见状大声喊：“都不许动！不许动！”

众人注视着他……李海川不容置疑地对稻田森一说：“走吧，去看看他们的长官是谁。”

简易的值班室里光线明亮。梁配玉、丰义群和朱汉臣并排坐在桌旁。

丰国明他们押着李少辉四人进来了……李海川不敢相信自己的眼睛，一下子愣住了。

丰义群微微含笑地问道：“怎么，州长大人不认识呀？”

李海川这时才说：“怎、怎么是你、你们呀？”

朱汉臣说：“我们来为大人您送行啊。”

李海川看着梁配玉，说道：“你可是答应我们走、走的。”

梁配玉说：“当时确实答应了你，可是我忽略了一件事。”

李海川忙问道：“什么事呀？”

梁配玉说："什么事你心里清楚，稻田先生更明白。"

"……"李海川张着嘴说不出话来。梁配玉拍案而起，大声说道："稻田森一杀人时你就在现场。他是罪犯，你就是污点证人，这事能算完？"

李海川惊骇地问道："你听谁、谁说的？"

梁配玉转脸问李少辉道："你说说，是不是这么回事？！"

李少辉看着李海川，迟疑地叫道："爸爸……"

梁配玉又命令门口的士兵说："检查他们的行李，把罪证找出来！"

丰国明和士兵们忙上前想动手……突然，稻田森一夺过芳子的背包，撒腿就往外冲，陈伯雄等慌忙阻拦……真是一夫当关，万夫莫开。稻田森一接连打倒两名检查人员，急忙冲出屋外去了。

霎时间，码头现场一片混乱。稻田森一边跑边呜里哇啦叫喊着什么……舰船上的几个日本浪人首先开了火。

中国士兵们纷纷还击，眼看着双方都有人倒在血泊中。值班室里的众人也慌忙地跑了出来。人们围追堵截，稻田森一却躲闪着慢慢到了河边……突然，蓝云朵姐妹二人从斜刺中冲出，并头合力迎着他撞过去……稻田森一躲闪不及，三人同时摔倒在地上。

丰义群、陈伯雄等扑上去把他紧紧按住了……梁配玉忙打开稻田芳子的背包，取出来那个厚厚的文件包。

河岸边激战正酣。由于武器不行，中方士兵伤亡严重，更多的日本浪人冲上岸来……双方伤亡人员的鲜血把滔滔河水染成了红色。

正在这千钧一发之际，随着震天的铜鼓响，数百名当地百姓拿着棍棒和五花八门的农具，从四面八方拥过来、拥过来……这阵势，把现场所有人都惊呆了。

趁此机会，稻田森一挣扎起来想跑……朱汉臣一枪打在稻田森一的腿肚子上，他嚎叫着摔倒在地。

“爸爸——”稻田芳子惊叫着往前冲……蓝云端忙伸胳膊拦住了她。这女人愣怔片刻，不知从哪里抽出把匕首，一下子划在了她的脸上。

蓝云端痛苦地叫了一声捂住了脸，鲜血顺着她的手指缝流了下来……蓝云朵暴怒至极，抓住芳子的头发把她摔倒在地上……李少辉想上前拉芳子，却被陈伯雄一脚踹倒了。

百姓们人多势众，一个个不顾生死往上冲，把那些日本浪人纷纷赶下了河。

稻田森一还在打着滚在地上挣扎……丰义群从丰国明手中接过砍刀，愤怒地向他挥去……梁配玉忙伸手拦住了他。

就在此时，日本船上升起了一面白旗。梁配玉见状忙大声喊道：“乡亲们都住手吧！”

一时间，双方人员都停止了打斗。一切嘈杂的声音都戛然而止，现场变得十分安静，似乎连山野都凝住了，只有流水声响个不停。

日本的舰船想撤退，但被上百条民船围着，一动都不能动。梁配玉微微一笑，慢慢往河边走去……这时，稻田芳子突然挣开蓝云朵的手，扑到血流不止的稻田森一身上。

稻田森一呻吟着，借女儿的掩护偷偷抽出了手枪……蓝云朵眼尖，忙大声喊道：“大家注意……”

稻田森一的枪口已偷偷瞄准了丰义群……蓝云朵见状，急忙冲过去推义群一把，并大声喊道：“快闪开！”

就在这一瞬间，稻田森一的枪声响了……丰义群被云朵推了个趔趄，躲过了飞来的子弹。

蓝云朵却没能躲过，身子一颤被击中了肩胛，眼看着血流如注……“朵朵！”丰义群惊叫着扑过去扶住了她。就在大家还没回过神儿的瞬间，稻田森一再次开了枪……梁配玉被击中后心处，身子摇晃着倒在了血泊中。

这一切发生得太快，全场人都被吓傻了……丰义群第一个反应过来。他火速挥刀砍掉了稻田森一举枪的那只手。稻田森一再次嚎叫着满地打滚……

“夫人！”“太太！”……人们惊恐地呼唤着扑向梁配玉。

“妈妈！”李少辉哭喊着伏在母亲身上……梁配玉艰难地冲儿子一笑。

“打死他！打死这个日本鬼子！”丰国明大喊一声，扑向稻田森一……

真是一呼百应，乡亲们怒吼着冲向稻田森一……稻田芳子惊恐地呼唤着“爸爸”，想用自己的身体护住他……乡亲们早红了眼，一个个挥舞着棍棒农具，不管三七二十一劈头盖脸一阵狂揍……没多会儿，稻田父女就成了一摊肉泥。

现场再次静了下来。人们稍稍冷静片刻，纷纷扑向梁配玉……李少辉和李海川已把她扶坐起来。

梁配玉面色如黄纸，指着日本的舰船艰难地对朱汉臣说：“算、算了。该死的死了；国家机密也没丢……让他们走、走吧。”

朱汉臣迟疑片刻点了点头……梁配玉对李少辉和丈夫说：“少辉要开学了。你们也……随船去吧。”

李少辉泪流满面地说：“妈，我不去了。”

梁配玉挣扎着用尽最后一点力气说：“不、不能耽误学业……

但一定要回、回来。”她说罢，头一歪闭上了眼睛。

“妈！妈……”李少辉呼唤、哭喊，但梁配玉已没了任何反应。蓝云朵他们见状，一个个都陪着流下了眼泪……此时，太阳正喷薄而出，明媚的光芒普照着山川大地，普照着莽莽河流，普照着茅屋草舍……也普照着悲伤的人群。

丰义群和朱汉臣他们把梁配玉高高地抬了起来……此时，群山肃立，松涛哀鸣。河水流出来一湾金黄，一片血红，像怕惊醒了长眠者似的默默流淌。

铜鼓声低沉。哀乐声在崇山峻岭中回荡、回荡……乡亲们跟在丰义群他们身后，浩浩荡荡地向着朝霞如锦的东方走去、走去……这时，四面的歌声响起来：

人人都说净土好，
谁知曾是祸根苗。
腥风血雨永逝去，
万民欢腾看今朝。
……

2017 年 11 月，写于北京

2024 年 6 月，修改于三亚

图书在版编目（CIP）数据

弯弯的红水河 / 章云天著. -- 北京：作家出版社，2025.6. -- ISBN 978-7-5212-3255-4

Ⅰ. I247.5

中国国家版本馆 CIP 数据核字第 2025PQ8714 号

弯弯的红水河

作　　者： 章云天
责任编辑： 李亚梓
封面设计： 琥珀视觉
出版发行： 作家出版社有限公司
社　　址： 北京农展馆南里 10 号　　**邮　　编：** 100125
电话传真： 86-10-65067186（发行中心）
86-10-65004079（总编室）
E-mail: zuojia@zuojia.net.cn
http: //www.zuojiachubanshe.com
印　　刷： 唐山玺诚印务有限公司
成品尺寸： 142×210
字　　数： 195 千
印　　张： 8.5
版　　次： 2025 年 6 月第 1 版
印　　次： 2025 年 6 月第 1 次印刷
ISBN 978-7-5212-3255-4
定　　价： 52.00 元
